ro
ro
ro

Ines Thorn wurde 1964 in Leipzig geboren. Nach einer Lehre als Buchhändlerin studierte sie Germanistik, Slawistik und Kulturphilosophie. Sie lebt und arbeitet in Nordhessen und schreibt seit Langem erfolgreich historische Romane.

INES THORN

TÖCHTER DES NORDMEERES

LUCIAS ENTSCHEIDUNG

Historischer Roman

Rowohlt Taschenbuch Verlag

Originalausgabe
Veröffentlicht im Rowohlt Taschenbuch Verlag,
Hamburg, März 2024

Redaktion Heike Brillmann-Ede

Covergestaltung Hafen Werbeagentur, Hamburg
Coverabbildung Magdalena Russocka / Trevillion Images; Shutterstock
Satz aus der Adobe Caslon Pro
bei Pinkuin Satz und Datentechnik, Berlin
Druck und Bindung GGP Media GmbH, Pößneck
ISBN 978-3-499-01114-6

PROLOG

Nahe dem Ufersaum saß der Same auf einem Felsen, die Arme auf den Knien abgestützt. Er schaute über das Meer. Doch er sah weder die kleinen Wellen, noch hörte er die Möwen, die über ihm kreisten. Er war ganz in Gedanken versunken, schon weg, obwohl er noch hier war. Die Hälfte seines Lebens hatte er auf dieser Insel verbracht, die sich zwischen Kristiansund und Trondheim befand. Smøla. Jetzt war er älter geworden, sein Haar von grauen Strähnen durchzogen, mit feinen Fältchen in den Augenwinkeln. In seinem Herzen war er in all den Jahren Lappländer geblieben und für die Menschen hier immer «der Same», auch wenn – oder weil? – er in Norwegen unter Norwegern gelebt hatte.

Langsam erhob er sich und ging am Meeressaum entlang, sodass die lockenden Ausläufer der Wellen fast seine Stiefel benetzten, und sog tief den Geruch nach Salz und Fisch ein. Er hatte sich immer vorgenommen, einmal zu Fuß die Insel zu umrunden, doch bislang hatte er es nicht getan. Nun würde es wahrscheinlich nicht mehr geschehen. Hin und wieder war er ins nahe Trondheim und nach Kristiansund gefahren, doch weiter südlich war er nie gekommen. Das Gesicht des Samen verzog sich, als litte er Schmerzen.

Ich hatte ein gutes Leben hier, wohl meine besten

Jahre, überlegte er. Die Insulaner respektieren mich, achten mich, und manch einer sogar mehr als das. Ich habe gute Freunde gefunden: Bjarni, Chrisander, Arni und Fenris.

Fria würde er wohl am meisten vermissen. Sie hatte ihn aufgenommen, und unter ihrer Obhut hatte er so manches gelernt. Vor allem das Kochen. Niemals hätte er sich träumen lassen, dass ihm das Zubereiten der Mahlzeiten so viel Spaß machen würde. Und wie viel Freude zu sehen, dass die Menschen von der Insel seine Suppen, seine Fleischgerichte, sein Brot genossen, wenn sie im Guesthuset zusammenkamen.

Ich bin ein guter Koch, bin ein guter Freund, ein Ziehvater und Hausgenosse, dachte der Same.

Sein Herz gehörte besonders der jungen Liv, aber auch Lucia. Kaum zu glauben, dass die winzigen ausgesetzten Säuglinge von damals zu so schönen jungen Frauen herangewachsen waren. Niemand hatte je erfahren, woher sie kamen. Und es war eines der größten Geschenke seines Lebens gewesen, Liv fast wie eine eigene Tochter beim Aufwachsen zu begleiten.

Wehmut überzog die Miene des Samen. Es würde ihm nicht leichtfallen, Abschied von Smøla zu nehmen, aber es musste sein.

Seine Gestalt hob sich dunkel vor dem Horizont ab. Ein großer Mann mit breiten Schultern, den so leicht kein Wind umwerfen konnte. Er atmete tief durch.

«Es ist Zeit für mich», sagte er leise und seufzte. Dann wandte er sich ab und ging zurück zum Guesthuset, um das Abendessen vorzubereiten.

KAPITEL 1

Lucia hatte geliebt und verloren.

Lasse hatte die Scheidung beantragt und durchgesetzt, weil sie angeblich ihren Ehemann und ihre Tochter vernachlässigt hatte. Doch das hatte sie nicht. Niemals würde sie die kleine Marie vernachlässigen. Sie hatte doch nur mit ihrer Schwester Liv deren Abschluss als Zoologin an der Universität gefeiert. Wenn das kein Grund zum Feiern war! In einem Café auf der Karl Johans gate in Norwegens Hauptstadt Christiania.

Liv hatte als erste junge Frau der Insel Smøla das Examen artium bestanden, war eine der ganz wenigen Frauen gewesen, die an der Universität studierten, und hatte deshalb sogar Edvard abgewiesen, den reichsten Junggesellen Christianias. Liv hatte gekämpft und mit Unterstützung der Leute auf der Insel ihr Studium zu einem grandiosen Abschluss gebracht, und sie hatte sogar eine Anstellung erhalten.

Keine zwei Stunden war Lucia in dem Café gewesen. Ein einziges Glas Wein hatte sie getrunken. Doch Lasse hatte sie gesehen, hatte alles ins Gegenteil verkehrt und so einen Grund für die von ihm angestrebte Scheidung gefunden.

Dabei hatte zwischen ihnen einst alles so romantisch begonnen. Lasse war vor einigen Jahren mit einem Forschungsauftrag nach Smøla gekommen. Sie verliebten sich, sie verlobten sich, sie heirateten und gingen nach Christiania, um dort zu leben. Und alles, was auf der Insel schön gewesen war, kehrte sich in der großen Stadt ins Gegenteil. Ihre Kleider waren provinziell und nicht mehr inseltypisch, ihr Dialekt bäurisch und nicht mehr charmant, ihre Manieren ungeschliffen und nicht mehr bodenständig, ihre Herkunft eine Katastrophe. Lasse entfernte sich immer weiter von ihr. Er schämte sich mit ihr und für sie und suchte sich eine Geliebte, die er vorzeigen konnte. Und schon bald würden sie geschieden sein.

Jetzt befand sich Lucia mit Marie wieder zu Hause, auf Smøla. Sie hatte Lasse verlassen müssen. Er hatte schon seit Monaten nicht mehr bei ihr gelebt, hatte sich ein Zimmer in der Hauptstadt genommen und sie ganz ohne Geld gelassen. Wäre Liv nicht gewesen, die sie finanziell unterstützt hatte, hätten Lucia und Marie hungern müssen. Und schließlich war sie auf die Insel zurückgekehrt. Was hätte sie denn sonst tun sollen?

Ihre Familie lebte hier. Hier bekam sie Unterstützung. Hier konnte sie in Bjarnis Fischfabrik arbeiten, und Marie blieb derweil bei Lucias Ziehmutter Runi. Hier konnte sie für ihre Tochter sorgen. Nur hier. Nirgends sonst. Sie lebte im Haus der alten Merette, die vor Kurzem gestorben war. Hier hatten sie Betten, eine Kochmaschine und einen Backofen, Teller, Töpfe, einen Tisch und ein paar Stühle. Teppiche auf dem Boden, Wäsche im Schrank und ein paar Vorräte im Keller. Hier hatte sie ein Zuhause gefunden. Merette hatte Lucia das Häuschen, in dem es noch immer so wunderbar nach Kräutern roch, vererbt, als sie von ihren Schwierigkeiten erfahren hatte.

Lucia hatte gehofft, Lasse würde sie vermissen. Oder wenigstens Marie, seine Tochter. Doch das tat er nicht. Stattdessen hatte er die Scheidungsunterlagen geschickt. Und Gunhild von der Handelsstation hatte herausgefunden, was es mit dem großen Umschlag auf sich hatte, und es allen auf der Insel erzählt, die ihr zuhören wollten. Und nun war Lucia gebrandmarkt. Da half es nicht, dass alle sie seit Kindertagen kannten. Nein, es wurde geflüstert und getuschelt, wenn sie zum Einkauf unterwegs war oder in der Fischfabrik arbeitete. Es hieß, sie tauge nicht zur Ehefrau. Ihr Mann habe sich eine andere suchen müssen, so wenig tauge sie. Plötzlich schauten die Männer sie ganz anders an, starrten ihr auf die Brüste, glotzten auf ihren Hintern. Und die Frauen verzogen verächtlich den Mund, wenn sie sie sonntags in der Kirche antrafen, und packten ihre Ehemänner fest am Arm, damit sie nicht abhandenkamen.

Es traf sogar Marie, ihre dreijährige Tochter. Marie durfte nicht mehr mit den anderen Kindern spielen. Nie hätte Lucia gedacht, dass man sie und Marie ausschließen würde. Wo man sie doch hier kannte, von ihrer Herkunft wusste. Immer hatte sie sich wohlgefühlt auf Smøla. Nie hatte es etwas ausgemacht, dass sie als Säugling auf der Kirchenschwelle gefunden worden war und ihre Schwester Liv zur gleichen Zeit auf der Schwelle des Guesthuset. Auf einmal spielte ihre Herkunft eine Rolle. Sie war das Findelkind, das Gott weiß woher kam. Dessen Eltern so schlecht waren, dass sie die eigenen Kinder ausgesetzt hatten.

Gerade hatte sie ihre Tochter bei Runi, Pfarrersfrau und Ziehmutter, abgegeben. Runi hatte tief geseufzt und Marie ins Wohnzimmer geführt. Fenris, ihr Ehemann und Pfarrer, hatte letzten Sonntag von der Kanzel gepredigt, dass keiner den ersten Stein werfen, dass ein jeder sich um den Splitter im eigenen Auge kümmern sollte, doch das hatte nicht viel genutzt. Lucia zuckte unwillkürlich die Schultern – und lief hinunter zur Fischfabrik, die beim Fischereihafen lag. Am Tor wurde sie von Bürgermeister Bjarni, der zugleich Besitzer der Fischfabrik war und einer der wenigen, der sich nicht das Maul über sie zerriss, aufgehalten.

«Komm mal mit», sagte er, und Lucias Herzschlag begann zu rasen. Sie arbeitete in der Halle, in der die frischen Fangfische eingesalzen und zum Trocknen aufgehängt wurden, ehe sie am Ende der Trocknungszeit aufgeschichtet wurden wie Brennholz. Sie arbeitete gern an einem der langen Holztische. Nur das Salz biss ihr in die Haut, machte, dass ihre Hände rot und aufgesprungen waren. Und der Geruch. Ganz gleich, wie oft sie sich wusch, er klebte an ihrer Haut, an den Haaren, an ihrer Kleidung, ja sogar an der Bettwäsche.

Wollte Bjarni sie nun doch entlassen, weil sie geschieden war? Die erste und einzige Geschiedene auf der ganzen Insel. Er musste sie entlassen, wegen der anderen und wegen seines Amtes. Aber dann hätte sie kein Geld mehr und könnte nicht für Marie sorgen. Was sollte sie dann tun? Ihre Knie wurden weich, und sie war froh, dass

Bjarni in seinem Büro auf den Stuhl deutete, der vor dem Schreibtisch stand.

«Willst du einen Aquavit?», fragte er, und Lucias Angst verstärkte sich. Er glaubte, sie bräuchte einen Schnaps. Eine Stärkung, weil er ihr gleich ihre Papiere geben würde.

Lucia holte ganz tief Luft, kippte den Schnaps runter, sah Bjarni fest in die Augen. «Mach schon», sagte sie. «Du musst uns nicht länger quälen.»

Bjarni runzelte die Stirn. «Quälen? Wozu sollte ich dich quälen wollen?»

«Du wirfst mich raus. Deshalb sitzen wir doch hier.»

Bjarni lachte auf. «Nein, ich werfe dich nicht raus. Es gibt keinen Grund dafür.»

«Ich bin eine Geschiedene.»

«Das weiß ich. Das weiß jeder. Aber ich kenne dich dein ganzes Leben lang. Ich weiß, dass du eine ordentliche Frau bist, und ehrlich gesagt konnte ich deinen Lasse nie leiden.»

«Und was tue ich dann hier?»

«Ich wollte dich fragen, ob du mir im Büro helfen magst. So eine Vorzimmerdame sein möchtest.»

«Wie … wie kommst du denn darauf?»

«Ich vergrößere die Fabrik. Nächste Woche geht es los. Eine neue Halle wird gebaut und eine Trockenhalle für den Klippfisch dazu. Ich muss mich kümmern, sonst machen die Männer, was sie wollen. So ein Bau braucht Aufsicht. Na ja, und da brauche ich jemanden, der auf das Büro achtgibt.» Er deutete auf seinen Schreibtisch, der von Papieren übersät war. Nicht nur der Schreibtisch.

Auf jeder freien Stelle lagerten Ordner oder Papierberge. Sogar auf dem Fensterbrett.

«Und da hast du an mich gedacht?»

«Ja. Du bist klug, du warst länger auf der Schule als alle anderen Frauen auf Smøla. Liv natürlich ausgenommen. Du lernst schnell, ich kann mich auf dich verlassen.»

«Und was wäre meine Aufgabe?»

«Ordnung schaffen. Die Bücher auf den neuesten Stand bringen. Ein paar Briefe schreiben. Besucher abwimmeln. Mir den Rücken freihalten.» Er blickte zu Lucia, die auf ihrer Unterlippe herumbiss. «Und? Was sagst du?»

Lucia hob den Kopf, begegnete seinem Blick. «Ich weiß nicht.» Sie schaute auf das Chaos, auf die offen stehenden Schränke, die aufgeklappten Ordner, das dicke Kontorbuch, das neben ihrem Stuhl auf dem Boden lag.

«Na gut, du bekommst auch mehr Geld. Ist es das, was du wolltest?»

Lucia schüttelte den Kopf. «Denkst du, die Leute werden mich in deinem Vorzimmer akzeptieren?»

Jetzt lächelte Bjarni. «Wenn der Bürgermeister dir vertraut, warum sollten die anderen es dann nicht tun?»

«Deshalb bin ich hier?»

Bjarni goss erneut Aquavit in die Gläser. «Lass die Leute reden. Es gibt bald etwas Neues, über das sie sich die Mäuler zerreißen werden. Du hattest es nicht leicht in den letzten Jahren, aber du hast hier dein Zuhause.»

Lucia wusste, dass er recht hatte. Sie würde immer die Geschiedene bleiben, würde immer diesen Makel mit sich herumtragen, doch die Leute würden sich gewöhnen.

Am Abend ging sie mit Marie hinüber zum Guesthuset, das nahe am Meer lag. Von hier aus konnte sie beinahe den ganzen Ort überblicken. Wenn sie geradeaus schaute, sah sie die Handelsstation, die fünf Minuten entfernt lag. Links davon stand die Kirche, daneben die Schule, und dahinter erstreckte sich das kleine Birkenwäldchen. Die Fischfabrik lag noch etwas weiter links davon, direkt am Meer. Und rechts sah sie die Klippen, auf denen auch ihr gemütliches, rot angestrichenes Häuschen stand. Die ersten Herbststürme kündigten sich an, das Meer rauschte, bald würde es rasen. Und dann würde der erste Schnee kommen und sich meterhoch auftürmen und bis zum Frühjahr bleiben.

Ihre Schwester Liv lebte im ersten Stock des Guesthuset. Sie hatte bei Professor Fridtjof Nansen studiert und ihren Abschluss gemacht und forschte nun über Raben. Es war ein Projekt, das sie bereits in Christiania begonnen hatte. Raben hatten Liv schon als Kind fasziniert. Sie liebte die Vögel und verstand sogar deren Sprache … Verheiratet war Liv mit Sverre, den sie vom Studium kannte und der an einem Buch über nordische Mythen und Sagen arbeitete.

Das Guesthuset gehörte Fria, die Liv wie eine eigene Tochter liebte und großgezogen hatte. Außerdem lebte hier der Same, der Fria als Koch unterstützte und von der Insel nicht mehr wegzudenken war.

Und dann gab es da natürlich die Männer vom Stammtisch, die jeden Abend hier saßen. Das waren Bjarni, der Bürgermeister, Fenris, der Pfarrer, der Lehrer Arni und der Fischer Chrisander. Heute war Mittwoch, der Tag, an dem der Same seine berühmte Fischsuppe kochte. Alle auf der Insel aßen Fischsuppe, die Frauen kannten viele Rezepte, aber keine Suppe schmeckte so köstlich wie die des Samen, vielleicht weil niemand wusste, welche Gewürze er dafür benutzte.

Lucia stieß die Tür auf, schob Marie in die Wirtsstube und wurde von den Männern am Stammtisch mit einem Lächeln empfangen. Fria strich Marie über das Haar, steckte ihr ein Bonbon zu und sagte: «Setz dich, setz dich hin, Lucia. Liv und Sverre werden auch gleich kommen.»

Auf dem Tisch standen Schüsseln, darin lagen die Löffel. Und aus der Küche zog der Duft der Suppe durch das ganze Wirtshaus. Lucia musste sich die Lippen lecken. Fria brachte ein selbst gebrautes Bier für sie und für Marie eine Limonade, dann wischte sie sich die Hände an der Schürze ab und forderte Lucia auf: «Erzähl, wie es dir die letzten Tage ergangen ist.» Sie stand jetzt wieder hinter der hölzernen Theke, deren Holz so alt war, dass es wie Tannenhonig glänzte. Auch die Wände waren bis zur Hälfte mit Holz verschalt, darüber waren sie weiß gekalkt. Ein paar Zeichnungen hingen über dem großen Stammtisch, der aus demselben Holz wie die Theke und die Bodendielen gemacht war.

«Ich habe eine neue Arbeit», berichtete Lucia und warf Bjarni einen Seitenblick zu.

«Was für eine Arbeit?», wollte Fria wissen.

«Hm, es ist vielleicht eher eine vertrauensbildende Maßnahme als eine Arbeit. Bjarni hat mir sein Vorzimmer übergeben. Damit die Leute sehen, dass er Vertrauen zu mir hat.» Sie lächelte dankbar. «Das Problem ist nur, dass ich gar nicht weiß, ob ich eine Vorzimmerdame sein kann, ich kann ja nicht mal mit dieser Höllenmaschine Briefe schreiben. Aber ich möchte es lernen.»

Fria kam hinter der Theke hervor und strahlte Bjarni an. «Danke», flüsterte sie und goss sein Aquavitglas besonders voll.

Der Bürgermeister winkte ab. «Ach, das ist doch nichts. Ich habe von diesem Geschäft wohl den größeren Nutzen.» Doch sein Gesicht glänzte vor Stolz.

In diesem Moment hörten sie Liv und Sverre, die die Treppe herunterkamen. Liv hatte ihr Haar zu einem Knoten aufgesteckt und mit einem Bleistift zusammengehalten. Ihre Finger waren mit Tinte beschmiert, und sie trug ihre Brille. Sverre hatte noch die Ärmelschoner an, und unter seinem linken Arm klemmte ein dickes Notizbuch.

«Ihr seht aus, als wäret ihr gerade vom Schreibtisch aufgesprungen», stellte der Fischer Chrisander fest.

«Sind wir auch!», erklärte Liv. «Und jetzt haben wir Hunger.» Sie ließ sich neben ihre Schwester auf einen Stuhl fallen. «Stimmt es, dass du Bjarnis rechte Hand wirst?»

«Die rechte und die linke», warf Bjarni ein.

Lucia nickte, während die kleine Marie es sich auf Livs Schoß gemütlich machte.

Endlich erschien der Same mit dem großen gusseisernen Topf, den er auf ein Holzbrett in die Mitte des Tisches stellte, direkt neben den Korb mit dem frisch gebackenen, duftenden Brot. Jeder nahm sich eine Schüssel und einen Löffel, und der Same teilte die Suppe aus.

«Es riecht köstlich», schwärmte Liv.

Sverre, der zwischen Liv und Bjarni saß, erklärte: «Hätte es eine solche Suppe in meiner Heimat Stavanger gegeben, hätte mich niemand auf diese Insel gekriegt.» Seine Augen glänzten, und Fria schmunzelte darüber.

«Kommst du mit deiner Arbeit gut voran?»

«Ja. Heute war ich bei einem alten Fischer, Geir heißt er. Er lebt auf Veiholmen, ich bin mit einem Boot hinübergerudert. Er hat mir von Thule erzählt, der sagenumwobenen Insel, die jetzt Smøla sein soll.»

Bjarni winkte ab. «Das erzählen viele, aber es gibt keine Beweise dafür, dass es wirklich so ist. Vielleicht findet sich mal einer, der das erforscht. Hast du nicht erzählt, dass du dem Geheimnis auf die Spur kommen willst?» Er deutete mit seinem Bierkrug auf Sverre.

Der junge Wissenschaftler lächelte. «Ja, ich würde gern herausfinden, wo Thule lag, aber vielleicht ist das erst einmal eine Aufgabe für einen Wissenschaftler, der sich mit dem Meer beschäftigt, oder für einen Archäologen.»

Eine Zeit lang schwiegen alle. Die einen schmatzten, die anderen nahmen sich einen Nachschlag, und der kleinen Marie fielen langsam die Augen zu. Nachdem auch der letzte Rest Suppe gegessen war, lehnten sich alle in ihren Stühlen zurück, und Fria reichte die Flasche Aquavit weiter.

«Auf den besten Koch der Insel!», rief sie, warf den Kopf in den Nacken und goss den Aquavit in einem Zug hinunter.

«Danke, Fria. Danke, Freunde.» Der Same nickte ihnen zu. «Ich muss euch eine Ankündigung machen.»

Fria runzelte die Stirn. «Eine Ankündigung? Das klingt nicht gut. Also, raus mit der Sprache.»

«Ich gehe zurück nach Lappland.» Der Same senkte den Blick.

«Wie bitte?» Fria riss die Augen auf.

«Warum?», fragte Bjarni mit hörbarem Erstaunen in der Stimme.

«Ich werde langsam älter. Es wird Zeit für mich.»

«Hast du es nicht gut bei uns? Willst du ein neues Bett? Ein größeres Zimmer oder sonst irgendetwas?»

Fria schaute den Samen an, dann warf sie einen Hilfe suchenden Blick in die Runde. Doch den anderen fehlten offensichtlich die Worte. Auch Liv und Lucia, die den Samen von klein auf kannten. Liv war blass geworden, und Lucia hatte die Augen aufgerissen. Insbesondere Liv verband eine innige Freundschaft zu ihm, der sie früh mit den Wundern der Natur vertraut gemacht und ihre Wissbegierde immer unterstützt hatte. Er war wie ein Vater zu ihr gewesen, der beste Vater, der sich denken ließ.

«Nein, nein, ich habe hier alles, was ich brauche. Und dazu noch euch», unterbrach der Same die Stille. «Trotzdem spüre ich, dass ich losmuss.»

Fria hob die Augenbrauen. «Ich … ich kann es nicht glauben. Willst du das wirklich? Willst du nicht noch einmal darüber nachdenken?»

Der Same lächelte. «Ich denke schon sehr lange darüber nach. Ich möchte zurück in den Norden, zu meiner Familie, zu den Rentieren.»

«Es gibt wohl niemanden, der deinen Abschied mehr bedauern wird als ich. Du wirst hier immer ein Zuhause haben. Im Guesthuset und auf Smøla.» Fria seufzte. «Wann … wann willst du aufbrechen?»

«Sobald du einen neuen Koch gefunden hast.»

Fria schüttelte den Kopf. «Es wird keinen Koch geben, der dich ersetzen kann.»

«Vielleicht findest du eine Frau von der Insel. Ich schreibe meine Rezepte auf und lasse sie dir da.»

Die anderen am Stammtisch blickten den Samen mit großen Augen an, als könnten sie nicht fassen, dass er sie wirklich verlassen wollte.

«Du gehörst hierher», versuchte es Fenris, der Pfarrer. «Du gehörst zu uns, Same! Du lebst schon länger als zwanzig Jahre hier. Du bist einer von uns.»

Der Same lächelte. «Kann sein, dass es so ist, dass du es so empfindest. Und ihr anderen auch. Aber ich bin ein Same, kein Norweger. Ich vermisse meine Lieder, die Rentiere, die Kälte. Ich vermisse es, von Weide zu Weide zu ziehen, eine große Herde zu führen. Ich vermisse die Kleidung, das Essen und sogar die Nordlichter. Es war schön bei euch, ich habe mich nie wohler gefühlt. Ihr seid wie eine Familie für mich. Und doch muss ich gehen.»

KAPITEL 2

Ich würde zu gern mit dem Samen gehen.» Lucias Ankündigung kam einem Erdbeben gleich.

«Du? Aber warum?» Liv sah ihre Schwester erstaunt an.

Lucia lächelte. «Weil es Zeit ist, endlich herauszufinden, wo ich herkomme.»

«Dann gehe ich mit euch!» Livs Gesicht zeigte einen entschlossenen Ausdruck.

«Seid ihr jetzt alle verrückt geworden?», wollte Fria wissen. «Was in aller Welt wollt ihr da oben am Polarkreis? Dort ist es kalt und finster. Ihr gehört hierher.»

Lucia blickte zu Marie. «Seit ich selber Mutter bin, hat sich vieles in meinem Leben geändert – auch zum Guten. Ich trage Verantwortung für Marie, ich liebe mein Kind. Gleichzeitig habe ich das Gefühl, dass ich verloren bin, verwirrt, ohne Halt. Wenn ich aber weiß, wo ich herkomme, dann weiß ich auch, wo ich hinmöchte.» Sie wandte sich an Bjarni: «Es tut mir leid, aber ich kann nicht deine Vorzimmerdame sein. Jedenfalls jetzt noch nicht. Ich hoffe, du verstehst das.»

Bjarni nickte, während Fenris, Lucias Ziehvater, seufzte. Er strich ihr über den Arm, sagen konnte er nichts. Zu vieles schien sich gerade zu verändern.

Liv hatte ihrer Schwester fast atemlos zugehört. Sprach

Lucia nicht aus, was sie selbst schon so lange fühlte? Woher kamen sie? Wer waren ihre Eltern? Warum waren sie ausgerechnet auf Smøla gelandet?

Sie stieß Sverre mit dem Arm an. «Wir gehen mit, ja? Wir begleiten den Samen und Lucia.»

«Und was wird mit meinem Buch? Ich habe einen Vertrag unterschrieben, dass ich in einer bestimmten Zeit das Manuskript fertigstelle. Und was wird aus meinen Forschungen zu Thule? Du weißt doch, dass ich herausfinden möchte, was es mit dem Mythos auf sich hat.»

«Du könntest mit deinem Verlag sprechen, dein Thema ändern, um zu erforschen, welche Mythen und Sagen die Lappländer haben. Und Thule? Die Insel und ihr Mythos laufen dir nicht weg.»

Sverre überlegte laut: «Theoretisch müsste es gehen. Ich kann natürlich mit dem Verlag sprechen und das Thema anders gewichten. Wo ich dann schreibe, ist egal.»

«Und ich kann weiter die Raben erforschen.» Listig kniff Liv die Augen zusammen. «Die gibt es schließlich überall. Es wäre spannend herauszufinden, ob sich die Tiere am Polarkreis anders verhalten als in wärmeren Gebieten. Und ob und wie sie mit den anderen Lebensbedingungen und der Kälte klarkommen.»

Der Same blickte etwas überrumpelt drein. «Das Leben dort oben ist hart», warnte er. «Wochenlang kein Sonnenlicht. Temperaturen, so kalt, dass der Atem vor dem Mund gefriert. Es gibt auch kaum Häuser. Die Samen leben in Rundzelten, die sie Koten nennen. Sie sprechen eine andere Sprache, sie leben ein vollkommen anderes Leben als ihr.» Er stand auf und stützte die Hände auf die Tischplatte. «Ihr seid nicht gemacht für dieses Leben. Ich werde euch nicht mitnehmen.»

«Wir trugen Kleider mit samischen Stickereien, als man uns als Säuglinge gefunden hat. Es liegt also nahe, dass auch Liv und ich Samen sind. Ich will wissen, wo ich herkomme. Das ist mein Recht.» Lucia sah entschlossen aus.

Liv drückte die Hand ihrer Schwester. «Ihr versteht das vielleicht nicht, aber in unseren Herzen klafft ein Loch. Ihr alle wisst, woher ihr stammt, wer eure Eltern, eure Vorfahren waren. Wir wissen das nicht. Aber es ist wichtig, seine Wurzeln zu kennen.»

Fria nickte. «Ich weiß, was du meinst, Liv. Doch ich ertrage den Gedanken kaum, euch so weit weg zu wissen.»

Zögernd nickten auch die anderen. Nur der Same schien nicht überzeugt.

«Warum willst du nicht, dass wir dich begleiten?», hakte Lucia nach.

«Weil ihr nicht wisst, wie es dort ist. Weil euch eure Herkunft vielleicht enttäuschen wird. Weil alles ganz anders ist als hier. Anders und viel gefährlicher.»

«Es kann aber auch sein, dass wir das Loch in unseren Herzen endlich füllen können.» Auch Liv ließ nicht locker. Es war, als würde endlich so lange Gefühltes in Worte gefasst werden. Ein heimliches Sehnen, das immer da war.

Der Same sah noch immer nicht überzeugt aus. «Vor dem Frühjahr breche ich nicht auf. Und ihr habt sehr viel zu tun bis dahin, wenn ihr tatsächlich mitkommen wollt. Mitkommen bis Alta, das an einem langen Fjord liegt», betonte er, «Alta ist die größte Stadt da oben. Bis dahin gehen wir zusammen. Danach seid ihr auf euch alleine gestellt. Und vergesst nicht: In Alta geht die Sonne von Mitte Mai bis Ende Juli nicht unter und von Ende November bis Mitte Januar nicht auf.»

«Warum willst du dich von uns trennen?», fragte Liv.

Das Gesicht des Samen verdunkelte sich, die Lippen presste er aufeinander. «Ich hatte dort ein Leben vor euch.»

«Ein Leben, das du nicht mit uns teilen willst?» Lucia hob die Augenbrauen.

Der Same nickte. «Ich muss auch euch hinter mir lassen, wenn ich dort wieder ankommen will. Ich weiß, dass ihr mich jetzt für grausam und undankbar halten werdet, aber es ist das Beste so. Auch für euch. Das müsst ihr mir glauben.» Leise fügte er hinzu: «Die Samen mögen keine Norweger. Sie haben zu viel und zu stark unter ihnen gelitten. Die Norweger verboten ihnen ihre Sprache. Sie nahmen ihnen Weidegrund weg, der seit Jahrhunderten von den Rentierzüchtern genutzt worden war. Sie achteten ihre Kultur und ihre Bräuche nicht. Die Norweger halten die Samen für Menschen zweiter Klasse.»

Liv und Lucia blickten sich an. «Aber wir sind wahrscheinlich auch Saminnen», sagten beide wie aus einem Mund.

«Nun. Ihr seid vielleicht samisch geboren, aber ihr seid Norwegerinnen. Ihr habt euer ganzes Leben in Norwegen verbracht.»

«Also gut, dann trennen wir uns eben in Alta», erklärte Liv.

«Ja, dort trennen wir uns. Aber allein bis dahin wird es kein leichter Weg sein. Ihr könnt nicht so einfach in den hohen Norden reisen wie nach Christiania. So eine Fahrt muss gut vorbereitet sein.»

«Was meinst du damit?», fragte Lucia.

«Es ist kalt da oben, bitterkalt. Ihr braucht Felljacken, Fellhosen, die dicksten Schuhe, die ihr finden könnt. Mützen, die mit Fell gefüttert sind. Ihr benötigt Schneeschuhe. Und ihr solltet ein Gewehr haben.»

«Ein Gewehr?» Jetzt schaltete sich Sverre ins Gespräch.

Der Same nickte. «Es gibt dort Wölfe, Bären ... Und manchmal muss man jagen, um etwas zu essen zu haben. Aber es gibt noch etwas, was viel wichtiger ist. Was wird mit Marie?»

«Sie kommt mit», erklärte Lucia. «Es sind auch ihre Wurzeln.»

«Lucia, hör zu. Das wird kein Spaziergang. Marie ist viel zu klein. Es ist zu kalt, zu anstrengend, und es kann gefährlich werden», warf der Same ein.

«Sie wird sich daran gewöhnen. Die Samen haben schließlich auch Kinder», tat Lucia seinen Einwand ab, aber insgeheim machten die Worte des Samen sie nachdenklich. Vielleicht war es doch keine so gute Idee, Marie mitzunehmen. Was geschah, wenn sie krank wurde oder sich verletzte?

Der Winter verging wie im Flug. Beinahe jeden Abend saßen Liv und Lucia in Merettes Häuschen und nähten an ihrer Fellkleidung. Lucia hatte Marderfelle auf dem Tisch ausgebreitet und maß eine Hose für sich ab. In

Norwegen trugen die Frauen keine Hosen. Nur die Saminnen taten das, und sie trugen sie unter ihren wunderschönen Wollkleidern. Anders ging es nicht, wollte man nicht erfrieren.

Lucia zeichnete mit einem Kohlestift die Maße auf die Felle, schnitt sie dann zurecht, während Liv sich durch einen Haufen Rentierfelle wühlte. Sie hatten die Felle in der Handelsstation gekauft; sie hatten sie extra bestellen müssen, und Gunhild hatte gefragt, was sie vorhatten. Liv hatte Lucia angesehen, dann hatten die Schwestern mit den Schultern gezuckt und Gunhild einfach stehen lassen, weil die Frau die größte Klatschbase der Insel war.

«Hast du es schon jemandem erzählt?», wollte Liv an diesem Abend wissen. «Außer den Männern vom Stammtisch, meine ich. Die unseren Plan wohl eher für ein Hirngespinst gehalten haben.»

Lucia schüttelte den Kopf. «Nein. Und das habe ich auch nicht vor. Ich weiß jetzt schon, was dann passiert. Runi würde bestimmt sagen: ‹So denk doch an das Kind. Es wird erfrieren da oben im Norden.› Und Gunhild würde sagen: ‹Ich weiß nicht, was ihr da oben wollt, aber ihr habt ja schon immer alles anders gemacht als die anderen hier.› Sie würde die Lippen zu einem schmalen Strich pressen und ihren Kunden den ganzen Tag in den Ohren liegen mit der Geschichte von Liv und Lucia. ‹Denkt nur mal›, würde sie hinzufügen, ‹die Findelkinder machen sich auf zum Polarkreis. Vielleicht wollen sie ihre Eltern suchen.›»

Bjarni hatte Lucia zur Seite genommen und gefragt: «Wovon wollt ihr denn dort leben? Wollt ihr etwa Elche schießen?» Und am nächsten Tag hatte er Wolle herbeigeschleppt und ihnen erzählt, dass es zwar in Trondheim einen Schuster gab, der ihnen die Stiefel mit Fell füttern konnte, er das Ganze aber trotzdem für verrückt hielt.

Seit Tagen lag Lucia eine Frage auf der Seele, doch erst jetzt, im Schein der Petroleumlampe, konnte sie die Frage auch stellen: «Wie viel Geld hast du, Liv? Wir werden welches brauchen. Ich habe ein bisschen sparen können, aber das geht sicher für die Vorbereitungen drauf. Du weißt schon, die Felle, die Stiefel, die Wolle, die Daunen.»

«Mach dir darum keine Sorgen», erwiderte Liv. «Ich habe genug Geld. Ich habe das Honorar der Königlich Naturwissenschaftlichen Gesellschaft gespart und auch für einen Artikel in einem Fachbuch ein paar Gulden bekommen. Und hier auf der Insel brauche ich kein Geld.» Sie setzte sich, ein Fell auf dem Schoß, und sah ihre Schwester an. «Willst du Marie wirklich mitnehmen?»

Lucia seufzte. «Es wird hart für sie werden, ich weiß. Aber was soll ich sonst mit ihr machen?»

«Du könntest sie bei Runi oder Fria lassen. Sie könnte hier spielen und mit den anderen Kindern herumtollen. Wenn sie krank würde, gäbe es Medizin und einen Arzt. Sie hätte ein Bett und ein Dach über dem Kopf.»

«Stimmt, der Norden ist kein Ort für Kinder. Aber sie hat so viel durchgemacht. Ich möchte sie gern bei mir haben.»

«Sie braucht Ruhe, Verlässlichkeit und einen geregelten Tagesablauf», gab Liv zu bedenken. «Das können wir ihr auf unserer Reise nicht bieten.»

«Aber sie braucht mich doch!» In Lucias Augen standen Tränen.

Liv beugte sich vor und strich ihrer Schwester über die Wange. «Sie braucht jemanden, der für sie da ist. Jemanden, der sich um ihre Bedürfnisse kümmert. Wenn ihr etwas zustieße in der rauen Wildnis, du würdest dir das nie verzeihen.»

«Da hast du recht.» Jetzt strömten die Tränen nur so über Lucias Wangen. «Vielleicht ist das alles keine gute Idee.»

Liv ließ die Nadel sinken und betrachtete ihre Schwester. «Was ist los? Worum geht es wirklich?»

«Ich … ich habe Angst, dass Lasse kommt und Marie mit nach Christiania nimmt, wenn sie auf der Insel bleibt.»

«Das würden die anderen niemals zulassen.»

«Er könnte sagen, ich hätte sie im Stich gelassen und sei einfach auf Reisen gegangen. Das tut eine Mutter nicht. Liv, er hätte Gründe, sie mir wegzunehmen.»

«Aber du weißt so gut wie ich, dass Lasse sich nicht sonderlich für seine Tochter interessiert. Denk nur an die schwierigen Monate in Christiania, als er dich und Marie allein ließ und sich um nichts kümmerte.»

«Er wird sich auch in Zukunft nicht kümmern, aber er will mir schaden. Er hat es mir selbst gesagt: ‹Ich mache dich fertig. Du wirst keinen glücklichen Tag mehr haben.›»

Wenn es Liv an etwas fehlte, dann an Diplomatie. Sie sprach aus, was sie dachte, und bereute hinterher oft, was sie gesagt hatte. Doch jetzt war es an der Zeit, klare Worte auszusprechen. «Bleib hier. Ich gehe allein mit dem Samen. Und dann erzähle ich dir alles. Und wenn Marie größer ist und wir wissen, wie es dort ist, dann kannst du noch immer dorthin, vielleicht sogar mit ihr zusammen.»

Wieder stürzten die Tränen aus Lucias Augen. «Aber gerade jetzt weiß ich nicht, wer ich bin und was aus mir werden soll.»

«Das ist Unfug», widersprach Liv. «Du bist Lucia von der Insel Smøla. Du bist da, wo du immer sein wolltest. Du hast ein kleines Haus, eine Arbeit, eine kleine Familie. Du gehörst hierher. Genau hierher, Lucia!»

«Das dachte ich auch, als ich mit Lasse nach Christiania gegangen bin. Ich dachte, ich gehöre zu ihm. Ich gehöre in die Hauptstadt. Nun, wir wissen beide, dass ich mich getäuscht habe. Und seitdem traue ich mir selbst nicht mehr. Weder meinen Gefühlen noch den Entscheidungen, die ich treffen muss. Und ich merke immer stärker, dass ich wissen muss, woher ich komme. Als könnte ich nur so erfahren, wer ich wirklich bin.»

Liv betrachtete die Schwester nachdenklich. «Ich verstehe dich. Ich weiß genau, was du meinst. Auch ich möchte wissen, woher ich komme, damit ich meinen Platz besser finden kann. Es ist unser Recht, das zu wissen. Aber, Lucia, du kannst mir vertrauen. Ich fahre für uns beide, für dich und für mich! Und du musst hierbleiben, für Marie da sein. Du musst ihr eine Heimat geben, damit sie lernt, wer sie ist und wer sie sein kann.»

Lucia erhob sich. «Es ist spät, ich bin müde», sagte sie und räumte die Felle in einen Weidenkorb. Auch Liv erhob sich. Sie küsste ihre Schwester, hüllte sich in das dicke Wolltuch, zog die gestrickten Fäustlinge an und die derben Stiefel.

«Denk in Ruhe über alles nach, Lucia», sagte sie zum Abschied.

Lucia lag die halbe Nacht wach und wälzte sich in ihrem Bett herum. Sie fühlte sich verloren. Schon in Christiania war es so gewesen. Es schien ihr, als wäre sie ein Schiff ohne Anker, das auf den Weiten des Ozeans trieb. Ihr schien, als hätte sie keinen Hafen, keinen Ankerplatz. Oh ja, sie hatte das Häuschen der alten Merette mit deren Sachen, und sie hatte ihre Arbeit in Bjarnis Fabrik. Und doch war da kein Platz, den sie ihr *Zuhause* nennen konnte, kein Platz, den sie sich selbst geschaffen hatte. Und da war auch niemand, der auf sie wartete, der fragte, wie ihr Tag gewesen war, der ihre Freude mit ihr teilte und ihr Leid. Und wenn Liv nun in den Norden gehen würde, hätte sie auch niemanden mehr, mit dem sie offen reden konnte, niemanden, der ihre Zeit in Christiania miterlebt hatte. Und der wusste, wie Lasse wirklich war und wie sehr sie gelitten hatte. Liv hatte sie gerettet, sie war die Starke gewesen, als es darum ging zu überleben. Würde sie allein die Kraft haben, allen Widerständen zum Trotz auf der Insel zu bleiben? Und würde sie es schaffen, Marie tatsächlich ein Gefühl von Heimat zu vermitteln?

KAPITEL 3

Der Winter neigte sich dem Ende entgegen. An manchen Tagen hatte Lucia sogar das Gefühl, den Frühling schon riechen zu können. Doch noch lag der Schnee, noch wuchsen über Nacht Eisblumen an den Fenstern. Die letzten Wochen waren wie im Flug vergangen. Sie hatte sich in Bjarnis Buchhaltung eingearbeitet und sie auf Vordermann gebracht. Sie hatte für Marie einen Weihnachtsbaum geschmückt und Geschenke daruntergelegt. Viele Geschenke, weil sie es sich leisten konnte. Sie hatte eine Puppe mit Porzellankopf gekauft und ein hölzernes Wägelchen dazu. Sie hatte für sie ein Märchenbuch erstanden und einen warmen Mantel, weil sie aus dem alten herausgewachsen war. Die Feiertage hatten sie zusammen mit Liv, Sverre, Fria und dem Samen verbracht, und es waren glückliche Tage gewesen. Tage, an denen sie sich einer Familie zugehörig, geborgen und geliebt fühlte. Am Silvesterabend hatte es im Guesthuset Tanz gegeben, und Jehan, der Sohn des Bürgermeisters, hatte sie aufgefordert, sich mit ihm nach den Klängen der Fiedel zu drehen.

Und doch quälten sie Fragen. Immer wieder grübelte Lucia darüber nach, was richtig sei: Zu gehen mit Marie? Zu gehen ohne Marie? Oder bei Marie auf Smøla zu bleiben? Sie fühlte sich so … so … ach, sie wusste selbst nicht, wie sie sich fühlte. Alle Gewissheiten waren ihr abhandengekommen. Sie hatte an die Liebe geglaubt und lernen müssen, dass sie weder unvergänglich noch erhebend war. Sie hatte an ihre Zukunft geglaubt und erfahren, dass sie nicht planbar war. Sie hatte an ihre Heimat geglaubt und erkannt, dass sie gar nicht wusste, wo ihre Heimat war. Sie fühlte sich wie ein Kind in einem bröselnden Windhaus. Liv hatte gesagt, sie solle ihr Leben einfach weiterleben, dann würde sie eine zweite Chance bekommen. Eine zweite Chance worauf?

Auf eine neue Liebe? Nein, das konnte sie sich nicht vorstellen. Lasse hatte sie verletzt. Er hatte sie verraten und verlassen. Sie glaubte nicht, dass sie jemals wieder einem Mann vertrauen konnte. Doch ebenso wenig konnte sie sich vorstellen, das Leben, das sie im Augenblick führte, noch Jahrzehnte weiterzuleben. Jeder Tag war gleich. Früher war sie damit zufrieden gewesen, hatte sich eingerichtet auf der Insel, von einem Mann geträumt, der sie liebte und leitete. Dem sie blind vertrauen konnte. Blind folgen konnte in die große Stadt, nach Christiania. Um gemeinsam an ihrer Zukunft zu bauen.

Nach ihrem Aufenthalt in der Hauptstadt wusste sie, dass es noch mehr gab als Arbeit, Hausarbeit und Vorräte für den Winter anlegen. Mehr gab, als eine treu sorgende Ehefrau zu sein, die sich nach den Wünschen des Mannes richtete. Nein, sie hatte eigene Wünsche. Sie wollte in den Arm genommen werden, wollte sich geliebt und begehrt fühlen. Und sie wollte wahrgenommen werden, als Mensch und als Frau.

Plötzlich musste sie an Jehan denken. Als Kind hatte

er sie einmal vor allen anderen Kindern gedemütigt, aber Liv hatte ihn verprügelt, und seitdem hatte er Lucia in Ruhe gelassen. Aus dem schlaksigen Jungen mit den viel zu langen Armen und Beinen war ein gut aussehender junger Mann geworden. Er hatte die Handelsschule besucht und arbeitete seit seinem Abschluss in der Fischfabrik seines Vaters. Sie sah ihn hin und wieder und freute sich, wenn er sie anlächelte, und sie hatte gern mit ihm getanzt, hatte sich in seinen Armen wohlgefühlt.

«Schön, dass du wieder auf der Insel bist», hatte er gesagt und ihr die Hand gedrückt. Sie hatte auch gesehen, wie die jungen Frauen, die in der großen Halle die Fische ausnahmen und einsalzten, ihn ansahen. Sie entdeckte das Träumerische in ihren Blicken, doch Jehan kümmerte sich nicht um die Mädchen an den langen Tischen.

Stattdessen versah er gewissenhaft seine Arbeit. Er rollte hilfsbereit ein neues Salzfass herein, wenn das alte aufgebraucht war. Er sorgte am Fischereihafen dafür, dass die Boote und Kutter entladen wurden, organisierte die Schichten anhand des Gezeitenkalenders, denn die Fischer kamen nur bei Flut in den Hafen. Er überwachte das Wiegen des Fangs, prüfte die Qualität der Fische und sorgte dafür, dass die Leute unverzüglich ihren Lohn bekamen. Das Geld holte er aus dem Büro seines Vaters, wo es in einem Tresor lagerte, zu dem Lucia den Schlüssel hatte. Sie zählte ihm die Scheine ab, ließ ihn die Summe quittieren und brachte das Kontorbuch auf den neuesten Stand.

Lucia rieb sich die Stirn. Sie mochte ihre Arbeit, aber sie hatte sich diese Arbeit nicht selbst ausgesucht. Nicht so wie Liv, die studiert hatte und jetzt forschte. Und einen Ehemann hatte, der sie liebte, von ganzem Herzen. Auch sie liebte ihre Schwester, die ihr in der Not zur Seite gestanden hatte. Indem sie zuhörte, mitanpackte und ihr half, Entscheidungen zu treffen. Die ihr Geld gab, als sie nichts besaß. Liv, ihr Fels in der Brandung! Sie gönnte ihrer Schwester das Glück – und doch. Sie beneidete Liv auch um ihren festen Platz im Leben und an Sverres Seite.

Sie wollte so gern mit nach Lappland fahren. Sie wollte erfahren, wer ihre Eltern waren, warum sie die Töchter ausgesetzt hatten und warum gerade auf Smøla. Warum hatten sie als Säuglinge samische Kleidung getragen? Stammten sie von den Samen ab? Waren sie anders als die Insulaner? Anders als die Norweger, wie der Same von sich behauptete? Wo man herkam, das war wichtig. Die eigenen Wurzeln zu kennen. Aber würde das Wissen um ihre Herkunft ihr tatsächlich dabei helfen, ihrem Leben eine neue Richtung zu geben?

Ja, das war Lucias Hoffnung. Und nein, sie wollte nicht für immer da oben im Norden bleiben. Was sie wollte, war zu verstehen, auch sich selbst, denn es gab mindestens zwei Versionen von ihr. Zum einen war da die liebende Mutter, die jeden Tag arbeitete und die Stunden bis zum Wiedersehen mit ihrer Tochter kaum erwarten konnte. Das war die zufriedene Lucia. Doch es gab auch die andere, die sich meist in der Nacht zeigte. Die Lucia, die sich schlaflos und von einer unbestimmten Sehnsucht getrieben im Bett herumwarf und am Morgen zerschlagen aufstand.

«Du brauchst doch keinen Mann, um glücklich zu sein», hatte Liv gesagt, aber das stimmte nicht. Sie brauchte einen Mann. Sie brauchte einen Mann, um sich wertvoll zu fühlen. Eine alleinstehende Frau saß in der Kirche in der letzten Bankreihe. Sie wurde nicht zu allen Festen eingeladen. Und sie musste für sich selbst einstehen. Zum Beispiel gegenüber Gunhild von der Handelsstation, die ihr schlechte Ware verkaufte: Käse, der an einer Seite schon angeschimmelt war, wässrige Butter, Kaffee ohne Aroma. Lucia hatte protestiert, doch die Händlerin hatte nur abschätzig den Mund verzogen und gesagt, sie solle sich mal nichts einbilden und schon gar nicht darüber reden, denn das hätte Konsequenzen. Lucia wusste, mit einem Mann an ihrer Seite wäre ihr so etwas nicht passiert. Dann würde sie sonntags in der Kirche auch nicht in der letzten Bank hocken …

«Sind wir uns wirklich sicher, dass wir den Samen begleiten wollen?», fragte Sverre eines Abends und biss den dicken Faden durch, mit dem er ein Fell ins Innere seiner Stiefel genäht hatte.

«Hast du Zweifel?», fragte Liv.

«Ich frage nur. Das wird kein Spaziergang. Dort ist es dunkel und kalt, es gibt Wölfe und Bären. Wir kennen die Sprache nicht und nicht die Gebräuche. Wir wissen nicht, wie man einen nordischen Winter überlebt.»

«Ja», stimmte Liv zu, «das wird ein Abenteuer. Die Königlich Naturkundliche Gesellschaft wird begeistert sein, wenn ich über das, was ich dort beobachte, berichte. Ich bin so gespannt darauf, wie sich die Raben dort im Norden verhalten. Ich weiß so vieles über sie, aber nicht, wie sie sich verhalten, wenn das Land unter einer meterdicken Schneefläche liegt. Wie ernähren sie sich? Wo nisten sie? Wie ziehen sie ihre Jungen groß? Sie sind Überlebenskünstler, und trotzdem wüsste ich zu gern, ob sie vielleicht leichter sind als ihre Verwandten, die weiter südlich wohnen. Oder sind sie schwerer, weil sie sich eine Art Speckmantel anfressen gegen die Unwirtlichkeit der Natur? Ich habe Nachricht von der Gesellschaft bekommen. Im nächsten halben Jahr kann ich eine Art naturwissenschaftliches Tagebuch des Nordens schreiben, das ich nach unserer Rückkehr überarbeite und dann der Gesellschaft übersende.» Sie hatte rote Wangen bekommen und nahm ihr eigenes Fellstück wieder auf, stieß die Nadel hindurch und fügte einen Ärmel an ein Wams.

Fria saß neben ihr am Tisch und strickte etwas, dass ein Wollkleid werden sollte. Sie hatte extra Schafwolle bestellt, und Liv wusste jetzt schon, dass dieses Kleid fürchterlich kratzen würde, aber der Norden war nun einmal kalt. Bis zu minus vierzig Grad konnte es dort im Winter werden.

Sverre erhob sich, sichtete die Schlafsäcke, die Fellkleidung, die Schuhe. Der Same kam aus der Küche und trocknete sich die Hände an einem Tuch ab. Dann räumte er den Tisch frei, an dem vor einer halben Stunde noch die Männer vom Stammtisch gesessen hatten. Liv hatte gesehen, wie Fria unter dem Tisch mit dem Lehrer Arni Händchen gehalten hatte, und darüber gelächelt. Seit Jahren schon verehrte der Lehrer die Wirtin, brachte ihr Blumen und Schokolade. In der Öffentlichkeit tat Fria, als wäre er ihr gleichgültig, doch Liv hatte ihn hin und wieder des Nachts ins Haus schleichen hören.

Jetzt hielt Liv das Fellstück hoch. «Was sagst du?»

Der Same nahm es ihr aus der Hand, betrachtete jeden einzelnen Stich. «In dem Ding wirst du erfrieren.»

«Wieso das?»

«Weil du nicht sorgfältig genug gearbeitet hast. Du hattest noch nie ein Händchen für Handarbeiten. Denk an den selbst gestrickten Schal, den du mir vor Jahren zu Weihnachten geschenkt hast, der hat sich ganz von allein aufgelöst. Der Knopf, den du mir an meine Kochjacke genäht hast, ist abgefallen, und deine Socken halten nicht.» Der Same nickte ernst. «Das alles war nicht so schlimm, aber nun bereitest du dich für den Norden vor. Schau dir das Fellwams an. Die Stiche sind viel zu weit auseinander, die Kälte wird jedes Schlupfloch finden. Du musst noch einmal von vorn anfangen und die Stiche so klein wie möglich machen. Wenn du fertig bist, streiche die Nähte mit Wachs ein, damit sie dich warm und trocken halten.»

Liv verzog den Mund, Fria und Sverre lachten. Der Same aber blieb ernst. «Du musst sorgfältig sein, Liv. Jeder Fehler kann dir im Norden das Leben kosten.»

Sie seufzte. «Ich bin doch sorgfältig», protestierte sie.

«Ja, wenn du deine Beobachtungen über die Raben machst, dann schreibst du alles gewissenhaft auf. Da unterläuft dir kein Fehler, da bist du so sorgsam, wie man nur sein kann. Aber jetzt musst du dich mehr anstrengen, weil deine Kleidung lebensentscheidend sein kann.»

Livs Wangen röteten sich. Der Same hatte noch nie mit ihr geschimpft. Nicht einmal, als sie noch ein kleines Mädchen war. Doch jetzt tat er es, und das zeigte ihr, wie ernst es ihm war.

Fria nahm ihr das Fellstück aus der Hand. «Ich nähe es für dich», sagte sie, doch der Same schüttelte den Kopf.

«Nein, das muss sie selbst tun. Was geschieht, wenn eine Naht dort oben am Polarkreis reißt? Liv muss sie selbst flicken können, denn dann bist du nicht da.»

«Schaust du dir bitte meine Stiefel an?», bat Sverre, und Liv wusste, dass er das tat, um den Samen von ihrer Arbeit abzulenken.

Der Same nahm einen Stiefel hoch, fuhr mit der Hand hinein, drang in jede Ecke, dann nickte er. «Das hast du gut gemacht.»

Er setzte sich an den Tisch. «Ich kann kaum glauben, dass wir in zwei Wochen schon aufbrechen.» Er seufzte, und Fria betrachtete ihn prüfend. «Bist du wirklich sicher, dass du dorthin zurückmöchtest? Du hast hier ein Zuhause.»

Der Same nickte. «Ich weiß, Fria, und ich danke dafür. Aber es ist an der Zeit.»

Am nächsten Morgen nahm der Same die alte Elchbüchse von Frias verstorbenem Mann zur Hand. Jeder auf der Insel hatte ein Gewehr, aber die wenigsten hatten es je gebraucht. Es gab hier weder Elche noch Wölfe. Im Sommer schossen einige der Fischer auf die Eiderenten, damit ihre Frauen etwas zum Rupfen und Verkaufen hatten.

«Hast du schon einmal geschossen?», fragte er Sverre.

Der junge Mann verneinte. «Ich komme aus Stavanger, habe bislang immer in der Stadt gelebt.» Er betrachtete seine Hände, als hätte er sie noch nie gesehen. Bislang hatten sie nur Stifte gehalten, doch jetzt musste er sich an neuen Dingen probieren.

«Gut, dann kommst du mit mir mit. Dass Liv noch nie geschossen hat, weiß ich.»

Fria wiegte den Kopf. «Ist das wirklich nötig?»

«Im Norden hast du keine Zeit, um lange zu überlegen. Was geschieht, wenn du von Wölfen angegriffen wirst? Dann musst du schießen, sonst bist du tot. Und das ist noch nicht alles. Ich fahre morgen nach Trondheim, um noch einige Einkäufe zu erledigen. Und ihr beide solltet mitkommen.»

Er nahm das Gewehr, machte Sverre und Liv ein Zeichen, ihm zu folgen. Zu dritt gingen sie bis zu dem kleinen Birkenwäldchen. Es war inzwischen März geworden, und die ersten Krokusse zeigten sich auf den Wiesen, während an den sonnenfernen Stellen noch Schneereste zu sehen waren. Das Gras war von Feuchtigkeit gesättigt und schmatzte unter den Schuhsohlen. Der Himmel zeigte noch eine eher fahle Färbung, doch die Luft duftete bereits nach frischem Grün.

Der Same nahm einen Kohlestift und zeichnete einen Kreis auf einen Birkenstamm. Dann maß er zehn Schritte ab und gab Sverre das Gewehr.

«Ziele auf den Kreis. Und pass auf den Rückstoß auf. Dein Auge darf nicht zu nahe am Visier sein.»

Sverre legte an, zielte und schoss. Die Kugel landete irgendwo und hatte den Baum nicht einmal gestreift. Betreten reichte er das Gewehr weiter.

«Jetzt du, Liv.»

Liv presste das Gewehr gegen ihre Schulter. Sie zielte

lange und drückte erst ab, als sie sicher war, die richtige Haltung gefunden zu haben. Ihre Kugel schoss an der Birke vorbei, riss aber ein Stück Borke ab. Sie hatte den Stamm gestreift. Der Rückstoß der Waffe war so heftig, dass Liv ins Taumeln geriet, die Büchse hochriss und einen weiteren Schuss in den Himmel abgab.

«Nicht schlecht, aber das muss noch besser werden. Vor allem musst du schneller zielen. Ein Bär bleibt nicht stehen und wartet, bis du ihn perfekt anvisiert hast», meinte der Same. «Dass du die Büchse nach oben reißt und aus Versehen abdrückst, darf dir nie wieder passieren. Du könntest jemanden dabei töten.»

Beim nächsten Schuss schlug das Gewehr so heftig an Livs Schulter, dass sie aufschrie.

Sverre traf dafür direkt in den Kreis, aber er schwor, das sei Zufall gewesen. Den ganzen Tag lang übten sie das Schießen, und erst als Livs Arme zu zittern begannen, erlöste sie der Same.

«Ihr müsst jeden Tag üben, habt ihr mich verstanden? Jeden Tag.»

«Ich habe mir das alles viel leichter vorgestellt», gab Liv am Abend beim Essen zu. «Eher wie einen Ausflug, eine Expedition. Wie die Exkursion, die wir mit Fridtjof Nansen erlebt haben.» Liv dachte zurück an ihre Zeit auf der *Fram*.

Der Same ließ den Löffel sinken. «Es geht um Leben und Tod. Das dürft ihr nie vergessen.»

KAPITEL 4

Am nächsten Tag brachen sie nach Trondheim auf und besuchten als Erstes ein Geschäft, in dem Waffen verkauft wurden.

«Wir suchen ein leichtes Jagdgewehr, aber doch so stark, dass es einen Bären töten kann», erklärte der Same. «Und noch eine Bärenbüchse. Sie kann ruhig etwas schwerer sein. Dazu je einhundert Schuss Munition.»

Der Verkäufer brachte das leichte Gewehr und führte sie durch den Hinterausgang in einen kleinen Hof, an dessen Wand Heuballen aufgetürmt waren. Der Same nahm das Gewehr in die Hand, prüfte und wog es, reichte es weiter an Liv, während der Verkäufer erklärte, wie sie es laden musste, und trat dann einen Schritt zur Seite.

Liv legte an, schoss und traf! «Dieses Gewehr ist viel leichter als deine Elchbüchse. Und mir tut die Schulter nicht so weh davon.» Sie lud nach, schoss erneut, und erst als der Verkäufer ihr die Büchse abnahm, konnte sie aufhören. «Das macht Spaß», stellte sie fest, aber ein Blick auf den Samen ließ sie verstummen. «Ich weiß, dass der Norden kein Spaß ist, sondern eine Sache auf Leben und Tod.»

Dann schoss Sverre mit dem Bärentöter, und der Rückstoß warf ihn beim ersten Mal schier gegen die Hauswand, doch allmählich lernte er, wie die Waffe zu handhaben war.

«Wir nehmen beide», erklärte der Same. «Und wir brauchen Messer. Am liebsten samische. Haben Sie welche?»

Die Samen waren für ihre Messer bekannt. Sie zerlegten damit Rentiere, schnitten Brot, trennten armdicke Seile, schlugen sich einen Weg durch unwegsames Gelände und trugen ihre Messer stets bei sich.

«Hier habe ich ein paar Messer von einem Samen aus Hammerfest.» Der Verkäufer öffnete eine Schublade und legte zwei etwa zwanzig Zentimeter lange Messer auf den Tisch.

Der Same prüfte mit dem Daumen die Schärfe der Klingen, betrachtete die kunstvollen Schnitzereien und nickte zufrieden. «Die Messer sind von Ailo, dem Dicken», sagte er. «Ich kenne ihn, er ist bekannt für seine guten Messer.»

Sie kauften die beiden Gewehre und die Messer, die teurer waren, als Liv gedacht hatte. Ihre Ersparnisse waren durch diesen Kauf schon ziemlich geschrumpft, und sie hatten ihre Einkaufsliste noch lange nicht abgearbeitet. Sie hätte auch gern ein neues kleines Mikroskop gekauft, um auf ihrer Reise damit zu arbeiten, doch das konnten sie sich nicht mehr leisten. Auch ein leichteres Fernglas war vonnöten, und auch das musste warten …

Also gingen sie als Nächstes in eine Papierhandlung, kauften in Leder gebundene Notizbücher und zwei Dutzend Bleistifte, denn die Tinte würde da oben wahrscheinlich einfrieren. Außerdem besorgten sie Proviant – getrocknetes Rentierfleisch, Zwieback, Tee, ein wenig Kaffee für die Sonntage –, dazu mehrere Meter Seil, Seife,

Kerzen, Haken, ein wenig Werkzeug, einen ganzen Ballen groben Leinenstoff, den sie zu Hause mit Wachs tränken würden, dazu einen robusten Topf, zwei feste Rucksäcke und zwei Dutzend Packungen Streichhölzer.

Vollbepackt kehrten sie am nächsten Tag mit dem Postschiff zurück nach Smøla. Am darauffolgenden Morgen breitete der Same die Leinwand auf einem Gestell aus, kochte das duftende, teure Bienenwachs und beauftragte Sverre, es mit einem Pinsel gleichmäßig über die Leinwand zu streichen. Liv bekam die Aufgabe, sich durch sämtliche Felle zu wühlen und diejenigen auszusuchen, auf denen sie in ihrem Leinwandzelt schlafen würden.

Sie hatten so viel zu tun, dass die letzten Tage wie im Flug vergingen. Schließlich packten sie alles zusammen, was sie brauchten, und der Same kontrollierte ihr Gepäck. Er wühlte in Livs Rucksack und warf als Erstes drei Bücher hinaus.

«Die brauche ich zum Arbeiten», protestierte Liv.

«Die brauchst du nicht. Sie sind viel zu schwer. Du musst tagelang zu Fuß gehen.» Widerstrebend räumte Liv die Bücher zurück ins Regal, aber der Same hatte schon weitergekramt und brachte nun ihre Tracht zum Vorschein. «Die brauchst du dort nicht.»

«Aber sie ist meine Festkleidung. Was soll ich am 17. Mai anziehen? Alle Frauen tragen am Nationalfeiertag ihre Tracht.»

«Das tun die Norwegerinnen. Dort oben in Lappland leben aber hauptsächlich Samen.»

«Na gut, dann bleibt sie eben hier.» Mit einem leichten Seufzer hängte Liv die Tracht zurück in den Schrank.

Auch Sverre musste Federn lassen und sein geliebtes Kopfkissen wieder auspacken, dazu sein norwegisches Wörterbuch. Die Samen sprachen Samisch, eine Sprache, die es nur mündlich gab, allerdings sprachen die meisten von ihnen auch Norwegisch. Sverre hatte ein Wörterbuch der samischen Sprache kaufen wollen und feststellen müssen, dass es keines gab. Noch nie hatte sich jemand diese Mühe gemacht. Und auch er würde kein samisches Wörterbuch schreiben, doch er wollte die Geschichten, die er zu hören hoffte, so genau wie möglich wiedergeben, und dabei wäre ein zweisprachiges Wörterbuch ihm sicher eine große Hilfe gewesen.

Zwei Tage vor der Abreise veranstaltete Fria ein kleines Fest. Bjarni kam mit seiner Frau und einem Paket Nägel. Der Fischer Chrisander brachte getrockneten Fisch, Arni steuerte noch ein paar Kohle- und Rötelstifte bei, Runi hatte einen Laib Braunkäse mitgebracht und Lucia eine Sammlung von verschiedenen Heilkräutern, noch aus dem Bestand der alten Merette.

Sie aßen und tranken, und Liv wurde das Herz schwer. Sie wollte nach Norden, sie wollte unbedingt dorthin, aber sie würde ihre Freunde vermissen und Fria, die immer wie eine Mutter für sie gewesen war. Sie dachte an die Menschen, denen sie begegnen würde. Fremden. Vielleicht aber auch ihren Eltern, ihrer leiblichen Mutter. Wenn sie zurückkehrten, würde es nicht mehr so sein, wie es war. Und mit Sicherheit würde der Same fehlen.

Bjarni goss eine weitere Runde Aquavit in die Gläser, stieß auf den Samen an und sagte: «Jetzt kannst du es uns doch verraten.»

«Was verraten?»

«Na, dein Geheimnis. Warum bist du weg aus deiner Heimat? Wer bist du dort gewesen? Ein Rentierzüchter? Wie heißt du wirklich? Und was, denkst du, erwartet dich in der Heimat? Besteht die Möglichkeit, dass du doch mit Liv und Sverre zurückkehrst? Wovon wirst du dort leben? Hast du Familie?»

Der Same lächelte. Er stopfte sich seine Pfeife, die er nur an hohen Feiertagen anbrannte. «So viele Fragen», stellte er fest. Er sah Bjarni an. «Ich bin der, den du hier kennengelernt hast.»

«Aber du hast doch eine Vergangenheit», insistierte der Bürgermeister.

«Ja, aber sie ist unwichtig. Du kennst mich. Alles, was du über mich weißt, ist richtig.»

«Ich halte dich für einen guten Mann. Verlässlich. Handwerklich geschickt. Einen Mann, dem man vertrauen kann. Und über deine berühmte Fischsuppe, deinen Rentierbraten und den Braunkäse kann man nur das Beste sagen. Aber wer bist du?»

Wieder lächelte der Same. «Du hast alles aufgezählt, was es über mich zu wissen gibt. Und ich bin stolz, dass du mich verlässlich nennst und Vertrauen zu mir hast. Was kann ein Mann mehr verlangen?»

Da begriff auch Bjarni, dass der Same wirklich nicht über seine Geheimnisse sprechen wollte. So wie in den letzten fünfundzwanzig Jahren nicht. Als er im Sommer 1876 auf die Insel gekommen war, war er Anfang dreißig gewesen. Inzwischen hatte er bereits die fünfzig überschritten und war ein alter Mann.

«Solltest du dich nicht lieber hier zur Ruhe setzen?» Fenris, der Pfarrer, der den Samen noch nie in seiner Kirche hatte begrüßen dürfen, ihn aber ebenso gut oder schlecht kannte wie die anderen, schaltete sich ein.

«Nicht hier, Fenris. Ich bin ein Nordmensch. Ich sehne mich nach den strengen Frösten, nach dem Brüllen der Rentiere, nach den Nordlichtern und der Mitternachtssonne. Ich habe Sehnsucht nach den Nächten in einer Kote, dem typischen Rundzelt der Samen. Ich möchte wieder samische Kleidung tragen, ich will ganz einfach zurück zu meinen Wurzeln.»

«Und was ist, wenn du dich zu sehr von allem entwöhnt hast?», wollte Arni wissen.

Der Same schüttelte den Kopf. «Die Heimat ist mir mit Blut ins Herz geschrieben. Das mag für euch alle überraschend sein, nach all den Jahren, die ich bei euch und mit euch gelebt habe. Und doch spüre ich seit einiger Zeit immer intensiver, dass ich gehen muss.»

Da erhoben alle erneut ihre Gläser und stießen auf den Samen an.

Liv stand auf, auch Lucia erhob sich. Beide spürten, dass sie noch einige Augenblicke zusammen sein wollten, allein. Sie traten hinaus, sogen die frische Luft auf und gingen gemeinsam Richtung Ufer, hörten das Meer rauschen und sahen hinauf zum Sternenhimmel. Es war Liv, die als Erste Worte fand. Sie legte den Arm um Lucia.

«Ich werde dich schrecklich vermissen», sagte Liv und drückte Lucia an sich. «Dich und Marie. Wir waren noch nie wirklich lange voneinander getrennt. Aber ich werde diese Reise für uns beide unternehmen. Ich werde herausfinden, woher wir kommen, wer unsere Eltern sind, wer unsere Vorfahren waren. Das verspreche ich dir.»

Sie dachte an die Reise, die vor ihnen lag. Sie würden im Binnenland sein, auf den Hochplateaus und bei den Rentierherden. Es gab verschiedene samische Stämme. Die einen lebten am Meer und vom Robbenfang, die anderen züchteten im Binnenland Rentiere. Aber allen war gemein, dass sie so ganz anders waren als die Norweger. Es hieß, die Samen wären schon von Anbeginn im Norden gewesen. Früher als alle anderen, früher auch als die Norweger, die Schweden, die Finnen und die Dänen. Die Samen waren die Ureinwohner Europas und blickten auf eine jahrhundertealte Kultur zurück.

Es wird ein Abenteuer, dachte Liv und sah einer Möwe nach. Das größte Abenteuer meines Lebens.

KAPITEL 5

Lucia fühlte sich seit Livs Abreise vor sechs Wochen noch verlassener. Sie brachte Marie jeden Morgen zu Runi, lächelte, wenn die Kleine ihrer Oma um den Hals fiel, machte sich dann auf den Weg in die Fabrik. Unterwegs traf sie die Frauen, die an den Fischtischen in der großen Halle arbeiteten. Müde sahen sie aus, die Haare zu einem einfachen Zopf geflochten, die Schritte schwer in den Holzpantinen, die Kleider sauber, aber verschlissen. Warum auch sollten sie sie pflegen? Sie zogen einen Kittel darüber, doch am Abend stank alles an ihnen nach Fisch: die Haare, die Haut, die Kleider. Die meisten schafften es nicht, jeden Tag den Körper und die Haare zu schrubben, bis der Geruch gänzlich verschwunden war. Sie badeten vor dem sonntäglichen Kirchgang in einer Zinkwanne in der Küche, das musste reichen. Im Sommer konnten sie im Meer schwimmen, doch der Sommer war noch weit.

Lucia grüßte die Frauen, wechselte ein paar Worte mit ihnen: «Geht es deinem Kleinen besser? Hustet er immer noch so schlimm? Mach ihm einen Aufguss aus Pfefferminze, die Blätter kannst du dir bei mir holen.» Ein Rabe hockte auf dem Dachfirst des Guesthuset, und Lucia lächelte. Liv würde ihr jetzt erklären, dass die Jungen gerade dabei waren zu schlüpfen, und sie würde vor

Aufregung rote Wangen bekommen. Bei dem Gedanken seufzte Lucia. Liv war in diesem Moment auf einem der Postschiffe, die durch die Lofoten bis hoch nach Tromsø fuhren.

Plötzlich hörte sie ihren Namen rufen. Sie blieb stehen, wandte sich um. Es war Jehan, der gerufen hatte.

«Lucia, bitte warte.»

«Ist was passiert?», fragte sie, als er sie erreichte. «Ist was mit dem Büro?»

«Nein, gar nicht. Ich wollte dich nur etwas fragen.» Er schloss den Mund und starrte sie an.

«Was wolltest du fragen?»

Jehan räusperte sich, dann sprach er mit dünner Stimme: «Fragen wollte ich dich, ob du mit mir am Nationalfeiertag zum Tanz gehst.»

Tanz. Wie gern hatte Lucia früher getanzt, dass die Röcke schwangen und ihr die Zöpfe um die Ohren flogen. Und sie erinnerte sich noch genau an den Tanz zu Silvester. Sie hatte sich wohlgefühlt in Jehans Armen. Marie würde bald vier Jahre alt werden, und sie war in der Hauptstadt nie mit Lasse zum Tanz gewesen. Sie tanzten anders, dort in Christiania. Nicht eingehakt und umeinander herumstampfend wie hier, sondern elegant im Walzertakt.

Doch sie schüttelte den Kopf. «Jehan, das geht nicht, ich bin eine geschiedene Frau. So eine geht nicht zum Tanz zum Nationalfeiertag. Außerdem muss ich Marie ins Bett bringen und nachts bei ihr bleiben.»

«Und was war an Silvester?»

«Da waren wir unter uns. Am Nationalfeiertag findet der Tanz in aller Öffentlichkeit statt.»

«Mein Vater hat gesagt, niemand wird es wagen, dir die Scheidung vorzuhalten.»

«Mag sein, dass Bjarni da ein Auge draufhat, aber die Gedanken der Leute kann auch er nicht kontrollieren, genauso wenig wie Gunhilds Klatschsucht.»

Jehan blickte sie an, scharrte mit der Fußspitze auf dem Boden. «Aber ich möchte gern mit dir tanzen.» Er blickte sich um, senkte die Stimme: «Das wollte ich schon immer. Sogar, als wir noch Schulkinder waren. Du erinnerst dich sicher.»

«Ich erinnere mich daran, dass du mir unter den Rock gefasst hast und Liv dich dafür verprügelt hat.»

Jehan hatte den Anstand, ein wenig betreten dreinzuschauen, doch dann fasste er sich ein Herz. «Was ich damit sagen wollte, ist: Ich habe dich schon immer gemocht. Dann bist du weggegangen, aber jetzt bist du wieder hier.»

Lucia zupfte an ihrem Rock, wischte ein Stäubchen weg. «Ich bin nicht die Richtige für dich, Jehan. Such dir eine andere. Eine ohne Kind und Scheidung.»

Damit drehte sie sich um.

«Darf ich dich wenigstens einmal besuchen?», rief er ihr hinterher, doch Lucia antwortete nicht.

Als sie im Büro hinter ihrer Schreibmaschine saß, dachte sie an Jehan. Sie mochte ihn auch, ja, ihre erste unschuldige Kinderliebe hatte ihm gegolten. Jetzt war er ein Mann. Ein hübscher Mann. Groß, mit blauen Augen und blondem Haar, das ein wenig zu lang war und auf seinen Kragen stieß. Obwohl er nach Bjarni der Chef der

Fischfabrik war, trug er eine Arbeitshose und einen Pullover, den wohl seine Mutter gestrickt hatte. Er packte überall mit an, war sich für keine Arbeit zu schade. Und er hurte auch nicht herum, was verwunderlich war, denn die meisten jungen Arbeiterinnen hätten wohl nichts gegen ein Schäferstündchen mit dem Sohn des Chefs gehabt. Aber davon hörte man nie. Er hatte keine ins Unglück gestürzt, hatte sich aber auch noch für keine entschieden. Sechsundzwanzig Jahre war er alt. Zeit für ihn, sich eine Frau zu suchen, ein Haus zu bauen, Kinder zu bekommen.

Aber ach, was sollten alle diese Gedanken! Sie konnte froh sein, diese Arbeit zu haben, bei der sie so viel verdiente, dass sie ein wenig von ihrem Lohn sparen konnte. Sie sammelte das Geld in einer alten Kaffeekanne. Es war für Marie bestimmt. Für später. Sie sollte studieren können oder sich einen eigenen Hausstand anschaffen. Lucia würde ihrer Tochter die freie Wahl lassen. Marie war ein aufgewecktes Kind, da kam sie ganz nach ihrem Vater. Und sie zeigte schon jetzt Ehrgeiz, den hatte sie von Lucia.

Bjarni platzte ins Büro. Er platzte überall herein, und manchmal dachte Lucia, dass er wie ein Schuss war, der sich aus einem Gewehr gelöst hatte. Nicht aufzuhalten und mit gewaltigem Einschlag. Allerdings richtete er keine Schäden an.

«Na, meine Liebe, wie geht es dir?», fragte er laut und freundlich. Er trat an den Aktenschrank, wühlte darin herum und fragte dann: «Wo ist das Kontorbuch?»

Lucia hatte es vor sich liegen. Sie war gerade dabei gewesen, die Ankäufe des gestrigen Tages zu notieren.

«Hier ist es.»

Bjarni nahm es entgegen, wollte damit das Büro verlassen. «Ich habe noch eine Frage», hielt Lucia ihn auf. «Ich benötige die Verkaufszahlen vom Klippfisch. Da war doch letztens dieser Kutter da, der voll beladen zu den Britischen Inseln wollte.»

«Ja, nun, na ja, dieses Geschäft hat nicht geklappt», redete Bjarni herum. «Der Kutter, weißt du, es waren Leute darauf, mit denen man schlecht Geschäfte machen kann.»

«In Ordnung. Trotzdem fehlen mir die gesamten Verkäufe des letzten Monats. Und bei den Zahlen für die Ankäufe von den Fischern scheinen auch noch etliche zu fehlen. Ich weiß, dass die Zahlen vor einem Jahr deutlich höher lagen.»

Bjarni ließ sich auf den Stuhl vor ihrem Schreibtisch fallen. Schweißperlen standen auf seiner Stirn, obwohl es nicht warm war im Raum. «Hast du noch etwas zu trinken?», wollte er wissen, und Lucia holte eine Flasche Aquavit und ein Glas aus der untersten Schreibtischschublade. Sie goss das Glas randvoll und schob es Bjarni hin. Der nahm es, warf den Kopf in den Nacken und trank es mit einem Zug aus. «Ahh!», machte er und stellte das Glas ab. «Es wird wohl Zeit, mit dir über die Fabrik zu sprechen. Du siehst die Zahlen ja sowieso.»

Lucia lehnte sich zurück, verschränkte die Arme vor der Brust. Das klang nicht gut.

«Also, es sieht so aus, als ginge uns das Geld aus. Wir können nur noch wenig Fangfisch ankaufen. Und wer wenig kaufen kann, der hat auch wenig zu verkaufen.»

Lucia nickte; sie hatte bereits bemerkt, dass nicht mehr viele Kutter im Hafen der Fabrik anlegten. Aber sie hatte sich keine Gedanken darum gemacht.

«Wie ist das passiert?», fragte sie nun und konnte die Überraschung in ihrer Stimme nicht verbergen. «Vor Kurzem hast du begonnen, eine neue Halle zu bauen.»

«Das ist es ja. Die Ziegel und das Holz, das alles musste ich auf dem Festland kaufen. Es war teurer, als ich geplant hatte. Also habe ich erst einmal alles Geld in die Halle gesteckt. Nun ist sie halb fertig, und das Geld ist alle.»

«Kannst du dir bei der Bank nicht einen Kredit besorgen?»

Bjarni schüttelte den Kopf. «Letztes Jahr wollte die Meine das Haus renovieren. Alles musste raus. Sogar Fenster und Türen. Neue Möbel kamen an, Vorhänge, Teppiche und was weiß ich noch alles. Ich musste an unsere Reserven gehen. Nun sind auch die aufgebraucht, und die Bank will mir keinen Kredit mehr geben, weil ich keine Sicherheiten vorweisen kann.»

Lucia lief es kalt den Rücken herunter. «Musst du die Fabrik schließen?», fragte sie bang.

«Ja, nun, na ja, ich hoffe nicht, dass es so schlimm wird.»

«Aber es wäre möglich?», hakte sie nach.

«Möglich ist alles», wich Bjarni aus.

«Wann?»

Er hob die Schultern. «In drei Monaten vielleicht.»

«Wie können wir das verhindern? Bjarni, du kannst die Fabrik nicht schließen. Wir alle leben davon. Die Fischer bringen ihren Fang zu dir, ihre Frauen arbeiten in der Fabrik. Schließt du sie, wird die Insel verarmen. Das darf nicht geschehen.»

«Ich weiß. Ich schlafe kaum noch deswegen.»

«Weiß es Jehan?»

Bjarni schüttelte den Kopf. «Ich habe ihm noch nichts gesagt, aber er ist nicht dumm und hat Augen im Kopf. Er hat längst bemerkt, dass wir kaum noch Fang ankaufen.»

«Du musst ihm alles erzählen. Vielleicht hat er eine Idee.»

Bjarni erhob sich, dann seufzte er, blickte Lucia verzweifelt an. «Ich gehe mal in die Halle. Sehen, ob dort alles läuft.» Und ließ Lucia mit ihrer Angst allein.

Was sollte sie tun, wenn die Fischfabrik schloss? Wo sollte sie Geld hernehmen? Es gab keine andere Arbeit auf der Insel.

Auch sie erhob sich, ging gedankenverloren im Büro auf und ab, doch bis zum Feierabend hatte sie keinen einzigen guten Gedanken fassen können. Wenn nur Liv da wäre, dachte sie. Aber eigentlich war Lucia diejenige, die immer den Kopf oben behielt, das Für und Wider abwog, die organisieren konnte und sich in Geschäftsdingen auskannte. Liv dachte in anderen Bahnen. Sie kam auf Einfälle, auf die Lucia niemals kommen würde.

Als sie die Fabrik am Abend verließ, versank die Sonne langsam am Horizont. Die Frauen aus den Hallen eilten mit schweren Schritten nach Hause an den Herd, um das Abendessen für die Familie zu kochen. Wer weiß, wie lange sie noch etwas hatten, das sie in die Töpfe stecken konnten …

Runi hatte Zimtschnecken gebacken, und das ganze Pfarrhaus duftete danach. «Du kommst spät heute», sagte sie.

«Entschuldige, es war so viel zu tun.» Liebend gern hätte Lucia ihrer Ziehmutter berichtet, wie es um die Fischfabrik stand, dass sie Angst hatte, bald nicht mehr für Marie sorgen zu können. Doch sie schwieg, denn Runi würde erschrecken und sich vielleicht beim nächsten Einkauf in der Handelsstation verraten. Und dann würde die Angst umgehen auf Smøla. Lucia hoffte, dass ihr etwas einfiel, eine Lösung für sich und für die anderen. Sie zog ihrer Tochter die Strickjacke an, ließ sich ein paar Zimtschnecken einpacken und verabschiedete sich.

Unterwegs hielt sie Maries Hand, und die Kleine hüpfte neben ihr her. Sie war ein fröhliches Kind, auch wenn sie schon einiges in ihrem kurzen Leben hatte mitmachen müssen. Sie hatte ihren Vater verloren, ihr erstes Zuhause, aber sie hatte auch eine Menge gewonnen: Freunde, Großeltern, die Natur. Lucia betrachtete ihre Tochter und strich ihr sanft über die blonden Locken, während die Kleine einen Käfer auf dem Weg betrachtete. Manchmal erinnerte Marie sie an Liv. Auch Marie liebte das Meer, liebte die Pflanzen und die Tiere. Vielleicht sollte sie ihr wirklich den Hund kaufen, den sie sich so innig wünschte. Lucia würde alles für ihre Tochter tun.

«Was hast du heute erlebt?»

«Ich habe Runi geholfen, die Zimtschnecken zu backen», erzählte sie fröhlich. «Zuerst muss man nämlich Mehl in eine Schüssel tun und dann …»

Lucia konnte ihr heute nicht zuhören. Ab und an sagte sie so etwas wie «Gut gemacht» oder «Na so etwas», während ihre Gedanken um Bjarnis Fischfabrik kreisten. Die Existenz der Insel hing davon ab. Schloss die Fabrik, würden viele woanders hinziehen müssen. Nach Trondheim, um dort Arbeit zu finden. Nach Bergen oder gar nach Christiania. Die Frauen würden in fremden Haushalten arbeiten und die Familien in winzigen Wohnungen leben müssen. Ihre Häuser und Boote würden zerfallen, vielleicht kam das Postschiff nicht mehr jede Woche, die Handelsstation würde womöglich dichtmachen. Die Schule würde schließen, weil es nicht mehr genug Schüler gab. Der Arzt würde die Insel verlassen, und die, die noch da waren, wären unversorgt.

Lucia hatte in der Stadt gelebt. Sie wusste, wie es war, dort arm zu sein und sich die Nase an den Schaufenstern mit den prächtigen Angeboten platt zu drücken. Als Lasse sie verlassen und keinen Unterhalt gezahlt hatte, da hatte sie gehungert. Und wenn Liv ihr nicht geholfen hätte, hätte sie auch die Miete nicht mehr zahlen können. Sie hatte Leute gesehen, die ohne Obdach waren. Sie hatte beobachtet, wie die Menschen in Hauseingängen auf dem Boden geschlafen, die Mülleimer durchstöbert, sich ein paar Kronen auf der Karl Johans gate erbettelt hatten.

Sie sah das alles ganz deutlich vor sich – und sie bekam Angst. Angst um ihr Kind, um sich, um ihre Zukunft.

KAPITEL 6

Sie waren bereits vierzehn Tage unterwegs, als das Postschiff die Lofoten erreichte. Liv stand den halben Tag an der Reling, betrachtete die schneebedeckten Berggipfel auf dem Festland, die zahlreichen Inseln. Sie liebte ihre Heimat, sie liebte das Meer, kannte deren Schönheit, aber nie war ihr diese Schönheit so bewusst gewesen wie jetzt. Ihr Herz ging auf, ganz tief atmete sie die würzige Meeresluft ein, sah sich satt an den Meeresvögeln, an den felsigen Inseln, am Himmel, der sich mal blau und mal grau über ihr wölbte. Sie war glücklich. Von Herzen glücklich und dankbar für alles, was sie sah, hörte, roch und schmeckte.

Sverre stand neben ihr, und sie fasste nach seiner Hand, weil sie Angst hatte zu zerspringen. Vor Glück. Ihr Herz schlug hart, als wollte es ausbrechen, als wollte es sich aufschwingen. «Ich danke dir», brachte sie heraus. «Ich danke dir so sehr.» Und sie wusste nicht, ob sie damit die Erde, die Natur, Sverre oder alles zusammen meinte.

«Es ist wunderschön hier», hörte sie Sverre sagen. Er ließ ihre Hand los, legte den Arm um ihre Schultern und drückte sie an sich.

«Ich bin so froh, dass wir das alles zusammen erleben.» Liv hatte keine Worte, um die Schönheit zu beschreiben, aber das musste sie auch gar nicht. Sie war Naturwissenschaftlerin und Sverre der Wortmensch. «Beschreib mir, was du siehst und fühlst», bat sie ihn.

«Der Himmel sieht aus wie das Mariengewand. Die Sonne liegt auf meinem Gesicht wie ein in warmes Wasser getauchtes Tuch. Die Berge sehen aus wie die Wohnstätten der alten nordischen Götter. Da vorn, siehst du den großen Felsen? Darin liegt das Erz, aus dem Thor seinen Hammer geschmiedet hat. Und gleich daneben das Plateau? Da essen die Trolle zu Abend.»

Liv lachte. «Du bist wirklich ein Dichter.» Dann wurde sie ernst. «Sverre, ich habe dir so viel zu verdanken.» Wieder quoll ihr Herz fast über. «Ich liebe dich so sehr. Deine Liebe macht es möglich, dieses Abenteuer zu erleben.»

Sverre beugte sich zu ihr hinab, küsste sie. «Auch ich bin froh, mit dir hier zu sein.»

«Aber deine Forschungen über die Insel Thule. Bereust du es nicht, dass du sie unterbrechen musstest?»

Sverre schüttelte den Kopf. «Ehrlich gesagt, ich stecke da fest. Es gibt nur eine einzige Quelle, ich habe dir davon erzählt, und die ist über tausend Jahre alt.»

Liv nickte. «Ich erinnere mich, und du hast den Namen eines Forschers erwähnt. Pytheas, nicht wahr?»

«Stimmt. Ich habe gelesen, dass dieser Pytheas, ein griechischer Entdecker aus Marseille, im vierten Jahrhundert vor Christus in den Norden Europas reiste. Der Begriff ‹Thule› bedeutet ja ‹äußerster Nordrand der Welt›. Laut Pytheas liegt Thule sechs Tagesfahrten von Britannien entfernt, dort, wo das geronnene Meer beginnt. Ich glaube, ‹geronnenes Meer› ist ein anderes Wort für

Eismeer. Bislang habe ich aber nur herausgefunden, was der Name Thule an sich bedeutet oder bedeuten kann. In der germanischen Sprache steht er für ‹Boden›, in der keltischen für ‹Erde›. Das alles trifft auf unsere Insel zu, es könnte sich trotzdem um eine andere Insel handeln. Vielleicht gehört sie zu den Lofoten? Vielleicht ist es eine, die noch weiter nördlich liegt.»

«Und wie willst du mit Thule weitermachen?», fragte Liv.

«Ich habe keine Ahnung. Vielleicht ist das alles nur ausgedacht. Ein Mythos wie Avalon oder Atlantis. Also konzentriere ich mich nun auf die nordischen Mythen – und die samischen. Diese Reise wird bestimmt auch meinen Horizont weiten.»

Der Same kam an Deck, stellte sich zu den beiden und blickte schweigend auf die Inseln, an denen das Postschiff vorüberzog. Hin und wieder machten sie an einem kleinen Hafen halt, übergaben die Post, nahmen neue auf, ergänzten die Vorräte oder ließen einzelne Passagiere an Bord, die nicht weiter als bis zur nächsten Insel wollten. So wie jetzt.

Das Schiff steuerte den kleinen Hafen von Andenes an. Liv erkannte zwei Gebäude und vermutete dort die Handelsstation, zu der offenbar eine scheunenartige Halle gehörte, in der sicher die Vorräte aufbewahrt wurden. So kannte sie es von Smøla.

Sverre begab sich zum Schiffskoch in die Kombüse. Der alte Mann erzählte ihm Geschichten und Sagen aus seiner Heimat, einem kleinen Ort auf den Lofoten, und verlangte als Gegenleistung, dass Sverre Kartoffeln schälte oder Gemüse putzte. Am Ende des Tages erzählte er Liv diese Geschichten weiter, wenn beide in ihren schmalen Betten lagen.

Während sie mit dem Samen an Deck stand, dachte sie an die Geschichte von der Seejungfrau, die Sverre vor einigen Tagen erzählt hatte. Liv liebte es, seiner Stimme zu lauschen. Sie zog dann die Decke ein wenig enger um sich und bat ihren Mann jedes Mal, nur kein Detail auszulassen.

«Der Koch glaubt, dass ihn eine Meerjungfrau verzaubert hat und er deshalb nie eine menschliche Frau lieben oder gar heiraten konnte», hatte Sverre berichtet. «Kannst du dir das vorstellen? Er ist sein ganzes Leben zur See gefahren, um diese Meerjungfrau zu treffen.»

«Eine Meerjungfrau?»

«Ja, und er hat gesagt, dass nur wenige ihren Namen kennen. Ich musste den Koch lange bitten, ihn mir zu verraten. Elysia heißt sie, aber das darf ich nicht in einem Buch schreiben, das musste ich ihm versprechen.»

«Warum das denn?»

«Weil der Name ein Geheimnis ist und Elysia eine Zauberin.»

«Erzähl weiter.»

«Es gab einst einen Seefahrer mit Namen Erik.»

«Erik, wie unser Koch?»

«Genau wie unser Koch. Anders als die anderen Seeleute, die von Elysia in die Tiefe gezogen wurden und nie wieder an die Oberfläche kamen, konnte Erik einen Weg finden, die Verzauberung zu durchbrechen und aus dem Meer wieder aufzutauchen. Dabei hat er erfahren, dass Elysia selbst einem starken Zauber gehorchen muss, der sie im Ozean festhält. Seitdem ist Erik davon besessen, Elysia aus dem Meer zu befreien und ihr aus ihrer Einsamkeit zu helfen. Er reist viele, viele Jahre über das Meer, um das Geheimnis ihrer Verzauberung zu lüften. Dabei erfährt er, dass er einen Talisman finden muss, alt und magisch, der die Kraft hat, den Zauber, der Elysia gefangen hält, zu durchbrechen. Während seiner Suche trifft Erik auf einen mysteriösen Geist, der behauptet, einst ein Fischer gewesen zu sein und mit Elysia in Kontakt zu stehen. Er verrät Erik, dass Elysia eine einsame Seele ist, die eine wichtige Rolle in einer uralten Prophezeiung spielt. Eine Prophezeiung, die das Schicksal der Lofoten und seiner Bewohner betrifft …»

Sverre hatte abgebrochen und einen Schluck aus seiner Wasserflasche getrunken. Er wusste nur zu gut, wie er die Spannung steigern konnte.

«WIE geht es weiter?»

«Die dunklen Mächte, die Elysia im Meer gefangen halten, sind ebenfalls hinter dem Talisman her. Nach vielen Abenteuern aber hat Erik ihn gefunden. Doch der Talisman hat auch eine dunkle Seite. Wenn Erik ihn falsch verwendet, gerät die gesamte Inselgruppe der Lofoten mit allen Männern, Frauen und Kindern in große Gefahr.»

Sverre, der auf dem Rücken gelegen hatte, hatte sich aufgerichtet und Liv zugeblinzelt. «Erik muss also eine sehr schwere Entscheidung fällen. Soll er den Talisman benutzen, um Elysia zu retten, oder soll er ihn vernichten, um die Lofoten zu beschützen?»

«Wirklich verzwickt. Wie entscheidet er sich?»

«Es geht nicht nur um die Zukunft der Lofoten, sondern auch um das Gleichgewicht der Natur.»

«Nun sag schon, Sverre, was tut er?»

«In der Sage wird behauptet, dass Erik den Talisman benutzt, um Elysia zu retten. Aber unser Koch Erik behauptet, dass dieser letzte Kampf noch aussteht.»

«Er glaubt, er sei der Erik aus der Sage?»

«Ich weiß es nicht, aber die Vorstellung allein gefällt mir», hatte Sverre geantwortet. Dann war er aufgestanden, um Liv einen Gutenachtkuss zu geben und sie ihren Träumen zu überlassen.

Liv kehrte aus ihren Gedanken auf das Schiffsdeck zurück und wandte sich an den Samen. «Wie geht es dir? Du kommst deiner Heimat immer näher. Bist du aufgeregt?»

Er schüttelte den Kopf. «Nein, aufgeregt bin ich nicht, aber gespannt. Ich frage mich, wie sehr sich meine Heimat verändert hat. Erkenne ich sie noch wieder? Und ich frage mich, was aus meiner Familie, meinen Freunden geworden ist. Einige werden gestorben, andere geboren sein.»

Sie sahen dabei zu, wie das Schiff vertäut und eine Rampe aus mehreren Bohlen ausgelegt wurde. Körbe mit Briefen und Zeitungen wurden ausgeladen, Pakete, Fässer, Säcke und Kisten aus dem Schiff geschafft. Danach gelangten Pakete, Fässer, Säcke, Körbe und Kisten auf dem umgekehrten Weg in den Bauch ihres Schiffes. Der Kapitän und einige Mitglieder der Besatzung gingen an Land, um in der Handelsstation Kaffee zu trinken und die neuesten Nachrichten zu empfangen.

«Lass uns auch einen Kaffee trinken gehen», schlug Liv vor.

Der Same nickte, und wenig später öffnete sie die Tür des Ladens. Der Kapitän und seine Crew saßen an einem großen Tisch, vor sich Tassen mit dampfendem Kaffee. Männer von der Insel hatten sich zu ihnen gesellt und erzählten lauthals, was sich in der letzten Zeit zugetragen hatte.

«Auf Langöja wurde ein Kalb mit zwei Köpfen geboren», erzählte einer von ihnen laut. Er trug eine gewachste Jacke, die fast bis zum Boden reichte. Ein anderer berichtete von einer Hochzeit, von Geburten und Trauerfällen. Der Same saß in einer Ecke und hörte zu. Dann öffnete sich die Tür, und ein Mann kam herein. Er trug die wollene Hose der Samen, darüber einen dunkelblauen Kittel, der am Hals mit einem breiten roten Stoffstreifen eingefasst war und bis zur Mitte des Oberschenkels reichte, dazu einen reich verzierten silbernen Gürtel. Liv beobachtete, dass der Same den Kittel betrachtete, als läse er in einem Buch.

«Was siehst du da?», fragte sie.

Der Same lächelte. «An der Tracht kannst du ablesen, woher ein Same stammt, zu welcher Sippe, *Sidda* genannt, er gehört. Ich erkenne, dass er aus dem Inneren Norwegens kommt und Rentierzüchter ist. Und schau dir den Gürtel an. Siehst du die kleinen silbernen Knöpfe daran? Sie sind rund. Das bedeutet, dass der Mann verheiratet ist.»

«Hast du auch so einen Gürtel?», wollte Liv wissen.

«Ja. Einen Gürtel und eine Tracht für den Sommer und eine für den Winter.»

«Wirst du sie tragen?»

Der Same hob die Schultern. «Vielleicht. Ich weiß es noch nicht.» Er lächelte. «Meine Trachten. Auch sie vermisse ich.»

Liv runzelte die Stirn. «Du vermisst Kleidungsstücke?»

«Die Tracht ist mehr als das. Sie zeigt, was und wer ich bin. Ich habe mich in den norwegischen Sachen immer ein wenig nackt gefühlt.»

«Das habe ich nie bemerkt und du hast das nie erwähnt.»

«Es ist ganz einfach, Liv. Die Kleidung der Norweger spricht nicht. Sie ist beliebig. In der Tracht der Samen steht dagegen das ganze Leben geschrieben. Sie ist wie ein Ausweis, du weißt sofort, wer der Mann oder die Frau ist, die vor dir steht. Wir Samen erkennen einander an unserer Tracht.»

Wieder öffnete sich die Tür der Handelsstation, und ein weiterer Same trat ein, ein alter Mann mit weißem Haar. Sein Gesicht war von unzähligen Falten durchzogen, doch die wasserblauen Augen blitzten. Er bestellte ebenfalls einen Kaffee.

Der Same griff sich eine Zeitung und hielt sie sich vor das Gesicht, aber Liv wusste, dass er nicht las. Versteckte er sich vor dem neuen Gast?

Der alte Mann trug seine Kaffeetasse in der Hand, betrachtete die Leute, die an den Tischen saßen. An ihrem Tisch machte er halt und sagte laut: «*Bures!*»

Der Same ließ die Zeitung sinken, und das Gesicht des alten Mannes zeigte große Überraschung.

«Bavval?», fragte er. «Bavval Märak, bist du das?»

KAPITEL 7

Ich sollte wieder heiraten, dachte Lucia, als sie an ihrem Schreibtisch saß und sich vor der Schließung der Fischfabrik fürchtete. Das ist die einzige Lösung. Aber wen? Einen Fischer, der auch bald den ganzen Tag in seiner Hütte bleiben würde? Sie seufzte und hätte am liebsten geweint, doch das wollte sie Marie nicht antun. Stattdessen schloss sie die Aktenschränke, legte den Schlüssel in die oberste Schreibtischschublade und machte sich auf den Weg zu Runi. Sie konnte sich heute nicht lange bei ihrer Ziehmutter aufhalten, denn sie wollte noch einkaufen.

Die Kleine hatte von Runi einen winzigen Webrahmen geschenkt bekommen und führte konzentriert einen Querfaden durch die senkrecht angeordneten Fäden.

Weben, dachte Lucia, das konnte ich schon immer gut. Aber ließe sich damit ein Auskommen verdienen? In der Hauptstadt waren die Leute ganz verrückt nach den gewebten Teppichen der Insulaner. Sie legten sie auf den Boden, hängten sie sogar an die Wände.

Hatte Merette gewebt? Sie konnte sich nicht mehr erinnern und beschloss, auf dem Dachboden des kleinen Häuschens zu suchen. Als sie daheim war, holte sie eine Leiter aus dem Schuppen, der sich an das Haus schmiegte wie eine Frau an ihren Liebsten. Dann kletterte sie hinauf, öffnete die Luke und musste als Erstes niesen, weil ihr die staubige Luft entgegenschlug. Sie wohnte nun schon fast ein Jahr hier, aber dort oben war sie noch nie gewesen. Sie entdeckte eine Truhe und öffnete sie. Darin lag eine wunderschön gearbeitete Tracht, die nicht von Merette stammen konnte, denn dafür war sie viel zu groß. Lucia beschloss, sie später einmal anzuprobieren. Daneben, in der größeren Truhe, fanden sich zwei Kopfkissen und ein dickes Deckbett für den Winter. Schade, dass sie das nicht eher gewusst hatte. In den kalten Monaten hatte sie oft gefroren, wenn nachts das Herdfeuer ausging.

In einem Korb lagen etliche Knäuel dicker grauer Schafwolle. Lucia beachtete sie nicht lang, denn sie wusste, dass diese Wolle auf der Haut kratzte. Und in der hintersten Ecke, dort, wo kein Licht hinkam, fand sie einen großen Webstuhl. So groß, dass es ein Vergnügen sein musste, darauf Bilder und Teppiche entstehen zu lassen. Doch der Rahmen war viel zu schwer; sie hatte keine Ahnung, wie sie ihn die Leiter hinunterbekommen sollte. Ein leises Ziehen der Hoffnung blühte in ihr auf, und sie beschloss, zur Handelsstation zu gehen, um in dem großen Korb mit den Stoffstreifen und Wollresten zu wühlen, den Gunhild als Sonderangebot immer am Eingang stehen hatte.

Früher, als Lucia noch ein Kind gewesen war, da hatten alle Frauen auf der Insel einen Webstuhl oder wenigstens einen Rahmen gehabt. Als jedoch die Fischfabrik eröffnet worden war, ließ sich dort viel mehr Geld verdienen als zu Hause mit den Textilarbeiten.

Lucia war eine von denen gewesen, die gern am Webstuhl saßen. Und sie hatte Lust, es wieder zu tun, auch wenn man damit nicht viel verdiente. Aber sie und Marie brauchten auch nicht viel. Sie hatten ein Dach über dem Kopf, Schlafstätten und hinter dem Haus einen Gemüse- und einen Kräutergarten. Lucia wusste, wie man Fisch mit einem Kescher oder mit der Angel fing, und wenn sie mit dem Webstuhl Geld verdiente, reichte es für neue Kleidung und ab und zu ein Päckchen Kaffee, eine kleine Tafel Schokolade oder ein Döschen Lakritze.

Sie stieg die Leiter wieder hinab, wischte sich eine Staubfluse aus dem Gesicht und betrachtete ihre Tochter. «Ich gehe zur Handelsstation. Magst du mitkommen?»

Marie, die am Küchentisch saß und malte, schüttelte den Kopf. «Ich male ein Bild für Papa», erklärte sie.

Für Papa? Lucia zog die Stirn in Falten. Marie hatte noch nie über ihren Papa gesprochen, seit sie auf der Insel waren. Es schien fast so, als hätte sie ihn vergessen, was nicht verwunderlich war, denn er hatte sie kaum beachtet.

«Warum malst du ein Bild für Papa?»

Marie zuckte mit den schmalen Schultern. «Weil ich ihn so lange nicht mehr gesehen habe. Ich vermisse ihn.»

Lucia wusste nicht, was sie darauf antworten sollte. Hatte irgendwer mit ihrer Tochter über den abwesenden Vater gesprochen? Warum dachte sie plötzlich an ihn? Lucia betrachtete ihre Tochter nachdenklich und bemerkte wieder einmal die starke Ähnlichkeit mit Lasse. Er hielt den Stift wie Marie und ließ vor Konzentration die Zungenspitze sehen. Und sie sah ihm so ähnlich. Die blonden Locken, die sie immer wieder ungeduldig aus dem Gesicht strich, die blauen, klaren Augen, das ungeduldige Zappeln der Beine.

Lucia küsste das Kind auf den Kopf, ermahnte sie, brav zu sein, und machte sich auf den Weg.

In der Handelsstation herrschte Hochbetrieb, denn heute Vormittag war das Postschiff gekommen. Sie blickte an dem zweigeschossigen Holzbau empor, sah zu den Vorratskammern, die sich in einem Gebäude befanden, das rechtwinklig an dem Holzbau lehnte. Dann trat sie ein, roch den Geruch nach Seife, gesalzenem Fisch und Öl und grüßte Gunhild, die hinter der Ladentheke stand und gerade dabei war, Haferflocken in einen kleinen Sack zu füllen. Neben ihr stand eine kleine Waage, an der linken Seite der Warentheke eine größere für Säcke, Kisten und Körbe. In den Regalen hinter Gunhild sah sie Brote liegen, daneben gab es Flaschen mit Essig und Öl, Körbe voller Eier, Käselaibe, Wurstgläser, eingelegte Gurken, Zwiebeln, Kohlköpfe, Möhren und Kaffee. Rechts davon lagen Kerzen, Seile, Haken, Nägel und ein paar einfache Werkzeuge. Auf dem Boden standen Säcke mit Mehl, Haferflocken, Graupen und Bohnen.

Links neben der Verkaufstheke standen vier Tische mit jeweils vier Stühlen, an denen die Insulaner Kaffee tranken und sich über den neuesten Klatsch unterhielten. Manchmal saßen auch die Leute vom Postschiff dort und berichteten, was sich auf Veiholmen, der Nachbarinsel von Smøla, oder in Trondheim zugetragen hatte.

Lucia kaufte ein Stück Butter, zwei Flaschen Milch,

etwas Brot, getrocknetes Rentierfleisch und einen Kaffee, den sie gleich hier trinken wollte. Dann wühlte sie in dem großen Korb nach Stoffstreifen und sah sich das Angebot an Wolle an. Sie setzte sich an den Tisch zu zwei Frauen, die sie aus der Fischfabrik kannte.

«Nur noch ein paar Monate, dann können wir uns die Anzahlung auf ein neues Fischerboot leisten», erklärte die eine und strahlte dabei über das ganze Gesicht. Lucia musste an sich halten, um ihr nicht zu sagen, wie schlecht es um die Fischfabrik stand. Doch das war Bjarnis Aufgabe, wenn es denn je dazu kommen sollte. Lucia hatte noch immer die Hoffnung, dass Bjarni alles zum Guten wenden könnte.

Die andere zeigte stolz einen Ballen Wollstoff vor, den sie gerade gekauft hatte. «Daraus nähe ich Wintersachen für meine Kinder. Die Kleine bekommt ein neues Kleid, und der Junge braucht Hose und Jacke.»

«Und du? Worauf sparst du?», wollte die Erste von Lucia wissen.

Um zu überleben. Oder, wenn das nicht nötig werden sollte, um Marie ein Studium in Christiania zu ermöglichen, auch wenn ich hoffe, dass sie es nicht in Anspruch nehmen, sondern sich dafür eine Aussteuer anschaffen wird, dachte Lucia, sagte aber etwas anderes.

«Oh, da gibt es noch einiges, was ich anschaffen möchte. Ein neues Bett für Marie steht ganz oben auf meiner Liste. Und vielleicht eine Tracht für sie. Aus der alten wird sie bald herauswachsen.»

«Ich könnte dir die von meiner älteren Tochter verkaufen. Oder wir tauschen. Meine Kleine braucht auch ein neues Festkleid. Was hältst du davon, Lucia? Die Tracht deiner Tochter gegen die meiner Tochter?»

«Wird dein Mann damit einverstanden sein?», fragte die andere besorgt.

Die Erste blickte erschrocken auf. «Du hast recht, das wird er nie erlauben.» Sie wandte sich an Lucia. «Sei mir nicht böse, ich habe nicht nachgedacht.»

Die beiden Frauen hatten es nicht ausgesprochen, und doch wusste Lucia, dass es um ihren Status als Geschiedene ging.

Die Tür flog auf, und Jehan stürmte herein. Er kaufte sich ebenfalls einen Kaffee und setzte sich mit seinem dampfenden Becher zu Lucia, während die beiden Frauen aufstanden und das Geschäft verließen.

«Lange nicht gesehen», sagte er und lachte, weil er Lucia heute mehrfach in der Fabrik getroffen hatte. Zuerst hatte er nur nach dem Krankenstand gefragt, dann war er wiedergekommen und wollte wissen, wie schwer erkrankt die waren, die heute nicht zur Arbeit gekommen waren. Dann hatte er eine Unterschrift seines Vaters gebraucht, und danach hatte er noch einmal vorbeigeschaut, um Lucia etwas zu fragen, das er unterwegs vergessen hatte.

Lucia war längst klar, dass er wegen ihr so oft ins Büro kam. Es machte ihr nichts aus. Sie sprach gern mit Jehan, ihre Unterhaltungen machten ihr Spaß.

«Wie geht es dir?», fragte Jehan.

Lucia lächelte ebenfalls. «Genauso gut wie vor zwei Stunden.» Es gefiel ihr, dass Jehan fragte, wie es ihr ging. Lasse hatte das nie getan.

«Und was machst du hier?», fragte Jehan weiter.

Wieder lächelte Lucia, denn es war offensichtlich, was die Leute in der Handelsstation taten: einkaufen, einen Kaffee trinken, einen Schwatz halten.

«Ich habe nach Wolle und nach Stoffresten geschaut», erklärte sie. «Auf dem Dachboden habe ich Merettes Webstuhl gefunden und überlegt, ob ich ihn nicht benutzen kann.»

«Es ist schön, wenn eine Frau webt», erklärte Jehan.

«Was daran ist schön?»

«Na ja, die Stille. Man kann gut danebensitzen und nachdenken oder die Zeitung lesen.»

«Hat deine Mutter auch gewebt?», fragte Lucia und konnte sich das beim besten Willen nicht vorstellen, denn die Bürgermeistergattin war sich sicher zu fein dafür.

«Nein, nie», bestätigte da auch schon Jehan. «Aber wir hatten ein Dienstmädchen, das gewebt hat. Bei ihr habe ich manchmal gesessen. Sie hat mir Geschichten erzählt.»

Da fiel Lucia etwas ein. «Würdest du mir helfen, den Webstuhl vom Dachboden zu tragen?», fragte sie.

Jehan lächelte wieder, aber sein linkes Augenlid zuckte nervös. «Nur, wenn ich dich dann einmal besuchen und dir beim Weben zusehen darf.»

Lucia nickte nur.

Als sie den Kaffee ausgetrunken hatten, trug ihr Jehan den nicht besonders schweren Korb mit den Einkäufen nach Hause. Er begrüßte Marie, ließ sich ihr Bild zeigen, dann stieg er auf den Dachboden, zerlegte den Webstuhl in seine Einzelteile, setzte ihn in einer Ecke der Wohnstube wieder zusammen und hatte keine Stunde gebraucht, bis der Webstuhl fix und fertig neben dem Fenster stand.

«Ich danke dir sehr, Jehan. Möchtest du einen Aquavit?»

Jehan nickte. «Gibt es sonst noch etwas, das ich reparieren kann?»

Auf der Stelle fielen Lucia mehrere Dinge ein. Die Regenrinne war verstopft. An der linken Dachseite sollten ein paar Grassoden erneuert werden. Die Birkenrinde als Unterlage dafür stand in einem Korb im Schuppen. Dann wäre es schön, wenn die Fenster bis zum nächsten Winter neu abgedichtet werden würden. Und schließlich musste der Kamin gesäubert werden, der Rauch des Küchenofens zog nicht mehr richtig ab. Doch nichts davon sagte sie.

«Es ist alles in Ordnung bei uns.» Sie goss ihm den Schnaps ein. Jehan trank und blickte sich um Haus um.

«Mir scheint, der Rauch zieht nicht richtig ab. Und durch die Fenster pfeift der Wind. Ich könnte das reparieren.»

«Das wäre schön», gab Lucia zu und freute sich, dass er die schadhaften Stellen von allein gesehen hatte.

«Möchtest du mit uns zu Abend essen?», fragte sie. «Es gibt nichts Besonderes. Nur Klippfisch und dazu Brot.»

«Ich esse gern Klippfisch», erklärte Jehan, «aber mein Vater wollte heute Abend mit mir sprechen. Es sei wichtig, hat er gesagt.» Er trat kurz von einem Bein auf das andere, als gäbe es noch etwas, das er sagen wollte, dann nickte er Lucia und Marie zu und verließ das Haus ohne ein weiteres Wort.

Jehan besuchte sie auch weiterhin mehrmals am Tag in ihrem Büro, doch er machte sich nicht mehr die Mühe, Ausreden zu erfinden. Er fragte, wie es ihr ging und was der Webstuhl machte. Er blieb nie lang, und Lucia stellte fest, dass sie sich über seine Besuche freute.

Bjarni war unterwegs in Trondheim, um noch irgendwo einen Kredit zu bekommen, sodass Lucia nicht allzu viel zu tun hatte. «Möchtest du heute Abend zu mir kommen?», fragte sie. «Ich wollte weben.»

Über Jehans Gesicht glitt ein Lächeln. «Sehr gern.» Dann verschloss sich sein Gesicht, und er trat wieder von einem Bein auf das andere, wie immer, wenn er nicht weiterwusste.

«Was ist?», fragte Lucia und glaubte, er würde seine Zusage zurücknehmen, weil ihm eingefallen war, dass sie eine Geschiedene war.

«Man bringt etwas mit, wenn man zu Besuch kommt. Ich weiß nicht, was ich Marie mitbringen soll.»

«Du brauchst ihr nichts mitzubringen. Rede ein bisschen mit ihr, das wird sie freuen.»

Ein paar Stunden später saß Jehan in einem Sessel und betrachtete schweigend, wie Lucia webte. Er hatte sich gründlich umgesehen, hatte die Teppiche auf dem Boden betrachtet, den Sessel mit dem dicken Kissen darin, den Tisch, auf dem eine kleine Vase mit getrockneten Blumen vom letzten Sommer stand. Er hatte die Vorhänge angeschaut und den Kamin, in dem Holz aufgeschichtet war, das Lucia geschlagen hatte. Er hatte die Kräutersträuße in der Küche begutachtet, und bei allem, was er sah, hatte er gelächelt, als gefiele es ihm.

Er hatte Marie eine Geschichte vorgelesen, dann hatte Lucia sie ins Bett gebracht.

Jetzt führte Lucia einen langen Stoffstreifen durch die Fäden. «Möchtest du, dass ich dir eine Geschichte erzähle?», fragte sie.

«Erzähl mir, wie es in Christiania war», bat Jehan, und Lucia begriff, dass er sie nach ihrer Ehe fragte.

«Es war alles ganz anders, als ich es mir vorgestellt habe», gab sie zu. «Ich dachte, es gäbe im Leben nur eine einzige Liebe, die bis zum Tod hält. Aber nicht alles, was sich auf der Insel gut und richtig anfühlt, hat in der Hauptstadt Bestand.»

Jehan nickte, als würde er diese Erfahrung teilen. Doch er war nie in Christiania gewesen, sondern hatte die Handelsschule in Trondheim besucht. «Ich habe auch schon einmal geliebt», gab er zu, und Lucia musste sich nicht zu ihm umdrehen, um zu wissen, dass er rot geworden war.

Die Sonne ging langsam unter und stellte blaue Schatten ins Zimmer. Auf dem Tisch flackerte eine Kerze, und neben dem Webstuhl brannte eine Petroleumlampe. Eine wunderbare, fast schon heilsame Stille hatte sich im Zimmer breitgemacht. Lucia wartete, dass Jehan weitersprach.

«Es war ein Mädchen, das ich schon lange kannte. Meine Eltern und ihre Eltern sind Freunde.» Er verstummte, und Lucia wartete, dass er weitersprach. «Sie hieß Bente und lebte auf Veiholmen.» Wieder schwieg Jehan, und nur das Geräusch des Webschiffchens, das durch die Fäden glitt, war zu hören.

«Sie war schön mit ihren langen blonden Haaren und den blauen Augen. Beinahe so schön wie du.»

«Hast du sie sehr geliebt?»

«Ja.»

«Was ist passiert?»

«Ich weiß es nicht genau. Es hat sich auf einmal falsch angefühlt.»

«Falsch? Was meinst du damit?»

Wieder schwieg Jehan, dann erklärte er: «Ich weiß nicht, wie ich es ausdrücken soll. Sie hatte eine genaue Vorstellung vom Leben, von ihrer Zukunft. Sie wusste schon als Kind, welche Vorhänge sie vor dem Schlafstubenfenster haben wollte. Sie kannte den Silbergehalt des Bestecks, das ihre Initialen tragen sollte. Ihr Leben war fertig. Aber ich habe nicht hineingepasst.»

«Hättest du passen wollen?»

«Am Anfang schon. Dann habe ich bemerkt, dass sie überhaupt kein Interesse an mir hat. Sie wollte nicht wissen, was ich denke. Ich sollte mich nur einfach in ihr fertiges Leben einpassen, wie eine Figur in eine Puppenstube. Verstehst du, was ich meine?»

«Das verstehe ich besser, als du denkst, denn mir ist es in Christiania mit Lasse ebenso gegangen. Ich sollte mich anders kleiden, anders sprechen. Ich sollte so sein wie die anderen Hauptstädterinnen.»

«Hattest du auch schon ein fertiges Leben im Kopf?», fragte Jehan weiter.

Lucia drehte sich erneut zu ihm um und blickte ihm in die Augen. «Ich glaube, jede und jeder hat gewisse Vorstellungen. Das ist nichts Schlechtes. Aber man darf nicht an seinen Vorstellungen kleben bleiben, wenn das Leben anders verläuft. Ich habe immer davon geträumt, dass eine Liebe ewig dauert.»

Jehan nickte. «Das habe ich auch. Mittlerweile glaube ich jedoch, dass es mehr als nur eine Liebe im Leben geben kann.»

Lucia seufzte. «Ich wünschte, ich könnte auch daran glauben.»

Da erhob sich Jehan, trat langsam zu ihr und nahm ihr Gesicht in beide Hände. «Du warst mir immer nahe», sagte er leise. «Schon als wir noch Kinder waren. Nur deshalb habe ich dich geärgert. Ich wollte deine Aufmerksamkeit, wusste aber nicht, wie ich sie bekomme. Ich habe immer gedacht, dass wir zusammengehören, und wäre nicht im Traum darauf gekommen, dass du andere Vorstellungen von der Zukunft hast. Und dann kam plötzlich dieser Wissenschaftler, dieser Lasse, auf die Insel, und du hattest nur noch Augen für ihn. Da habe ich mich Bente zugewandt. Doch jetzt bist du wieder da.»

Und dann beugte Jehan sich über Lucia, berührte ihre Lippen sanft mit seinem Mund. Und Lucia ließ es geschehen, denn es fühlte sich wunderbar und absolut richtig an.

KAPITEL 8

Bavval Märak? Liv konnte kaum glauben, dass jemand den Samen mit einem richtigen Namen ansprach. Sie blickte zu ihm und sah, wie sein Adamsapfel sich bewegte. Seine Miene drückte Unwillen aus.

«Bavval Märak! Ich kann es kaum glauben! Seit wie vielen Jahren habe ich dich nicht mehr gesehen?» Der weißhaarige alte Mann setzte sich unaufgefordert an ihren Tisch und musterte den Samen. «Bist auch alt geworden. So wie wir alle. Wo hast du gesteckt seit damals?» Er warf einen Seitenblick auf Liv, wohl um zu erkunden, was sie über das *Damals* wusste.

«Hier und da», antwortete der Same. «Aber jetzt müssen wir leider aufbrechen. War schön, dich gesehen zu haben.»

Er stand auf, zog Liv, die ihren Kaffee noch nicht ausgetrunken hatte, am Ellenbogen hoch, nickte dem anderen zu und verließ die Handelsstation eiligen Schrittes.

«Bavval Märak?» Draußen blieb Liv abrupt stehen. «Das ist dein Name?»

Der Same nickte.

«Gut, dann werde ich dich ab sofort Bavval nennen. Es ist eh verständlicher, als wenn ich dich in Lappland weiter *der Same* nenne.»

Sie sah ihn an. Sein Gesicht war zugesperrt wie eine

Schuppentür, und Liv wusste, dass er ihr in dieser Stimmung nichts erzählen würde.

Glücklicherweise tauchte Sverre auf, der bis jetzt dem Koch geholfen hatte. «Ich soll euch holen, wir legen gleich ab.»

Er küsste Liv auf die Wange, dann blickte er von seiner Frau zum Samen und zurück. «Ist was passiert? Ihr guckt so komisch.»

«Ich weiß jetzt, dass unser Same einen Namen hat. Er heißt Bavval Märak.»

Als Liv die Worte ausgesprochen hatte, fühlte sie sich, als hätte sie ein Staatsgeheimnis ausgeplaudert. Der Same verzog das Gesicht, sagte aber wieder kein Wort und eilte raschen Schrittes Richtung Postschiff. Für den Rest des Tages blieb er in seiner Kajüte, erschien auch nicht zum Abendessen.

Später stand Liv auf dem Deck und betrachtete die untergehende Sonne, die hier oben stärker zu glühen schien als auf der Insel Smøla. Sie merkte jeden Tag, dass die Sonne länger am Himmel stand. Es würde nicht mehr lange dauern bis zur Mitternachtssonne, bald würden sie so weit im Norden sein, dass die Sonne gar nicht mehr versank. Sverre stand neben ihr und hatte sie an sich gezogen.

«Ich werde ihn bei seinem richtigen Namen nennen», erklärte Liv.

«Er wird Gründe gehabt haben, sich nicht so zu nennen», erinnerte Sverre. «Vielleicht sollten wir ihn nach diesen Gründen fragen. Er wird sie uns erzählen müssen, denn bei jedem neuen Halt werden wir mehr Samen treffen. Und wenn er nicht mit uns redet, werden die anderen es tun.»

«Es war ihm unangenehm, erkannt worden zu sein. Er hat sich sogar hinter einer Zeitung versteckt.»

«Liv, wir wissen nicht, was vorgefallen ist. Wir müssen abwarten, dass er mit uns redet.»

Ein Küchenjunge kam mit einem Eimer voller Kartoffelschalen auf Deck, schwang den Eimer über die Reling und ließ den Abfall ins Meer sinken. Er fingerte eine kleben gebliebene Schale aus dem Eimer, warf sie hinterher und verschwand.

«Was weißt du eigentlich über den Samen?», wollte Sverre wissen.

Liv überlegte. «Er kann gut kochen, er kennt sich mit Heilkräutern aus, er kann Fische mit der Hand fangen, er ist sehr ordentlich, freundlich, hilfsbereit.» Sie brach ab, sah nach der untergehenden Sonne. «Ich kann nur Gutes über ihn berichten. Er ist nie laut geworden, hat selten geschimpft. Er war da, wenn man ihn brauchte. Er hat mich unterstützt, immer, und seine Liebe zur Natur mit mir geteilt. Er hat sich damals sogar an den Kosten für mein Studium beteiligt.» Sie zuckte die Schultern, als wisse sie nicht genau, wie sie mit der neuen Situation umgehen sollte. «Wahrscheinlich hast du recht, eigentlich weiß ich nichts Persönliches über ihn. Er hat sich nie mit Frauen getroffen, obwohl die eine oder andere das gern gehabt hätte. Er hat größere Zusammenkünfte vermieden, war nie beim Kirchweihfest oder am Nationalfeiertag beim Tanz. Er blieb gern für sich. An seinen freien Tagen wanderte er am Meer entlang oder suchte nach Kräutern im

Wald, die er dann getrocknet hat. Gleichzeitig hat er uns allen das Gefühl gegeben, gerne auf Smøla zu leben.»

Je mehr sie sich der Stadt Tromsø näherten, umso länger stand die Sonne abends am Himmel. Die Berge im Hintergrund hatten nicht nur weiße Hauben auf, sondern waren bis zur Mitte mit Schnee und Eis überzogen. Noch gab es hier Raben, die Liv tagsüber beobachtete. Ein einzelner Vogel, er kam Liv viel größer vor als die Raben in Christiania oder auf Smøla, begleitete das Schiff, setzte sich auf den höchsten Mast und beobachtete, was auf Deck geschah. Leerte der Küchenjunge seinen Eimer, stürzte er sich auf die Meeresoberfläche und fischte heraus, was ihm schmeckte.

Liv notierte in ihrem Forschungstagebuch, dass die Raben hier oben weniger wählerisch mit dem Essen sein mussten, denn es gab nichts anderes als Kartoffelschalen und Fischreste. Oft stand sie an Deck, das Fernglas um den Hals, und beobachtete, wie der Rabe über das Meer flog. Er stieg mit den Winden auf, breitete die Flügel aus und schien zu schweben, aber Liv wusste, dass er den Aufwind nutzte. Entdeckte er etwas im Wasser, stürzte er hinab, doch Liv hatte nie gesehen, dass er sich einen Fisch aus dem Meer holte. Warum also blieb das Tier dem Schiff nahe, obwohl es hier so wenig zu fressen gab? Liv dachte darüber nach, fand aber keine Antwort. Das Verhalten des Vogels war vollkommen untypisch. Manchmal flog er in Richtung Land, und Liv sah ihm durch das Fernglas nach, bis er nicht mehr als ein schwarzer Punkt vor dem grauen Himmel war. Manchmal blieb er einen Tag lang fort und kam dann wieder, manchmal nur wenige Stunden. Sie dachte an alles, was sie über Raben wusste, doch sein Verhalten blieb rätselhaft.

Sverre saß meist in der Messe und schrieb an seinem Buch. Er hatte ein Dutzend Geschichten von dem alten Koch erfahren, der die Strecke Trondheim–Tromsø seit vielen Jahren befuhr. Er kannte jeden einzelnen Ort mit Namen, traf bei jedem Halt Bekannte und Verwandte und wusste über alles Bescheid, was sich hier tat.

«Hast du ihn mal nach dem Samen, ich meine nach Bavval, gefragt?», wollte Liv von Sverre wissen.

«Nein, das habe ich nicht, und das werde ich auch nicht tun. Bavval hatte sicher gewichtige Gründe, seine Heimat zu verlassen. Er wird sie uns erzählen, wenn er so weit ist.»

«Denkst du, er verheimlicht uns etwas?»

«Ich weiß es nicht. Aber er wird uns sagen, was wir wissen müssen, da bin ich sicher.»

Liv betrachtete ihren Mann unzufrieden. «Ich kenne ihn schon so lange und habe inzwischen das Gefühl, ihn gar nicht zu kennen.» Sie hob die Hände. «Er ist mir fremd geworden. Kann es sein, dass Bavval Märak ein anderer Mann ist als der Same?»

Als Liv am nächsten Morgen nach ihrem Raben Ausschau hielt, sah sie weiße Wölkchen, die ihr Atem bildete. Es war Anfang Juni, doch besonders am Morgen war es noch sehr kalt. Sie hatte auf das Thermometer gesehen, es herrschten gerade mal drei Grad plus. Erst gegen Mittag wurde es wärmer. Die Sonne blieb immer länger am Himmel stehen, die Tage der Mitternachtssonne waren angebrochen. Tage, an denen es nie richtig dunkel wurde.

Liv hatte unzählige Geschichten darüber gehört, aber hier erlebte sie alles zum ersten Mal hautnah. Sie konnte stundenlang an der Reling stehen und dabei zusehen, wie das Licht blasser wurde, aber nie verlosch. Sie betrachtete hingerissen die violette Färbung des Himmels, die blauen und grünen Schatten, das orangerote Licht, das zwischen den Wolken hindurchschimmerte.

Am Abend saß die Mannschaft oft auf dem Deck zusammen. Die alten Seeleute erzählten Geschichten über die Mitternachtssonne. Es hieß, die Wölfe wären in dieser Zeit gefährlicher als sonst. Es hieß, die Bären suchten nach Fleisch und töteten alles, was sie töten konnten. Es hieß, die Trolle würden aus den Bergen kommen und ihr Unwesen treiben. Und es hieß, dass gewisse Kräuter und Tränke nie besser wirkten als zu dieser Zeit.

Liv schlief schlecht in den hellen Nächten, was aber nicht an der Sonne lag, sondern daran, dass sie sich Lappland immer weiter näherten. Es ging ihr nicht nur um die Raben oder um Sverres Arbeit, es ging ihr vor allem darum zu erfahren, woher sie und Lucia stammten. Warum hatten ihre Eltern die beiden Töchter weggegeben? Sie wünschte sich ein Kind, genau wie Sverre. Sie würde so gern Mutter werden. Doch sie glaubte, eine gute Mutter könne sie nur dann sein, wenn sie wusste, wer ihre eigene Mutter war und warum sie eine solche Entscheidung getroffen hatte. Sie hatte darüber mit niemandem gesprochen und hatte stets beobachtet, wie Lucia mit Marie umging. Lucia liebte ihre Tochter über alles. Auch sie würde ihr Kind lieben, das wusste Liv genau, aber reichte das aus, um eine gute Mutter zu sein?

Als das Postschiff den Hafen von Tromsø ansteuerte, wurde Liv ein wenig wehmütig. Sie war der Mannschaft auf der Reise nähergekommen, insbesondere dem Koch, und bedauerte, ihn wohl nie wiederzusehen, denn diese Reise sollte seine letzte Reise auf dem Postschiff sein. «Meine Knochen wollen nicht mehr», hatte er gesagt. «Der Nebel, die Nässe, das alles ertrage ich nicht länger. Es wird Zeit, sich zur Ruhe zu setzen.» Er würde in seinem Heimatdorf auf den Lofoten leben, in einem Häuschen, das er sich schon von seiner Heuer gebaut hatte. Er freute sich darauf – und Liv freute sich mit ihm, auch wenn es schön gewesen wäre, eines Tages mit ihm die Strecke von Tromsø nach Trondheim zurückzufahren und ihm zu erzählen von Lappland …

Liv, Sverre und Bavval Märak verabschiedeten sich von allen, trugen ihre schweren Rucksäcke vom Schiff und suchten in Tromsø, einer kleinen Stadt etwa dreihundertfünfzig Kilometer vom Polarkreis entfernt, nach einer Herberge. Sie fanden sie unweit des Marktes. Am Abend aßen sie in einer Fischerkneipe am Hafen, die der Koch ihnen empfohlen hatte. Es war der erste Abend seit dem Treffen mit dem alten Samen in der Handelsstation, an dem der Same bei ihnen war.

«Wie ist es, wieder in der Heimat zu sein?», fragte Liv.

«Es ist, wie es ist. Es gab gute und schlechte Zeiten. Man erinnert sich aber leichter an die schlechten.»

Der Same bestellte eine Fischsuppe, und Liv und Sverre taten es ihm nach. Sie aßen mit großem Appetit und tranken danach ein dunkles, selbst gebrautes Bier.

«Warum bist du damals weggegangen?», hakte Liv nach.

«Darum und deswegen», erwiderte der Same.

Liv gab sich damit nicht zufrieden. «Wir sind nun in Lappland», sagte sie. «Überall treffen wir auf samische Männer und Frauen. Es wird wieder jemand kommen, der dich erkennt. Sollen wir ihn, den Fremden, dann fragen, was damals geschehen ist, oder willst du uns doch nicht lieber selbst antworten?»

Sie hatte recht. Auf dem Weg von der Herberge bis zum Fischlokal waren sie einigen Männern und Frauen in samischer Tracht begegnet. Eine Samin hatte einen Verkaufsstand auf dem Markt gehabt und bestickte Bänder verkauft. Am Nachbarstand gab es samische Messer, an einem weiteren getrocknetes Rentierfleisch und dazu Rentierfelle.

Sogar hier im Fischlokal saßen zwei samische Männer und aßen mit gleichem Appetit wie Liv und Sverre, während der Same nur lustlos mit dem Löffel in der Suppe rührte.

Er ließ sich Zeit, blickte erst nach einer ganzen Weile auf und schaute Liv in die Augen.

«Du hast recht. Ich muss euch etwas über mich erzählen. Aber vergesst nicht, wie lange das alles schon her ist.»

KAPITEL 9

In den nächsten Tagen schwebte Lucia einen halben Meter über dem Boden. Jehan hatte sie geküsst. Jehan störte es nicht, dass sie eine Geschiedene war. Jehan wollte sich weiter mit ihr treffen. Gestern Abend war er wiedergekommen, um ihr beim Weben zuzuschauen. «Es ist mir ernst mit dir», hatte er gesagt. Und Lucia war die Freude in den Bauch gekrochen und von dort in die Kehle, sodass sie einfach singen musste.

Jetzt saß sie in ihrem Büro und wartete auf Bjarni, der heute aus Trondheim zurückkehren sollte. Schon hörte sie seine Stimme, die laut über den Hof schallte. Kurz danach tauchte er bei ihr auf. Er strahlte über das ganze Gesicht, doch Lucia erkannte hinter dem Strahlen die Verzweiflung.

«Wie ist es gelaufen in der Stadt?», wollte sie wissen.

«Erzähl ich dir gleich, Mädchen, aber erst brauche ich einen Schnaps.»

Lucia holte Aquavit und Glas aus der untersten Schublade, stellte beides auf den Tisch.

«Du musst mittrinken», befahl er, und Lucia holte ein weiteres Schnapsglas, goss die Gläser voll.

«Worauf trinken wir?»

Bjarni antwortete, ohne nachzudenken: «Auf die Zukunft der Fischfabrik.»

Als die Gläser wieder auf dem Tisch standen, bat Lucia erneut: «Erzähle, was du erreicht hast.»

Bjarni strahlte, warf sich in die Brust und verkündete: «Ich habe einen Kredit bekommen.»

«Von der Bank?»

«Leider nicht. Es ist eher ein privater Kredit.»

«Sind solche privaten Kredite nicht mit hohen Zinsen verbunden?»

«Was soll ich machen, Mädchen, wenn die Banken mir nicht weiterhelfen? Aber keine Angst, ich zahle nicht mehr als bei üblichen Bankkrediten.»

«Und wo ist der Haken?», fragte Lucia nach.

«Was für ein Haken?»

«Stell dich nicht dumm. Ich sehe dir an, dass da noch etwas ist.»

Bjarni machte Lucia ein Zeichen, dass sie sein Glas noch einmal füllen solle. Er trank den Schnaps in einem Zug, und plötzlich war die gute Laune aus seinem Gesicht verschwunden. «Ich habe den Kredit von einem alten Freund bekommen. Vielleicht hast du schon von ihm gehört. Er heißt Ove Gaard, und ihm gehört das beste Hotel von Trondheim, dazu noch zwei Gaststätten, eine Brauerei und eine Molkerei. Er hat so viel Geld, dass es ihm zu den Ohren herauskommt.»

«Das heißt noch lange nicht, dass er freigiebig ist. Also, welche Bedingungen sind an den Kredit geknüpft?»

Bjarni seufzte. «Frag nicht, ich will mir den schönen Tag nicht verderben lassen. Stell dir vor, er hat mir das Geld bar in die Hand gedrückt. Meine ganze Aktentasche ist voll davon.»

«Zu welchen Bedingungen?», beharrte Lucia.

«Er hat eine Tochter. Sie ist nicht schön. Ehrlich gesagt ist sie sogar hässlich. Sie hat eine Hasenscharte, und ihr Wesen kann man nicht gerade als liebreizend beschreiben. Ihre jüngeren Schwestern haben Verehrer, dürfen aber erst heiraten, wenn die älteste unter der Haube ist. Nur findet sich halt kein Freier.» Bjarni brach ab, brauchte noch einen Schnaps.

«Und weiter?»

«Na ja, ich habe halt gesagt, dass Jehan sie heiraten wird.»

«Was? Was hast du gesagt?» Lucia glaubte, sich verhört zu haben. Ihr wurde kalt, schrecklich kalt. Die Kälte begann in ihrem Bauch, zog nach oben, vereiste ihr Herz. «Das kannst du nicht machen. Nicht das, Bjarni. Jehan muss selbst entscheiden, wen er einmal heiratet.»

«Lucia, es geht nicht anders. Denk an die vielen Insulaner, die sonst ihre Arbeit und ihr Einkommen verlieren. Als Fabrikbesitzer trage ich Verantwortung. Und als Bürgermeister noch viel mehr. Ich denke, es ist kein zu großes Opfer, wenn Jehan das Mädchen heiratet.»

«Und was sagt er dazu?»

«Er weiß es noch nicht.» Wieder hielt Bjarni ihr das Glas hin. Lucia verschraubte jedoch den Deckel und verstaute den Aquavit in ihrer Schreibtischschublade.

«Du bekommst keinen Schnaps mehr. Nicht, bevor du mir alles erzählt hast.»

«Wie gesagt, ich habe noch nicht mit Jehan gesprochen. Ich dachte, dass du vielleicht …»

«… Vergiss es», fiel ihm Lucia ins Wort. Die Gedanken summten wie Bienen in ihrem Kopf herum. Gerade noch hatte sie geglaubt, vielleicht wieder eine Zukunft zu haben, zusammen mit Jehan und Marie. Und jetzt würde er verheiratet werden? Er würde ihr nie mehr beim Weben zusehen, ihr nie mehr einen Wiesenblumenstrauß mitbringen und Marie nie mehr sanft über die Wange streichen?

«Das kannst du nicht machen!», brach es erneut aus ihr heraus. «Das geht nicht.»

Bjarni hob die Schultern. «Hast du eine andere Idee? Soll ich etwa die Fabrik schließen und meine Arbeiterinnen und die Fischer ihrem Schicksal überlassen?»

«Und wenn dein Sohn sich weigert?»

«Dann haben wir ein Problem, deshalb dachte ich ja, du könntest …»

«NEIN!»

«Er ist ein kluger Junge. Er weiß, was passiert, wenn die Fabrik schließen muss. Wir mussten alle schon Opfer bringen. Er wird es verstehen.»

«Du verdirbst ihm sein Leben.»

«Ja, na ja, weißt du denn, was ich sonst tun könnte?»

Lucia schüttelte den Kopf.

«Na also. Es wird gemacht, was ich beschlossen habe.» Er erhob sich und blickte Lucia noch einmal bittend an. «Und du kannst wirklich nicht mit Jehan sprechen? Er hört auf dich, das weiß ich. Wenn du ihm sagst, er soll sich mit dem Mädchen verloben, wird er es tun.»

«Ich werde es ihm nicht sagen.»

Sie stand auf und trat an einen Aktenschrank. Sie entnahm ihm einen großen Ordner, setzte sich zurück an ihren Schreibtisch und schlug ihn auf. Das war für Bjarni das Zeichen, dass mit Lucia nicht mehr zu reden war. Er seufzte noch einmal herzzerreißend, dann verließ er das Büro.

Lucia blickte von ihrem Aktenordner auf, ihr Blick verlor sich in der Aussicht vor dem Fenster. Am liebsten hätte sie geweint, doch wenn sie ehrlich war, musste sie sich eingestehen, dass Bjarnis Lösung einiges für sich hatte. Wieder stand sie auf, stellte sich ans Fenster und schaute auf den Hof der Fischfabrik. Sie entdeckte Jehan, der an der Fischwaage stand, um den Fang eines Fischers zu wiegen. In diesem Moment blickte er zu ihr hoch und winkte. Sie musste sich abwenden, so sehr schmerzte sein Anblick. Sie sah gerade noch, wie Bjarni rufend über den Hof lief …

Lucia setzte sich zurück an ihren Schreibtisch. Nach Lasses Verrat hatte sie sich geschworen, sich nie wieder zu verlieben, weil es so unglaublich wehtat, verlassen zu werden. Ja, sie hätte gern einen Mann. Einen, den sie mochte, aber nicht liebte. Eher einen Kameraden als einen Ehemann. Lucia glaubte nicht mehr an die Liebe, und schon gar nicht an die eine, die ein Leben lang hielt, aber sie hatte niemals aufgehört, heimlich davon zu träumen. Als Lasse sie verlassen hatte, hatte sie sich nicht nur gedemütigt gefühlt, auch ihr Selbstvertrauen hatte großen Schaden erlitten. Sie taugte nicht zur einfachsten Sache der Welt, das hatte er ihr gesagt. Ihr Schmerz saß immer noch so tief, dass sie es nicht gewagt hatte, sich erneut zu verlieben. Doch dann war da Jehan. Und jetzt sollte Jehan heiraten. Kaum, dass sie sich an seine Anwesenheit gewöhnt hatte, kaum, dass ihr wieder einfiel, wie sehr sie ihn früher gemocht hatte. Bis zu jenem Tag, als Liv ihn nicht nur verprügelt, sondern zum Gespött der Leute gemacht hatte. Doch das war viele, viele Jahre her.

Es muss noch eine andere Lösung geben, überlegte Lucia. Es muss einfach.

Am Abend wartete sie auf ihn. Er kam stets um die gleiche Stunde, kurz bevor sie Marie zu Bett brachte. Und nie kam er mit leeren Händen. Einmal hatte er für Marie eine Muschel dabei, ein anderes Mal einen besonders schönen Stein. Sie selbst bekam Blumen, manchmal ein bisschen Schokolade, und letzte Woche hatte er ihr ein wenig Kaffee aus einem Feinkostgeschäft in Trondheim geschenkt. Heute war seine Zeit schon eine Stunde überschritten, und Lucia saß wehmütig an ihrem Webstuhl. Sie hatte das ganze letzte Wochenende durchgewebt und auch einige ihrer früheren Arbeiten noch einmal begutachtet. Wandteppiche, die das Meer zeigten, Läufer in bunten Farben. Sie mischte für die Wandbilder Stoffstreifen mit Wolle und erzielte damit die ungewöhnlichsten Muster. Traurigkeit überkam sie, legte sich als schwere Last auf ihre Schultern. Gerade hatte sie zaghaft das noch dünne Pflänzchen der Hoffnung gehegt, jetzt war alles vorüber. Sie hatte hin und her überlegt, doch sie hatte keine Idee, wie die Fischfabrik zu retten und Jehan die Hochzeit zu ersparen war. Sie hatte lediglich herausgefunden, wie das Mädchen mit der Hasenscharte hieß, das überdies kein Mädchen mehr war, sondern straff auf ihre dreißig zuging. Sie hieß Solveig. Lucia hatte diesen Namen nie gemocht. Ganz im Gegenteil. Sie kannte noch eine Solveig, und auch die hatte sie nicht leiden mögen.

Sie fuhr mit dem Schiffchen so hart durch die Fäden, dass einer zerriss und sie mit viel Mühe den Faden neu verknoten musste. Ihre Finger, die sonst so geschickt waren, gehorchten ihr heute Abend nicht. Also ließ sie das Schiffchen fallen, ohne den Schaden gerichtet zu haben, und verließ ihr Häuschen, um sich draußen auf die rot gestrichene Bank zu setzen. Die Dämmerung lag wie ein dünnes Tuch über der Insel. Die Luft war lau, roch würzig nach Meer, Salz, Fisch und dem Flieder, der neben dem Haus blühte. Sie seufzte und blickte den Weg entlang, der hinein in die Dorfmitte führte.

Und plötzlich sah sie Jehan, seinen schlaksigen Gang würde sie überall erkennen. Er kam näher, und sie bemerkte sofort, dass er die Schultern hängen ließ. Er wusste also Bescheid und kam, um sich von ihr zu verabschieden. Er würde sagen, dass es ihm leidtue. Er würde sagen, dass er nicht anders handeln könne, es gehe schließlich um die Zukunft der Insel. Er würde sie bitten, ihn zu verstehen, aber Lucia wollte nicht verstehen. Sie wollte, was so viele andere hatten. Sie brauchte keine Reichtümer, das Haus der alten Merette genügte ihr vollauf. Sie brauchte auch keine schönen Kleider und keinen Schmuck, sie wünschte sich nur ein ganz normales Leben. Doch diesen Traum hatte Bjarni heute zerstört. Kurz dachte sie an Lasse. Daran, wie sie sich hier auf der Insel in ihn verliebt hatte. Wie sie mit ihm nach Christiania gegangen war und wie sehr er sich dort verändert hatte. Plötzlich war aus seiner Liebe eine Last geworden. Lasses Blick auf sie hatte sich verändert. War sie auf der Insel eine begehrenswerte Frau gewesen, so war sie in der Hauptstadt nur noch bäurisch. Lasse hatte sich mit einer anderen Frau getröstet und gewartet, dass Lucia einen Fehler machte. Dann hatte er sie gesehen, als sie eines Abends mit Liv und Sverre im Grand Café deren Studienabschlüsse gefeiert hatte. Ein einziges Glas Wein hatte sie getrunken, doch das hatte gereicht, um Lasse endgültig zu verlieren.

«Guten Abend», sagte Jehan, als er die Bank erreicht hatte.

«Ist es wirklich ein guter Abend?», fragte Lucia.

Jehan setzte sich. «Nein, das ist es wohl nicht.»

Beide schwiegen eine Zeit lang, und Lucia dachte daran, wie sie hier abends hätten sitzen können, um danach in ein gemeinsames Bett zu steigen.

«Wirst du es tun?», fragte sie.

«Was tun?»

«Wirst du Solveig heiraten?»

Jehan wandte sich ihr zu, und Lucia erkannte den Schmerz in seinem Gesicht. «Ich wollte immer nur eine zur Frau haben», sagte er leise. «Nie wäre mir der Gedanke gekommen, eine andere zu heiraten.»

Sie schwiegen noch eine Weile. Am Himmel kreisten ein paar Möwen, die Sonne vergoldete das Meer, ließ es glitzern und funkeln wie eines dieser kostbaren Schmuckstücke, die sie in der Hauptstadt in den teuren Geschäften betrachtet hatte. Ja, dachte sie, es wäre schön gewesen, hier mit Jehan zu sitzen. Aber war es nicht besser, allein und stark zu sein als verlassen und schwach? Sie nahm sich vor, jeden Gedanken an eine Zukunft mit ihm auszublenden, ihn einfach nicht zuzulassen.

«Ich werde sie nicht heiraten», sagte er in diesem Augenblick. «Es muss eine andere Lösung geben.»

Er blickte sie an, und sie fand in seinen Augen Traurigkeit.

«Was für eine Lösung?»

Jehan zuckte mit den Schultern. «Ich weiß es nicht. Irgendetwas. Du hast doch in der Hauptstadt gelebt. Wie handhabt man dort so eine Lage?»

«Man heiratet. Und wenn man festgestellt hat, dass man die falsche Frau geheiratet hat, verlässt man sie. Dann geht man zu einem Anwalt und sagt ihm, er solle die Scheidungspapiere aufsetzen. Was aus der Frau wird, das muss niemanden kümmern.» Sie hörte selbst, wie bitter ihre Worte klangen.

«So etwas würde ich niemals tun», erklärte er und fasste vorsichtig nach Lucias Hand. Sie zog ihre Hand weg.

«Es ist vorüber, Jehan. Obwohl es noch gar nicht richtig begonnen hat.» Sie lachte leise und voller Wehmut.

Jehan schüttelte den Kopf. «Es ist nicht vorbei. Wir müssen nur die Fischfabrik retten.»

«Das ist nicht möglich. Du musst sie heiraten, um den Insulanern zu helfen. Es geht nicht anders. Ohne dich würden so viele ihre Arbeit verlieren, müssten vielleicht sogar hungern und Smøla verlassen. Unsere Zukunft liegt in deinen Händen.»

Niedergeschlagen blickte Jehan auf seine Füße, malte

mit der Schuhspitze Kreuze in den Sand. «Es ist nicht leicht, für die Zukunft der Insel verantwortlich zu sein», sagte er leise.

Jetzt nahm Lucia seine Hand. «Ich weiß», sagte sie. «Wir können Freunde bleiben.»

Da stand er auf, schüttelte den Kopf und rief: «Gibst du schon auf, Lucia? Ich nämlich nicht. Ich werde eine Lösung finden. Das verspreche ich dir!»

KAPITEL 10

Ich hatte gehofft, fünfundzwanzig Jahre hätten gereicht, um diese Geschichte zu vergessen. Aber es scheint, als gäbe es Dinge, die anderen niemals entfallen. Dinge, die dich einholen, wo immer du auch bist.» Der Same hatte leise gesprochen, trotzdem hatte Liv jedes Wort verstanden.

«Was ist passiert?», wollte sie wissen.

Er schüttelte den Kopf. Seine Augen verdunkelten sich, das Kinn wurde kantig. Es fiel ihm sichtlich schwer zu sprechen.

Liv und Sverre warteten. Liv kannte den Samen ihr ganzes Leben lang. Nein, sie kannte ihn nicht nur, sie liebte ihn schon ihr ganzes Leben lang. Hatte sie ihm das je gesagt? Dass er wie ein Vater für sie war?

«Ich kenne dich, seit ich denken kann», entgegnete sie leise und fasste nach seiner Hand. «Und ich liebe dich, seit ich denken kann, liebe dich so, wie eine Tochter ihren Vater liebt.»

Bavval blickte auf, und Liv lächelte ihn an, tat alle Wärme in ihr Lächeln. Er gab ihr das Lächeln zurück und räusperte sich: «Es war im Frühjahr 1876. Der März war kälter als alle anderen, die ich je erlebt hatte. Der Schnee fiel Tag und Nacht, die Temperaturen sanken so tief, dass man es draußen nur wenige Minuten aushalten konnte. Ich war ein Rentierzüchter. Alle Männer in unserer Sidda, unserer Sippe, waren das. Wir hielten unsere Tiere zusammen in einer einzigen großen Herde, doch an den Ohrmarkierungen konnten wir sie auseinanderhalten. Der Schnee lag meterhoch, und die Tiere fanden kein Fressen mehr, brachen in den Schnee ein, kamen nicht vorwärts. Wir hatten Angst, dass uns die Rentiere verhungern. Ich hatte im Sommer auf der Sommerweide Rentierflechten gesammelt. Und ich hatte den anderen Männern gesagt, sie sollten das ebenfalls tun. Doch die meisten taten es nicht. Ich verlangte, die Herde zu trennen, sodass ein jeder nur für seine Tiere verantwortlich war. Die anderen weigerten sich.»

«Und wie ging es weiter?»

Bavval hob die Schultern. «Manche Dinge geschehen einfach.»

«Was heißt das?», hakte Liv nach.

«Das heißt, dass das Schicksal oft einen anderen Weg nimmt als den, den man gewählt hätte.» Sein Gesicht verschloss sich.

«Was genau ist passiert, Bavval?» Liv legte noch einmal all ihre Liebe in ihre Stimme, doch der Same schüttelte nur den Kopf und presste die Lippen aufeinander. «Für heute habe ich genug geredet.»

«Und nachdem diese Dinge geschehen waren, bist du geflohen?» Sverre, der bis jetzt stumm dabeigesessen hatte, sprang Liv zur Seite, was der Same mit einem wilden Blick abstrafte.

«Ich bin nicht geflohen. Wir Samen machen alles unter uns aus. Das haben wir schon immer so getan. Der

Rat der Ältesten tagte und beschloss, mich zu verbannen. Erst dann ging ich.»

«Hattest du eine Familie?»

«Jeder hat eine Familie. Meine Mutter weinte, mein Vater wandte sich ab von mir. Ich wurde auf fünfundzwanzig Jahre verbannt. Diese Zeit ist nun um. Die Sidda sollte mich wieder aufnehmen, sollte mir einige Rentiere überlassen, so wie ich ihnen damals meine Rentiere überlassen musste.»

«Wie viele waren es?»

«Vierhundert Stück.»

«Ist das viel?», fragte Sverre.

«Es ist nicht viel, es ist nicht wenig.»

Liv zog die Augenbrauen in die Höhe. «Ich weiß, dass ich dich das schon einmal gefragt habe, aber warum kehrst du jetzt zurück? Du hattest ein neues Leben, es ging dir gut auf Smøla. Du hattest Freunde – und Fria und ich waren dir eine Familie.»

«Ja. Und es ist mir auch nicht leichtgefallen, die Insel zu verlassen. Aber ich stamme aus dem hohen Norden. Ich habe Sehnsucht nach meiner Heimat, Sehnsucht auch nach der Lebensweise der Samen. Es stimmt, ich hatte Freunde und eine neue Familie, aber ich war immer *der Same*. Mit keinem von euch habe ich meine Erinnerungen teilen können. Niemand hat den gleichen Glauben wie ich. Ihr seid Norweger. Uns unterscheidet mehr, als ihr vielleicht wisst.»

«Du meinst, wir haben keine Ahnung von den Samen?»

Bavval schüttelte den Kopf. «Das mache ich euch nicht zum Vorwurf. Auch ich hatte mich früher nie für die Norweger interessiert, für ihren Glauben und für ihr Leben.»

«Ich habe gehört, dass etliche Samen zum Christentum konvertiert sind», warf Sverre ein, und Bavval nutzte die Gelegenheit, von sich abzulenken. Er lehnte sich in seinem Stuhl zurück, verschränkte die Arme vor der Brust.

«Ich stamme aus der Gegend um Alta und gehöre zu den Bergsamen, den Rentierzüchtern, aber das wisst ihr ja schon. Vor fünfzig Jahren kam es zu mehreren eiskalten Wintern hintereinander. Die Rentiere verhungerten, und weil die Samen kein Fleisch hatten, hungerten bald auch sie. In dieser Zeit gab es einen Prediger, Lars Levi Laestadius, der den Samen die Bibel gab und dazu ein schlechtes Gewissen, weil sie an die falschen Götter glaubten. Würden sie sich zum Christentum bekennen, würde Gott der Allmächtige sie nicht länger strafen und die eiskalten Winter, die Hungersnot, von ihnen nehmen. Viele Samen waren so verzweifelt, dass sie seinem Ruf folgten, auch wenn das bedeutete, fortan auf Alkohol und andere Vergnügungen zu verzichten. Fünfunddreißig bekehrte Samen kamen nach Kautokeino, einem Ort, der tiefer im Binnenland liegt, um einen Krieg gegen diejenigen Samen zu führen, die an ihrem alten Glauben festhielten. Sie führten diesen Krieg in der Annahme, dass der Widerstand der anderen gegen das Christentum die Hungersnot andauern lassen würde. Ein Kaufmann und ein Landgendarm wurden dabei getötet. Doch dann wurde der Aufstand der Bekehrten niedergeschlagen und zwei ihrer Rädelsführer zum Tode verurteilt und hingerichtet.»

«Das heißt also, dass ein Teil der Samen Christen sind, während ein anderer Teil dem ursprünglichen Glauben anhängt?» Sverre hatte sein Notizbuch herausgeholt und machte eifrig Aufzeichnungen.

«Genauso ist es.»

«Und du? Welchem Glauben hängst du an? Dem alten oder dem neuen?», fragte Liv und sprach sofort weiter. «Ich vermute, du bist ein Anhänger des alten Glaubens, denn ich habe dich auf Smøla nie in der Kirche gesehen. Nicht einmal an Weihnachten.»

Bavval nickte. «Das ist richtig. Ich glaube an den sibirischen Schamanismus. Das ist der Glaube der Samen seit Anbeginn. Der neue Glaube hat den Samen kein Glück gebracht. Wenn man einem Volk seinen Glauben nimmt, nimmt man ihm den Kern seines Seins, seine Kultur, seine Bräuche, seine Seele.»

«Erzähl uns von deinem Glauben», bat Sverre und bestellte noch eine Runde Bier.

Der Same räusperte sich, dann sprach er so langsam, als überlegte er sich jedes einzelne Wort ganz genau. «Unsere Religion ist eng mit der Natur verbunden. Wir glauben, dass alle Dinge eine Seele haben. Die Natur ist uns heilig, sie gilt als Lebensspenderin. Wir verehren Götter, die mit der Natur in Verbindung stehen. Da gibt es zum Beispiel Radien-Akka, die Göttin der Erde und der Fruchtbarkeit. Horagalles ist der Donnergott, zuständig für das Wetter und die Jagd. Ihm opfern wir, damit unsere Rentierherden gut über den Winter kommen. Bealvi ist die Sonnengöttin, die für Licht und Wärme verantwortlich ist. Neben diesen gibt es noch den Geist des

Wassers und der Flüsse und die Göttin der Berge und der Wildnis. Unsere Religion hält uns an, die Gemeinschaft zusammenzuhalten, einander zu achten und Respekt vor unseren Ahnen zu haben.»

Die Fischsuppe war längst gegessen, das Bier ausgetrunken. Die meisten Gäste hatten die Fischerkneipe bereits verlassen, hinter der Theke gähnte der Wirt. Liv hatte viele weitere Fragen, doch Bavval erhob sich.

«Genug für heute. Es ist spät geworden, und wir brechen morgen früh zeitig auf. Lasst uns zu Bett gehen.»

Langsam gingen sie zurück zu ihrer Pension. Ihre Schritte hallten auf dem Kopfsteinpflaster, in den meisten Häusern war das Licht erloschen. Nur eine Katze kreuzte ihren Weg. Während Bavval und Sverre sich leise unterhielten, hing Liv ihren Gedanken nach. Wie kann man so lange mit einem Menschen zusammenleben und ihn doch nur so wenig kennen?, fragte sie sich. Sie war neugierig geworden auf Bavvals früheres Leben. Und sie war sich sicher, dass sie die ganze Wahrheit herausfinden würde. Sie würde seine Familie treffen oder wenigstens von ihnen hören. Sie würde herausfinden, was genau damals vorgefallen war. Und sie würde sich in ihrer Liebe zu diesem Mann nicht beirren lassen, ganz gleich, was sie erfuhr.

KAPITEL 11

Ich muss in die Hauptstadt, und ich bitte dich, mich zu begleiten, denn du kennst dich dort aus», sagte Bjarni, der vor Lucias Schreibtisch saß.

«Was willst du in der Hauptstadt?», fragte sie.

«Nun, es gibt einiges zu erledigen. Da muss dies und das für die Hochzeit angeschafft werden, denn die Tochter eines Hotelbesitzers und reichen Mannes ist nun einmal an Luxus gewöhnt.»

«Wenn du alles Geld für die Hochzeit ausgibst, was bleibt dann für die Fischfabrik?»

«Man muss investieren, um zu gewinnen», ließ Bjarni Lucia wissen. «Wenn Jehan und Solveig erst verheiratet sind, werden wir keine Geldprobleme mehr haben. Aber sie ist ein wenig verwöhnt, und ihrem Vater ist es sehr wichtig, dass sie nichts entbehren muss. Du hast ein Auge für solcherlei Dinge, also fährst du mit in die Stadt und berätst mich.»

«Um welche Dinge geht es denn?»

«Geschirr und Gläser und Tischwäsche und so weiter. Eben alles, was eine junge Ehefrau so benötigt.»

«Besitzt sie denn keine Aussteuer?»

«Doch, natürlich. Aber es gibt eine Liste mit den Dingen, die ihr noch fehlen.»

«Und wo wird das junge Paar wohnen?»

Bjarni seufzte laut auf. «In unserem Haus. Inken und ich müssen ausziehen.»

«Wirklich? Und was sagt deine Frau dazu?»

«Erinnere mich nur nicht daran.» Bjarni winkte ab. «Sie will natürlich nicht. Ihr wäre es am liebsten, ich würde die Fabrik Jehan überlassen und mit ihr nach Trondheim ziehen. Sie redet so, weil sie keine Ahnung vom Geschäft hat.»

«Du solltest mit ihr nach Christiania fahren. Inken ist bekannt für ihren guten Geschmack.»

Bjarni riss erschrocken die Augen auf. «Um Himmels willen, bloß das nicht. Am Ende gibt sie jeden Gulden aus, den wir besitzen. Nein, nein, *du* musst mit mir kommen.»

Zwei Tage später bestiegen sie das Postschiff, fuhren von Trondheim mit der Bahn bis Bergen und von Bergen nach Christiania. Als sie den Bahnhof verließen, musste Lucia lachen, denn Bjarni stand mit offenem Mund da und betrachtete das Gewimmel um sich herum. Ein Mann rempelte ihn an und sagte, er solle aus dem Weg gehen, und sofort hüpfte Bjarni zur Seite. Er starrte die Zeitungsjungs an, die die neuesten Nachrichten lauthals verkündeten, er betrachtete den Schuhputzer, der sich mit einer Bürste seinen Schuhen nähern wollte, und er machte riesengroße Augen, als er ein Automobil vorüberrollen sah. Auf Smøla gab sich Bjarni stets weltmännisch, hier wurde ersichtlich, dass er über Trondheim nie herausgekommen war.

Lucia packte ihn beim Ärmel, zog ihn über die Straße,

bevor ein Automobil ihn streifen konnte, dann liefen sie ein Stück die Karl Johans gate hinauf und bogen in eine Seitenstraße ab, in der sie ein kleines Hotel wusste. Lucia buchte zwei Zimmer, während Bjarni den Kronleuchter bestaunte. Eine Stunde später machten sie sich zu einem Einkaufsbummel auf, und Lucia führte ihn zu einem Geschäft, vor dessen Auslagen Liv Jahre zuvor nicht aus dem Staunen herausgekommen war.

Auch Bjarni riss die Augen auf, las, was auf den kleinen Schildchen neben den Ausstellungsstücken stand. «Buttermesser?», fragte er. «Wozu braucht jemand ein Buttermesser? Man schneidet mit dem Messer ein Stück ab, streicht die Butter aufs Brot und fertig.»

«Feine Leute haben für die Butter ein Extramesser», erklärte Lucia, doch Bjarni war schon weiter. «Und da, was soll das denn sein? De-kan-tie-rer? Was ist das denn für eine Sprache? Und wozu benötigt man so was?»

«Der Name kommt aus dem Französischen. Man benutzt einen Dekantierer, um Rotwein auf die richtige Weise für das Trinken vorzubereiten. Man sagt, dass man den Wein im Dekantierer atmen lässt.»

«Atmen? Einen Rotwein? Aber eine Gutenachtgeschichte muss ich ihm nicht auch noch vorlesen?» Bjarni schüttelte den Kopf. «Was soll das ganze unnütze Zeug? Wer benutzt so etwas?»

«Wie gesagt: die feinen Leute.»

Er blickte Lucia beinahe verzweifelt an. «Und das will Solveig auch? Mein Sohn soll den Wein atmen lassen und mit einem Buttermesser hantieren?»

«Wir müssen das ja nicht kaufen, wenn du nicht willst.»

«Hast du den Preis gesehen?», lamentierte Bjarni weiter. «Einen halben Gulden wollen die für ein Messer haben! Was kann das Messer? Krankheiten heilen? Das Wetter vorhersagen?» Er konnte sich gar nicht mehr beruhigen.

Es dauerte eine Weile, bis Lucia ihn in das Geschäft bugsiert hatte, doch auch dort lamentierte er weiter.

«Silberbesteck? So weit kommt es noch, dass das Besteck mehr kostet als meine Fischfabrik.»

«Dann nimm welches, das nur versilbert ist. Es sieht aus wie Silber, ist es aber nicht.»

«Ein Silberbesteck, das nur so aussieht, aber in Wirklichkeit keines ist?» Bjarnis Gesicht hatte sich inzwischen rot verfärbt, und Lucia hatte Angst, dass er einen Schlaganfall erlitt.

«War Solveig schon einmal in Christiania?», fragte sie. «Wenn nicht, dann weiß sie nicht, was es hier alles gibt. Du kannst kaufen, was immer du willst, und behaupten, das würde man in der Hauptstadt jetzt so benutzen.»

Bjarni klappte überrascht den Mund auf. «Das ist gut», sagte er. «Wir kaufen den blöden Dekantierer und erzählen ihr, das Bier in der Hauptstadt müsse atmen.» Er lachte und strich sich dabei über seinen Bauch. Dann aber nahm er Lucia beim Arm. «Das ist alles zu viel. Ich muss nachdenken. Lass uns irgendwo einen Kaffee trinken gehen.»

Lucia überlegte, ob sie ihn in das große, exklusive Grand Café führen sollte, das sie vor einigen Jahren zusammen mit Liv entdeckt hatte. Sie nahm seinen Arm, führte ihn ein paar Meter die Straße entlang, und schon hatten sie das beste Café der Stadt erreicht. Lucia öffnete die Tür und schob Bjarni hinein, der schon wieder Augen und Mund aufriss.

«So viele Leute!», rief er erstaunt. «Müssen die alle nicht arbeiten?»

Er ließ sich auf einen gepolsterten Stuhl fallen, und Lucia reichte ihm die Karte. «Was möchtest du trinken?»

«Einen Kaffee. Und dazu ein wenig Wasser vielleicht.»

«Es gibt unzählige Arten, wie du den Kaffee hier trinken kannst. Es gibt Kaffee mit Weinbrand und Schlagsahne, Kaffee, der zur Hälfte aus Milch besteht, türkischen Mokka, der sehr stark ist und …»

«Ich nehme den Kaffee mit Weinbrand», beschloss Bjarni und wischte sich mit einem rot karierten Taschentuch die verschwitzte Stirn ab, lockerte dann seinen Kragen und blickte sich um.

«Möchtest du nicht erst wissen, was der Kaffee kostet?», fragte Lucia.

«Nein, das möchte ich lieber nicht wissen. Ich möchte ihn einfach nur trinken, und dann möchte ich die Einkäufe erledigen und so schnell es geht aus dieser lauten Stadt verschwinden.»

Er sah ein wenig ratlos aus, fand Lucia.

«Mir ist das alles zu viel», erklärte er. «Ein Buttermesser, eine Kanne, damit der Wein atmen kann, Silberbesteck, das keines ist, Kaffee mit Weinbrand.»

Er sah sie so kläglich an, dass Lucia beinahe Mitleid mit ihm hatte. Der Kellner kam, verbeugte sich ein wenig und fragte nach den Wünschen der Herrschaften. Lucia bestellte, und Bjarni kicherte ein wenig.

«Was amüsiert dich denn so?», fragte Lucia nach.

«Die ‹Herrschaften› amüsieren mich. So hat mich Fria noch nie genannt. Das werde ich ihr erzählen. Ab sofort soll sie uns alle ‹die Herrschaften› nennen, den Fischer Chrisander, den Pfarrer Fenris, den Lehrer Arni und mich.»

Der Ober brachte den Kaffee und dazu ein Glas Wasser, in dem eine Gurkenscheibe schwamm. Als er gehen wollte, hielt Bjarni ihn zurück.

«Das Wasser da trinke ich nicht. Da ist dem Koch eine Gurkenscheibe hineingefallen.»

«Aber nein, gnädiger Herr. Wir geben zu jedem Glas Wasser eine Gurkenscheibe dazu, sonst schmeckt es ja gar zu langweilig», erklärte der Ober, verkniff sich ein Lächeln und entschwand wieder.

«Eine verrückte Stadt ist das. Gemüse im Trinkwasser. Na, meinetwegen. Ich hoffe nur, dass Solveig nicht auf die Idee kommt, das mit meinem Jehan auch so zu machen.» Plötzlich wurde er ernst.

«Was ist mit dir?»

«Jehan», antwortete Bjarni. «Jehan ist nicht so. Er ist einer von der Insel. Er braucht weder ein Buttermesser noch Gemüse im Glas.» Er blickte fragend zu Lucia.

«Nein, so ist Jehan wirklich nicht», bestätigte sie. «Er ist ein Mann der Tat. Er braucht etwas zu essen, wenn er Hunger hat, etwas zu trinken, wenn er Durst hat. Es ist ihm gleichgültig, ob er aus einem böhmischen Kristallglas trinkt oder aus einem Henkelbecher.»

Bjarni war blass geworden, das erkannte Lucia jetzt.

«Ich tue ihm nichts Gutes an, wenn ich ihn mit Solveig verheirate», erklärte er. «Denk nicht, dass ich das nicht weiß, Lucia. Aber was soll ich sonst machen? Ich möchte meinen Sohn beschützen und meine Insel.»

«Du machst dir zu viele Sorgen, Bjarni. Jehan ist ein Mann, der weiß, was er will und was er nicht will. Ich glaube nicht, dass es Solveig gelingen wird, ihn zu einem Dekantierer zu überreden. Eine Ehe verlangt Kompromisse. Aber diese Kompromisse müssen einen Sinn ergeben. Das tut eine Scheibe Gurke im Wasser nicht unbedingt.»

Während sie sprach, wunderte sie sich über sich selbst. Sie brach hier eine Lanze für die Hochzeit Jehans mit Solveig, aber das war doch das Letzte, was sie selbst wollte. Sie hatte noch nie so recht für sich einstehen können, das spürte sie hier im Grand Café ganz deutlich. Eigentlich hatte sie sich vorgenommen, Bjarni während der Reise von der Hochzeitsidee abzubringen. Sie hatte sich jedes einzelne Wort überlegt. Doch nun dachte sie nur an die anderen Bewohner von Smøla und an deren Schicksal. Was sollte aus Fria werden, wenn das Guesthuset keine Gäste mehr hatte? Was sollte Gunhild ohne ihre Handelsstation tun, was der Lehrer Arni ohne Schulkinder? Was sollte aus den Alten werden, wenn sich niemand um sie kümmerte? Lucia erkannte, dass auch sie Opfer bringen musste, damit die anderen leben konnten, wie sie es gewohnt waren und wie sie es liebten. Tief in ihrem Herzen war sie wütend. Wütend auf Bjarni, der sich mit der neuen Fabrikhalle übernommen hatte. Es war seine Schuld, das alles war seine Schuld. Sie könnte ihn schütteln deswegen. Aber er war es auch, der auf der Insel für Arbeit sorgte. Er war ein guter Bürgermeister, der immer ein offenes Ohr für seine Leute hatte. Ein Arbeitgeber, der sich um seine Angestellten kümmerte, ihnen gerechte Löhne zahlte.

Nein, sie konnte ihm diese Heirat nicht ausreden. Sie saßen alle im selben Boot, und das drohte zu sinken.

«Du hast recht», erwiderte Bjarni. «Jehan ist ein starker Mann. Und er weiß, was er will.»

Etwas beruhigt trank er einen Schluck von seinem Kaffee. «Köstlich!», fand er. «Das ist eine Neuerung, die ich auf der Insel einführen werde. Kaffee mit Weinbrand und obendrauf Schlagsahne.»

Er nahm einen weiteren Schluck, als Lucia plötzlich ihren Namen hörte. Sie wandte sich um und brachte vor Überraschung keinen Ton heraus. Hinter ihr stand Edvard. Edvard, Lasses Jugendfreund, der einst mit ihrer Schwester Liv verlobt gewesen war und als reichster Junggeselle von Christiania galt.

KAPITEL 12

Am nächsten Morgen brachen sie früh von Tromsø auf. Die Sonne färbte die Birkenstämme am Wegesrand golden, ein leiser Wind ließ die Blätter rascheln, und das Gras sah so grün aus, dass es beinahe in den Augen brannte. Ihr Ziel war Alta. Von dort aus wollte der Same zu seiner Sidda, und Liv und Sverre würden versuchen herauszufinden, woher Liv und Lucia kamen. Es gab Schiffe, die nach Alta fuhren, aber nicht zu dieser Jahreszeit. Erst im Herbst würde das nächste Schiff die Stadt am Alta-Fjord ansteuern.

Liv trug ihr blaues Tuchkleid, das sie immer zum Arbeiten anhatte. Es hatte am Ärmelsaum einen winzigen schwarzen Fleck, der entstanden war, als sie mit dem Bunsenbrenner hantiert hatte. Die schweren Wanderschuhe hatte sie sich in Trondheim gekauft und hoffte nun, dass sie den langen Marsch gut durchstehen würden. Der Weg war schmal, doch er führte bis nach Alta, das dreihundert Kilometer nördlich lag. Bavval schätzte, dass sie gut drei, vier Wochen unterwegs sein würden. Doch irgendetwas trieb ihn an. Er lief voran, forderte Liv und Sverre immer wieder auf, sich ein wenig zu beeilen.

«Warum scheuchst du uns so?», wollte Liv wissen. «Ist es nicht gleichgültig, wann wir in Alta ankommen?»

«Die Tiere sind jetzt auf der Sommerweide», erklärte er. «Die Kälber sind schon auf der Welt. Ich werde bei meiner Sidda auf der Hochebene gebraucht.»

Liv verstand nicht, was das zu bedeuten hatte, also nickte sie nur und lief weiter. Nach ein paar Stunden drückte der Riemen des Rucksacks tief in ihre Schulter. Die Füße taten ihr weh, und ihre Kehle war so ausgetrocknet, dass sie kaum sprechen konnte.

Als sie am Abend endlich einen Rastplatz auf einer Waldlichtung fanden, war sie so erschöpft, dass sie sich sogleich auf den weichen Boden, der mit Tannennadeln gepolstert war, sinken ließ und kräftig durchatmete.

Der Same und Sverre suchten im Wald nach dicken Ästen, die das gewachste Leinenzelt aufrecht halten sollten. Sie bildeten mit den Ästen einen Kreis, rammten sie tief in die Erde, und Bavval warf das Zelt darüber, während Sverre nach großen Steinen suchte, die die Feuerstelle umrahmen würden.

Liv rappelte sich auf. Sie suchte im Rucksack nach Brot und Käse. In der Nähe gurgelte ein Bach. Sie nahm den Topf, den der Same an seinen Rucksack gebunden hatte, füllte ihn mit Wasser und setzte ihn auf die Feuerstelle. Als das Wasser zu brodeln begann, gab sie Kaffeepulver in die drei Becher und schnitt Brot.

Die Mitternachtssonne stand noch hoch am Himmel, als sie ihr Mahl beendet hatten.

«Werden wir schlafen können, wenn es so hell ist?», fragte Liv und streckte mit einem wohligen Seufzer ihre Beine aus, während Sverre ihre schmerzenden Schultern massierte.

«Du wirst dich an die Mitternachtssonne gewöhnen», erwiderte der Same.

Wie gern hätte Liv ihr Gespräch von gestern wieder aufgenommen, doch das wagte sie nicht. Bavval Märak, der wie ein Vater für sie gewesen war, wirkte erneut verschlossen. Also trank sie ihren Kaffee aus, und eine Stunde später knöpfte sie ihren Schlafsack zu, schmiegte sich an Sverre und war schon bald eingeschlafen.

Zwei Wochen waren sie mittlerweile unterwegs, und Liv spürte den Schmerz in ihren Schultern von Tag zu Tag stärker. Die Träger des Rucksacks hatten rote Striemen auf ihrer Haut hinterlassen, die sich allmählich violett verfärbten. Sie war inzwischen so erschöpft, dass sie kaum noch laufen konnte. Es war gerade Mittag, und die Sonne brannte vom Himmel herab. Solche heißen Tage gab es selten hier oben im Norden. Liv sehnte sich nach einem Bad in einem Fluss oder wenigstens nach einer Wäsche im Bach. Seit Tagen hatte sie ihre Kleidung nicht gewechselt, sich das Haar nicht gewaschen. Die Strümpfe trug sie sogar schon seit Tromsø, denn Bavval hatte ihr erklärt, dass frische Strümpfe Blasen verursachen konnten. Sie blieb stehen und betrachtete eine Blume, die sie noch nie zuvor in der Natur gesehen hatte. Es war ein Enzian, sie hatte in einem Pflanzenbuch eine Abbildung davon gesehen. Die Männer waren weitergegangen, und als Liv rascher ausschritt, um sie einzuholen, knickte sie mit dem linken Fuß um und schrie vor Schmerz auf.

Sofort blieben die Männer stehen. Sverre rannte zu ihr. «Was ist los?»

«Ich bin umgeknickt», jammerte sie.

Behutsam zog er ihr den Schuh vom Fuß. Sie konnten zusehen, wie der Knöchel anschwoll.

«Du kannst nicht weiterlaufen», stellte Bavval fest, der ebenfalls dazugekommen war.

«Und was machen wir jetzt?», wollte Sverre wissen.

«Es gibt ein kleines Dorf in der Nähe. Dort werden wir ein Weilchen bleiben.» Livs Knöchel war inzwischen so angeschwollen, dass sie nicht mehr auftreten konnte.

«Ich gehe vor», erklärte der Same. «Vielleicht leiht mir jemand einen Karren. Dahinten fließt ein Bach. Wartet dort auf mich und kühlt Livs Knöchel.» Er betrachtete sie besorgt, dann strich er ihr sanft eine Haarsträhne aus dem Gesicht.

Mit Sverres Hilfe erhob sich Liv und hüpfte auf einem Bein, während Sverre sie stützte. Der kühle Bach flüsterte in seinem Lauf zwischen Steinen und Sand. Liv ließ sich seufzend am Ufer nieder, hielt ihren Fuß in das klare, kalte Wasser. «Ich bin eine Last für euch», sagte sie leise. «Bavval will so schnell wie möglich nach Alta.»

«Er kann vorgehen.»

«Wir kennen den Weg nicht.»

«Wir werden ihn trotzdem finden.»

Zwei Stunden saßen sie dort, tranken das kühle Wasser. Wie gern hätte sich Liv gewaschen, doch das ließ ihr Knöchel nicht zu. Wie gern hätte Liv ihrem Mann erzählt, dass sie Angst hatte. Angst, den Strapazen nicht gewachsen zu sein. Angst, es hier im hohen Norden nicht auszuhalten. Doch sie schwieg, denn sie war es ja, die diese Reise so unbedingt gewollt hatte.

Als der Same zurückkam, zog er einen Handwagen hinter sich her. «Den hat mir der Mann aus dem Lebensmittelgeschäft ausgeliehen.» Er hob Liv auf seine Arme und setzte sie in den Handwagen. Ihren Rucksack hielt sie auf dem Schoß, und dann zogen Sverre und Bavval abwechselnd den Wagen, bis sie das Dorf vor sich sahen. Es lag in einem Tal, direkt an einem kleinen See. Nur etwa ein Dutzend Häuser standen hier, und doch wirkte der kleine Ort anheimelnd und irgendwie fröhlich.

Sie fuhren bis zum Rand des Sees. «Hier bleiben wir!», erklärte Bavval. «Wir bauen unsere Kote auf, und dann warten wir, bis dein Knöchel verheilt ist.»

«Ich mache euch Umstände. Du hast es so eilig, eigentlich wollten wir schon bald in Alta sein», sagte Liv leise und verfluchte sich dafür, nicht aufgepasst zu haben.

«So etwas passiert. Wer weiß, wozu es gut ist.»

«Du bist nicht ärgerlich auf mich?»

«Aber nein. Was denkst du nur? Ich mache dir einen Umschlag, das wird dir helfen. Wenn wir Glück haben, kannst du in ein paar Tagen schon wieder laufen wie ein Rentierkalb.»

Sverre hatte bereits die Stangen für die Kote in den Boden gesteckt. Die Männer warfen das Zelt darüber, richteten eine Feuerstelle in der Mitte ein und legten Rentierfelle aus, auf denen sie schliefen.

Dann holte Bavval eine Zwiebel aus seinem Rucksack, zerkleinerte sie und hüllte ein Taschentuch um die Zwiebelwürfel. «Drück dir das auf die Schwellung», sagte er. «Ein paar Stunden lang. Es wird dir bald besser gehen.»

Dann wandte er sich an Sverre. «Du überprüfst unsere Vorräte. Es gibt im Dorf einen Laden, in dem wir alles finden, was wir brauchen. Ich gehe in den Wald und sammle Holz für das Feuer, damit wir uns nach dem Baden aufwärmen können.»

«Baden?», fragte Liv hoffnungsfroh.

«Ja. Im See wird es herrlich sein.»

Während Liv ihre Zwiebelpackung auf den Knöchel presste, leerte Sverre die Rucksäcke aus, stellte die Lebensmittel in eine Reihe und machte sich eine Liste der fehlenden Dinge.

«Seife», rief Liv ihm zu. «Ich hätte so gern ein Stück Seife.»

Sverre lächelte sie an, dann nahm er den Handwagen und machte sich auf den Weg ins Dorf. Eine Stunde später war er zurück.

«Hast du alles bekommen?»

Sverre ließ sich neben Liv nieder. «Da war ein alter Mann, der für die Samen Schlitten gebaut hat», erklärte er. «Er hat Bavval erkannt und wusste von seiner Verbannung.»

«Und? Hast du ihn gefragt, was er angestellt hat?»

«Darüber wollte er nicht sprechen. Wenn die Zeit der Verbannung abgelaufen ist, ist auch die Tat gesühnt. Das heißt, es wird nicht mehr darüber gesprochen.»

«Hast du den Mann nach Bavvals Familie gefragt?»

Sverre nickte. «Seine Eltern sind gestorben. Es gibt noch eine Schwester. Sie heißt Sulin.»

«Und weiter?»

«Nichts weiter. Er hat nur noch gesagt, dass die Familie schwere Zeiten hinter sich hat und vom Unglück verfolgt wurde, auch noch, als Bavval bereits lange weg war. So eine Verbannung wiegt schwer und beschmutzt die Ehre der Sidda noch lange Zeit danach.»

Sverre schwieg eine Weile, und Liv erkannte, dass er noch mehr erfahren hatte.

«Was war noch? Was hast du noch gehört?»

Sverre schluckte, nahm Livs Hand. «Ich habe gefragt, ob er davon gehört hat, dass zwei neugeborene Mädchen verschwunden sind.»

Liv spürte, wie sich ihr Herzschlag beschleunigte, und sie presste eine Hand auf ihre Brust, um das galoppierende Herz zu beruhigen. «Sverre, *was* hat er gesagt?»

«Nicht viel. Er wusste davon, wusste, dass die Mädchen verschwunden waren. Sie gehörten zu einer samischen Sidda.»

«Und weiter?»

«Weiter nichts.»

Liv schaute über den See, erblickte am gegenüberliegenden Ufer einen Mann, doch sie nahm ihn gar nicht wahr, so sehr war sie in ihre Gedanken versunken. «Dann heißt das also, dass ich wirklich eine Samin bin.»

Sverre nickte. «Ja, so ist es wohl. Du und Lucia stammt aus dieser Gegend.»

Wieder schaute Liv in die Ferne, dann aber ging ein Ruck durch ihren Körper. «Ich will meine Sippe kennenlernen, unsere Sidda. Und die Sprache. Ich möchte alles über die Samen wissen, damit ich Lucia davon berichten kann. Und Bavval wird mir dabei helfen.»

Es dauerte noch eine Weile, bis der Same zurückkam. Sverre kochte Hafergrütze in einem Topf über der Feuerstelle. Danach blieben die beiden Männer im Zelt, während Liv im kalten See schwamm und sich endlich wieder waschen konnte. Kaum saß sie am Feuer, um ihr Haar zu trocknen, gingen die Männer in den See.

Als sie später alle beisammensaßen, wandte sich Liv an den Samen: «Kann ich dich etwas fragen, Bavval?»

«Alles, was du willst. Aber ich kann dir womöglich nicht auf alles eine Antwort geben.»

«Wusstest du, dass ich aus einer samischen Familie stamme?»

Bavval nickte.

«Du hast erzählt, dass man an der Tracht eines Samen vieles ablesen kann. Zum Beispiel, woher er stammt.»

«Das ist richtig.»

«Du hast die bestickten Sachen gesehen, in denen Lucia und ich damals ausgesetzt worden sind?»

Bavval nickte.

«Aus welcher Sidda stammen wir?»

Bavval senkte den Blick, stocherte mit einem Ast im Feuer herum, ehe er antwortete: «Die Stickereien waren nicht eindeutig.»

«Es sind Rentiere darauf gewesen.»

«Das ist richtig.»

«Also stammen wir aus einer Sippe von Rentierzüchtern?»

«Ja.»

«Kannst du etwas mehr sagen als ‹Ja› und ‹Das ist richtig›?» Liv konnte nicht verhindern, dass ihre Stimme ärgerlich klang. Sie hatte genug von seiner Heimlichtuerei.

«Ich habe ein Recht zu erfahren, woher ich stamme. Woher Lucia und ich stammen!», erklärte sie energisch.

«Ihr gehört zu einer Sidda von Rentierzüchtern.»

«Was weißt du noch? Kennst du unsere Sidda?»

Er schüttelte den Kopf. «Du vergisst, dass ich noch sehr jung war, als ich Lappland verlassen musste.»

«Aber die Siddas gibt es seit Jahrhunderten. Also?»

«Ich kenne eure Sidda.»

«Und weißt du auch, wer unsere Eltern waren?» Wieder begann Livs Herz einen rascheren Takt zu schlagen. «Kennst du unsere Mutter? Wie ist der Name der Sidda?»

Bavval seufzte tief auf. «Wollen wir das Vergangene nicht ruhen lassen?»

«NEIN!», rief Liv empört. «Der Grund meiner Reise besteht darin herauszufinden, aus welcher Familie wir kommen, was damals geschah, warum unsere Mutter Lucia und mich ausgesetzt hat.»

«Ich dachte, du seist hier, um im Norden das Verhalten der Raben zu erforschen.» Der Same versuchte abzulenken.

«Ja, das auch. Aber du weißt genau, wichtiger ist mir unsere Familie.»

Der Same warf den Ast ins Feuer und erhob sich. «Ich gehe mir noch einmal die Füße vertreten. Vergangenes soll man ruhen lassen.»

KAPITEL 13

Edvard! Wie schön, dich zu sehen.» Lucia sprang auf, und Edvard nahm sie kurz in den Arm und küsste sie auf die Wange. Lucia hatte den ehemaligen Verlobten ihrer Schwester immer gemocht. Sie hatten sich nicht oft gesehen, doch sie hatte schnell Vertrauen zu ihm gefasst.

«Was machst du in Christiania?», wollte er wissen.

«Hochzeitseinkäufe mit dem Bürgermeister von Smøla», erklärte sie, deutete auf Bjarni und stellte die Männer einander vor. Bjarni schien zu merken, dass er ein klein wenig überflüssig war. Er trank den restlichen Kaffee mit großem Genuss und erklärte: «Ich gehe jetzt in diesen Laden und kaufe das Buttermesser. Meine künftige Schwiegertochter soll nicht denken, wir wären Barbaren.» Er nickte Edvard zu und verschwand.

«Wie geht es dir? Ich habe oft an dich denken müssen.»

«Es geht mir gut», sagte Lucia.

«Und die Scheidung? Hast du die Trennung überwunden, wie geht es der kleinen Marie?»

«Die Trennung, Lasse, der Umzug nach Smøla ... Es war schwer. Du weißt, dass wir ohne Liv verloren gewesen wären?»

Edvard nickte. Schmerz schimmerte in seinem Blick. Lucia wusste, dass dieser sicher nicht ihr allein galt. Edvard hatte ihre Schwester aufrichtig geliebt, sie hatte sich dann aber für jemand anderen entschieden …

«Nein, Edvard, es geht mir nicht so gut. Das liegt nicht nur an der Scheidung. Inzwischen arbeite ich im Büro der Fischfabrik, die Bjarni, unserem Bürgermeister, gehört. Doch die steht vor dem finanziellen Ruin, weil Bjarni sich mit einem Bauvorhaben übernommen hat. Die Banken geben ihm keinen Kredit mehr. Und nun soll sein Sohn Jehan die Tochter eines reichen Trondheimers heiraten, der ihm einen Privatkredit versprochen hat.»

«Eine Lösung, die nicht unüblich ist», erklärte Edvard, der sich wieder gefangen hatte.

Lucia rührte mit dem Löffel in ihrer leeren Kaffeetasse herum. «Das ist noch nicht alles», sagte sie. «Die Fischfabrik gibt sehr vielen Männern und Frauen Arbeit. Wir alle sind in Gefahr, weshalb Bjarni diese Lösung anstrebt. Doch es geht nicht nur um die Arbeit, dank derer ich Marie und mich ernähren kann. Es geht um den Sohn. Ich mag den künftigen Bräutigam sehr.»

Sie sah ihm in die Augen, sah, dass Edvard die Tragweite verstand.

«Lasse hat mir das Herz gebrochen. Es war sehr schwer, wieder Vertrauen zu einem Mann zu haben. Ich denke, bei Jehan ist mir das ein wenig gelungen, weil ich ihn seit meiner Kindheit kenne.»

«Also ist es so, dass du den Mann liebst, der die Tochter des Finanziers heiraten soll?»

«Ich … ich liebe ihn nicht. Aber ich mag ihn so sehr, dass ich mir eine Zukunft mit ihm vorstellen könnte.» Wieder blickte sie Edvard direkt an. «Liebe? Nein, die wage ich noch nicht. Vielleicht wage ich sie nie wieder.»

«Ich verstehe dich besser, als du denkst, Lucia. Deine Schwester hat mir das Herz gebrochen. Und ich weiß genau, dass ich nie wieder eine Frau wie sie finden werde. Ich dachte wirklich, unsere Liebe würde bis zum Tod halten.»

«Ich bin sicher, ihr wärt nicht glücklich miteinander geworden.»

«Ja, das sage ich mir auch immer. Sie ist zur Ehe und Mutterschaft, wie ich sie mir vorstelle, nicht geschaffen. Wie geht es ihr?» Er räusperte sich, fragte endlich, was er sich bisher versagt hatte. «Ist sie glücklich?»

Lucia wollte ihm nicht wehtun, doch er hatte die Wahrheit verdient. «Sie hat Sverre, einen Doktoranden der Universität, geheiratet. Im Augenblick befindet sie sich auf einer Forschungsreise in Lappland.»

Edvard lächelte. «Geht es um die Raben?»

Auch Lucia lachte. «Worum sonst? Aber das ist nicht das Einzige, was sie in den Norden zieht. Sie will unsere Herkunft erforschen.» Einen Augenblick lang zog ein Schleier von Traurigkeit über ihr Gesicht, dann fragte sie: «Hast du etwas von Lasse gehört? Wie geht es ihm?»

«Ich habe ihn nicht wiedergesehen, weil ich empört darüber war, wie er dich behandelt hat. Aber ich habe gehört, er habe gleich nach der Scheidung wieder geheiratet. An der Universität arbeitet er allerdings nicht mehr. Es hieß, seine Frau wollte, dass er mehr Geld verdient, als die Universität bereit ist zu zahlen.»

«Er hat es so gewollt, nicht wahr?» Lucia wusste selbst nicht, warum sie Edvards Bestätigung brauchte.

«Ja, das hat er. Du warst ihm eine gute Ehefrau, leider hat er das nicht sehen können. Nun muss er auf die harte Art lernen, was er an dir verloren hat. Aber zurück zu dir, Lucia. Wie willst du dein Problem lösen?»

«Es gibt keine Lösung. Schließt die Fischfabrik, verlieren die Arbeiterinnen und die Fischer ihren Lebensunterhalt. Sie müssten weggehen, und schon bald wäre die Insel ohne Leben.»

«Was stellt die Fabrik her?»

«Die Fischer bringen ihren Fang zu uns, dann wird er von den Arbeiterinnen eingesalzen, auf Trockengestelle gehängt und später als Klippfisch verkauft. Da uns das Geld fehlt, um die Fischer zu bezahlen, fehlt es natürlich auch an Fisch. Wir können nicht verkaufen, was wir nicht haben.»

«Wohin habt ihr den Fisch verkauft?», fragte Edvard weiter.

«Nach Trondheim vor allem.»

«Und wie viel Fisch pro Tag könntet ihr liefern?»

«Ich denke, wir könnten es pro Werktag auf rund einhundert Kilo Klippfisch bringen. Wenn die neue Halle fertig gebaut ist, vielleicht sogar noch mehr.»

«Eintausend Kilo pro Woche, und wir kommen ins Geschäft.»

«Was? Was hast du eben gesagt?» Lucia glaubte, sich verhört zu haben.

«Wie du vielleicht noch weißt, gehört meiner Familie die größte Reederei des Landes. Unsere Schiffe fahren bis nach Russland, nach Nowgorod. Außerdem nach Großbritannien, nach Frankreich, ja sogar bis nach Afrika. Nach Nowgorod verschiffen wir Klippfisch. Wenn euer Fisch unseren Ansprüchen genügt, würden wir euch jeden Monat viertausend Stück abkaufen.»

«Aber … aber das wäre wunderbar. Und du machst keine Scherze, oder?»

Edvard lachte. «Nein, das ist mein voller Ernst. Ich würde gern mit deinem Chef darüber sprechen. Denkst du, er kommt noch einmal wieder?»

Lucia sprang auf. «Ich gehe ihn holen. Das Geschäft, in das er wollte, ist gleich nebenan. Ich bin in ein paar Minuten zurück.»

«Dann bestelle ich inzwischen noch eine Runde Kaffee mit Weinbrand und Schlagsahne?», fragte Edvard und gab dem Ober ein Zeichen.

Lucia zögerte. Sie wollte nicht so viel Geld ausgeben. Marie brauchte neue Kleidung, und auch sie wollte sich nach einem neuen Kleid umsehen.

«Zur Feier des Tages lade ich euch natürlich ein. Das ist unter Geschäftsleuten so üblich, und es wäre mir eine Freude, wenn ihr mit mir gemeinsam essen würdet.»

Lucia nickte lächelnd und eilte aus dem Grand Café, fand Bjarni an der Kasse, wo er gerade sein Buttermesser bezahlte. «Das ist alles ein Unfug», erklärte er. «Aber meine Frau wird begeistert sein und hauptstädtische Moden bei uns einführen. Versprich mir, dass du ihr nichts von dem Dekantierer erzählst, sonst muss ich nächste Woche wieder hierher. Und wenn sie sich entschließt, mich zu begleiten, ist der Kredit danach aufgebraucht.»

«Bjarni, vielleicht brauchst du gar keinen Kredit. Komm mit und lass dir von Edvard erzählen, was er dir vorschlagen möchte.»

«Der Schnösel, der am hellerlichten Tag einen Anzug trägt?»

Lucia lächelte. «Der Schnösel ist der Spross der größten Reederei des Landes.»

Bjarni riss die Augen auf. Er hielt Lucia das Buttermesser hin. «Hier, pack den Kram ein. Wo ist der Schnösel jetzt?»

«Im Grand Café.»

«Dann auf.»

Bjarni packte Lucias Ellenbogen und zog sie aus dem Geschäft. Kurze Zeit später saßen sie Edvard gegenüber.

«Sie möchten mit mir ins Geschäft kommen?», kam Bjarni gleich zur Sache.

«Nun, ich müsste zunächst prüfen, ob Ihre Ware unseren Ansprüchen genügt. Wir verschiffen nur beste Qualität.»

«Nach unserem Klippfisch leckt sich jeder die Finger», erklärte Bjarni, aber dann schienen ihm die feinen Manieren wieder ins Gedächtnis zu kommen. «Das meine ich im übertragenen Sinne», fügte er hinzu.

«Natürlich», erwiderte Edvard liebenswürdig. «Darf ich Ihnen ein Angebot unterbreiten?»

«Ich höre.» Bjarni ließ sich nach hinten sinken und tat, als wäre er entspannt, doch Lucia erkannte, dass er seine Zähne aufeinanderpresste und sein Kinn ganz kantig wurde.

Sie erhob sich. «Nun, ich denke, ich werde hier nicht

mehr gebraucht», sagte sie. «Dann würde ich meine Besorgungen erledigen.»

Als Lucia nach eineinhalb Stunden vollbepackt zurückkam, brachen Bjarni und Edvard gerade in großes Gelächter aus. Sie setzte sich, machte dem Ober ein Zeichen, dass sie gern ein Glas Wasser hätte.

«Ihr scheint euch ja prächtig zu amüsieren», stellte sie fest.

Bjarni wandte sich mit roten Wangen und blitzenden Augen ihr zu: «Also, dafür, dass du mich mit Edvard bekannt gemacht hast, bekommst du eine Bonuszahlung.»

«Was habt ihr ausgehandelt?»

«Wir legen heute Abend ab.»

«Ablegen?»

«Wir fahren mit einem Schiff von Edvards Reederei bis nach Trondheim. Dann besucht Edvard unsere Fabrik, lernt die Leute auf der Insel und natürlich unseren Fisch kennen. Und dann verfassen wir die Verträge, und das Leben ist so schön, wie es vorher war.»

Lucia blickte zu Edvard. «Was sagst du dazu?»

«Mein Freund Bjarni hat alles so erzählt, wie wir es planen. Aber was hältst du eigentlich von dem Fisch aus eurer Fabrik?»

Lucia hatte sich schon vor einiger Zeit darüber Gedanken gemacht. Wie es wäre, die Produktpalette zu erweitern.

Jetzt sprach sie ihre Gedanken aus. «Was wäre, wenn wir mehr als Klippfisch verkaufen würden? Zum Beispiel eingelegte Heringe?»

Bjarni starrte sie mit großen Augen an, ließ dann seinen Blick zu Edvard schweifen. Dieser antwortete: «Eines nach dem anderen. Wir beginnen mit dem Klippfisch. Nun sag schon, wie findest *du* ihn?»

Lucia strahlte und behauptete keck: «Es ist der beste gesalzene Fisch, den ich je gegessen habe.»

Edvard winkte dem Ober. «Und jetzt bestellen wir uns ein gutes Essen, und heute Abend treffen wir uns am Hafen. Einverstanden?»

Bei Sonnenuntergang bestiegen sie die *König Haakon* und stachen in See. Das Schiff war ein Dreimaster, der als Transporter ausgelegt war. Es gab nur wenige Kajüten darauf. Bjarni hatte für die Reise zwei Flaschen Aquavit gekauft und stellte diese auf den Tisch in der Messe.

Lucia, die eine der wenigen Kajüten bewohnte, begab sich zeitig zu Bett. Wie schnell sich das Leben doch ändern konnte! Noch gestern hatte sie um Jehan getrauert, um die Möglichkeit, bei ihm und mit ihm ein neues Zuhause zu finden. Und heute hatte sie zu hoffen begonnen, dass Jehan Solveig vielleicht doch nicht heiraten musste. Sie hätte Bjarni fragen sollen, was aus dem Kredit wurde, ob er ihn noch immer annehmen wollte.

Sie tat es am nächsten Tag beim Frühstück. Bjarni, der die halbe Nacht mit Edvard Aquavit getrunken und geredet hatte, sah etwas blass aus. Unter seinen Augen lagen dunkle Schatten, doch er wirkte so aufgekratzt wie sonst auch.

«Setz dich, mein Mädchen, setz dich zu mir. Hast du gut geschlafen? Ist es nicht ein herrlicher Tag heute?»

Lucia deutete auf das Bullauge, gegen das der Regen trommelte. «Ein schöner Tag?»

«Hier drinnen, meine ich, nicht da draußen.» Bjarni kicherte, und Lucia vermutete, dass er noch nicht ganz nüchtern war.

«Stell dir nur vor, was die Meine sagen wird, wenn ich Edvard mit zu uns nehme.» Belustigt schlug er sich auf den Oberschenkel. «Da kann sie gleich das neue Buttermesser einweihen. Und sie wird wie ein Pfau über die Insel stolzieren und allen erzählen, wie gut wir mit dem Sohn des reichsten norwegischen Reeders befreundet sind. Sie wird ihm zu Ehren ein Essen geben, zu dem sie alle ihre nutzlosen Freundinnen einladen wird.» Er lächelte und winkte ab. «Soll sie. Ich gönne es ihr …»

«… und was wird aus Jehan?», unterbrach Lucia Bjarnis Rede.

«Was soll aus ihm werden? Er wird eines Tages eine gut gehende Fischfabrik übernehmen und vielleicht auch Bürgermeister werden.»

«Ich meine die Heirat.»

Bjarnis Lächeln floh aus seinem Gesicht. «Es ist nie verkehrt, sich gewinnbringend zu verheiraten. Ich habe Inken genommen, weil ihr Vater der beste und bekannteste Bootsbauer der Gegend war.» Er hob einen Finger. «Und ich habe es nie bereut.»

«Du willst ihn also noch immer mit Solveig verheiraten?»

«Warum nicht? Er könnte es schlechter treffen.»

Lucia senkte den Blick. Sie konnte Bjarni nicht in die

Augen schauen, wollte ihre Traurigkeit vor ihm verbergen. Der Kaffee schmeckte plötzlich bitter, das Brot in ihrem Mund wurde hart.

«Hast du ihn eigentlich gefragt, was er will?», fragte sie nach einer Weile.

«Nun, er ist ein Geschäftsmann. Genau wie ich. Wir beide wissen, dass es wichtigere Dinge gibt, als unseren Herzen zu folgen. Die Fabrik steht an erster Stelle. Und natürlich die Zukunft der Insel. Ich könnte mit dem Kredit die neue Halle fertig bauen. Wir könnten noch mehr Fisch kaufen und vielleicht sogar deine eingelegten Heringe dazunehmen. Die Hauptsache ist doch, dass es den Leuten auf der Insel gut geht. Nun, dafür habe ich gesorgt.»

Er lehnte sich mit stolzgewölbter Brust zurück.

«Eigentlich war ich es ja, die dich mit Edvard bekannt gemacht hat», erinnerte ihn Lucia.

«Ja, mein Mädchen, und dafür danke ich dir herzlich. Ich dachte, ich gebe dir zwanzig Gulden extra. Oder hast du noch einen anderen Wunsch?»

Den hatte Lucia, doch sie würde darüber schweigen.

«Behalt dein Geld», sagte sie. «Eines Tages werde ich dich um einen Gefallen bitten.»

KAPITEL 14

Sie zogen weiter, wanderten jeden Tag vom Morgengrauen bis zum Abend. Liv war ständig müde und erschöpft. Diese Reise verlangte ihr alle Kraft ab, die sie hatte, und sie wünschte sich nichts sehnlicher, als endlich in Alta anzukommen. Auch die Männer waren nicht mehr so lebhaft wie am Anfang des langen Weges und liefen nun schweigend hintereinander her.

Als sie am frühen Nachmittag eine kleine Siedlung erreichten, bestand Liv darauf hierzubleiben.

«Ich möchte endlich wieder einmal baden, ich möchte in einem Gasthaus im Bett schlafen, ich möchte etwas Ordentliches essen», sagte sie. Sie war blass, das Haar hing ihr strähnig auf dem Rücken, ihre Kleidung war befleckt.

Bavval betrachtete sie und schien zu bemerken, dass sie am Rande ihrer Kräfte war. «Gut», sagte er. «Wir schlafen heute in einem Guesthuset, wenn es hier eines gibt.»

Kurz danach bezogen sie ihre Zimmer, und Liv ließ sich eine Zinkwanne mit warmem Wasser bringen. Sie stieg hinein, während Sverre sich erschöpft auf das Bett legte. Nach ihr stieg er in die Wanne, danach wusch Liv seine und ihre Sachen und hängte sie im Garten des Guesthusets auf. Die Sonne schien, und der Wind blies ein wenig, sodass die Wäsche bald trocknen würde. Liv ging es um Längen besser als noch vor ein paar Tagen. Sie fühlte sich frisch, ihr Haar duftete nach der Seife, und sie trug zur Abwechslung ein Kleid, das nicht ein einziger Fleck zierte. Es war Juli geworden, und die Luft hier oben im Norden blieb kühl, obwohl die Sonne vom Himmel strahlte. Die Berge, die das kleine Tal umstanden, trugen schneebedeckte Gipfel. Liv blickte durch das Fernglas hinauf zu den Bergen und erkannte unterhalb der Schneegrenze eine große Herde von Rentieren, die von Samen begleitet wurden.

Am Abend setzten sie sich in die Gaststube. Sie bestellten Rentierbraten mit Kartoffeln und als Nachtisch einen Pudding.

Liv hatte ihren Braten, der himmlisch schmeckte, noch nicht zu Ende gegessen, als die Tür aufging und zwei Samen hereinkamen. Sie blickten sich um, traten dann an die Theke und bestellten braunes Bier.

Liv hörte, wie sie miteinander sprachen. Einer der Männer fragte: «Wem gehört die große Weide etwas unterhalb der Schneegrenze? Wir würden unsere Herden gern dorthin treiben.»

Der Wirt goss ihnen die Gläser voll. «Wart ihr nicht schon letztes Jahr hier?»

«Waren wir. Aber in diesem Jahr wächst das Gras weiter oben nur spärlich. Wir könnten die Weide gut brauchen.»

«Sie gehört mir», sagte der Wirt. «Und ich verpachte meine Weiden nicht.»

«Gar nicht oder nur nicht an Samen?», fragte einer der Männer, und sein Ton klang hart.

«Ich kenne euch nicht, weiß nicht, zu welcher Sidda ihr gehört.»

«Wir kommen aus Alta. Jeder kennt uns dort. Unsere Sidda hat einen guten Ruf. Wir zahlen pünktlich die Pacht. Für dich würde ich noch ein Schlachttier drauflegen.»

«Wenn ihr im Voraus zahlt, können wir darüber reden. Aber länger als vier Wochen möchte ich euch nicht hier haben. Die Weiden müssen sich erholen, damit ich im August das Heu davon habe.»

«Nun, wir würden euch auch das Heu abkaufen.»

Der Wirt schüttelte den Kopf. «Das brauche ich für meine Ziegen. Setzt euch an den Tisch da. Ich muss noch servieren, dann komme ich zu euch.»

Die Samen setzten sich. Einer von ihnen drehte sich um, betrachtete die Wirtschaft. Als sein Blick auf Bavval fiel, zog er die Augenbrauen in die Höhe.

«Bavval von der Märak-Sidda!», rief er durch den Raum. «Hätte nicht gedacht, dich noch einmal zu sehen. Mut hast du, das muss man dir lassen.»

«Kümmere dich um deine Weide», erwiderte Bavval. «Wir beide haben nichts zu bereden.»

Der fremde Same nickte, ein hämisches Grinsen überzog sein Gesicht. «Wer würde schon freiwillig mit dir reden?»

Der Wirt servierte den Pudding, dann winkte er die beiden Samen mit hinaus.

Der Mann, der Bavval bereits zuvor angesprochen hatte, blieb kurz stehen. «Es gab keinen Krieg der Siddas, seitdem du weg bist. Wir haben ohne dich gut gelebt.

Also, warum verschwindest du nicht wieder dorthin, wo du hergekommen bist? Oder hat man dich auch von dort verstoßen?» Wieder lachte er hämisch.

Bavval spannte die Muskeln an und sprang auf. Es war offensichtlich, dass er dem Samen das Maul stopfen wollte, doch Sverre hielt ihn zurück. «Lass ihn, er ist es nicht wert.»

Mühsam beherrschte sich Bavval, setzte sich wieder an den Tisch, die Hände zu Fäusten geballt.

«Einmal ein Verbrecher, immer ein Verbrecher.» Mit diesen Worten verließ der Rentierzüchter endlich das Guesthuset. Liv konnte förmlich hören, wie Bavval mit den Zähnen knirschte. Was war hier los? Warum hatte der Fremde Bavval einen Verbrecher genannt? Das war er nicht. Niemals hatte sie erlebt, dass der Same gewalttätig geworden wäre. Oder zornig. Höchstens ärgerlich, doch, und das wusste Liv aus eigener Erfahrung, sein Ärger verrauchte schnell wieder. Aber hatte sie je gewusst, was wirklich in ihm vorging? Kannte man einen Menschen, wenn man seine Vergangenheit nicht kannte?

«Warum hat er dich Verbrecher genannt?», fragte Sverre in diesem Augenblick.

«Weil ich einer bin», gestand Bavval.

«Was hast du getan?»

«Das ist doch gleichgültig. Ich habe lange genug dafür gesühnt.»

In diesem Augenblick kehrte der Wirt zurück in die Gaststube. «Diese Nacht könnt ihr bleiben, dann müsst ihr weiterziehen. Ist nicht gut fürs Geschäft, wenn sich herumspricht, dass du da bist.»

Der Wirt hatte sich nur an Bavval gewandt. Der nickte. «Wenn du willst, kann ich draußen meine Kote aufschlagen.»

«Ist schon gut, ihr Samen seid halt allesamt Raufbolde.»

Liv sah Bavval an, erkannte an seinem Gesicht, wie gedemütigt er war. Noch einmal fragte sie sich, was hier eigentlich los war …

Der Same stand auf. «Ich gehe ins Bett.»

Liv und Sverre starrten ihm hinterher.

«Ein Verbrecher?», fragte Liv schließlich. «Das glaube ich nicht.»

Sie wandte sich zu dem Wirt um. «Worum geht es hier? Was ist passiert?»

Der Wirt winkte ab. «Samen untereinander. Ich konnte sie noch nie leiden. Sie saufen, stehlen und machen Ärger, wo immer sie sind.»

«Aber was hat Bavval angestellt, das heute noch nachwirkt?» Liv ließ nicht locker.

«Weiß ich es?» Der Mann schüttelte den Kopf. «Wie gesagt, Samen untereinander. Da ist alles möglich. Und was macht die Regierung? Nichts. Sie lässt zu, dass wir hier oben viel zu wenige Polizisten haben. Sie lässt zu, dass die Samen ihren Kram unter sich ausmachen. Ich hätte da schon lange mal gründlich aufgeräumt.»

Liv blickte Sverre an.

Der zuckte mit den Schultern. «Für mich ändert sich nichts. Ich mag Bavval nach wie vor.»

«Einen, der vielleicht etwas Kriminelles begangen hat?»

Sverre griff nach Livs Hand. «Jeder kann kriminell werden. Das geht manchmal schneller, als man denkt.»

«Ich nicht.»

«Doch, auch du. Zum Beispiel dann, wenn jemand sich an Lucia vergreifen würde, sie vielleicht sogar tötet. Oder wenn es um Marie ginge. Hättest du dann nicht Rachegedanken? Und würdest etwas tun, um sie zu rächen?»

«Vom Gedanken zur Tat ist es ein weiter Weg.»

«Manchmal ist der Weg kurz, und dann können ein paar Sekunden dein ganzes Leben verändern, Liv.»

Am nächsten Tag war der Same noch wortkarger als sonst. Einerseits hatte Liv das dringende Bedürfnis, alles zu erfahren, was früher vorgefallen war. Auf der anderen Seite hätte sie sich am liebsten die Ohren zugehalten, um nichts davon zu hören. Sie hatte Angst, dass sich ihr Bild von Bavval ändern würde. Sie liebte ihn, er war der Held ihrer Kindheit gewesen, sie hatte sich immer auf ihn verlassen können. Ja, er gehörte zu den wichtigsten Menschen in ihrem Leben. So wie Fria. Er war für sie da gewesen, hatte ihr die Welt erklärt. Von ihm hatte sie den Unterschied zwischen Gut und Böse gelernt. «Du kannst alles machen, solange du anderen damit keinen Schaden zufügst.» Das war sein Credo gewesen. Und jetzt sollte er ein Verbrecher sein?

Einige Tage später hatten sie Alta erreicht.

«Unsere Wege trennen sich nun», erklärte Bavval. «Liv muss nach ihrer Familie suchen, und ich muss die meine finden. Ich gehe in die Berge. Hoch bis zum Hochplateau. Die Rentiere sind jetzt auf der Sommerweide.»

Liv schlang ihm die Arme um den Hals und drückte ihn. Sie hatte Tränen in den Augen. «Werden wir uns wiedertreffen?», fragte sie.

Bavval schluckte. «Wir werden sehen.»

Dann öffnete er das bestickte Lederarmband, das er trug, seit Liv ihn kannte, und legte es ihr ums Handgelenk. «Es soll dich beschützen und an mich erinnern.»

Er klopfte Sverre auf den Rücken. «Ich bin froh, dass Liv einen Mann wie dich hat», sagte er. «Pass gut auf sie auf.»

Er rückte seinen Rucksack gerade, grüßte ein letztes Mal und ging davon.

Liv und Sverre starrten ihm nach. Liv seufzte, das Herz war schwer vom Abschied. Es quälte sie, nicht zu wissen, ob und wann sie ihn je wiedersehen würde. Gleichzeitig hatte sie mitangesehen, wie er sich veränderte, je näher sie dem Polarkreis gekommen waren. Auf der Höhe der Lofoten hatte die Veränderung begonnen, an dem Tag, als er das erste Mal erkannt worden war. Ob er sich seine Heimkehr so vorgestellt hatte?

Verbannung – das war ein gewichtiges Wort. Einer Verbannung über so lange Zeit musste etwas wirklich Bedeutendes zugrunde liegen. Vielleicht sogar ein Verbrechen. Konnte Bavval deshalb nicht darüber sprechen? Hatte er Angst, sie könnte ihn anders sehen? Ihre Liebe, ihr Vertrauen verlieren? Was ihn doch gar nicht zu stören brauchte, jetzt, da er sie womöglich nie wiedersah.

Oder gab es da noch etwas anderes?

Etwas, das mit ihrer Familie zu tun hatte?

KAPITEL 15

Es war schön gewesen in Christiania, aber Lucia war auch froh, wieder zu Hause zu sein. Sie hatte Marie vermisst und, wenn sie ehrlich war, auch die Ruhe, die Nähe zur Natur. Es tat einfach gut, morgens beim Aufwachen nicht den Lärm der Stadt zu hören, die Pferdefuhrwerke, die Straßenbahn, die Stimmen der Leute, sondern Vogelgesang und das leise Rauschen des Meeres. Die Stadt hatte gestunken, fand sie. Da stießen Fabriken ihren Rauch über die Wohnhäuser, da hockten die Menschen in ihren Mietskasernen aufeinander, da war so wenig Platz für Bäume.

Marie war ihr um den Hals gefallen, hatte sich an sie gedrückt, und Lucia hatte sie festgehalten, als wollte sie sie nie wieder loslassen.

«Hast du mir was mitgebracht?», wollte Marie wissen und drückte wenig später einen braunen Teddybären an ihre Brust. Sie bestaunte die neuen Kleider, die Lucia für sie gekauft hatte, und wollte eines davon unbedingt gleich morgen anziehen. Als Lucia sie zu Bett brachte, wollte sie eine Geschichte aus dem neuen Buch vorgelesen haben, und als sie endlich schlief, war Lucia erschöpft. Sie setzte sich auf ihr rotes Sofa, schob sich ein Kissen in den Rücken und legte die Beine auf einen Hocker.

Sie war so froh, dass es Bjarni gelungen war, die Fischfabrik zu retten. Sie war so froh, dass alle Fischer und Arbeiterinnen auf der Insel weiter gut leben konnten. Aber sie fühlte sich auch ein wenig betrogen. Das war Unsinn, ein Teil in ihr wusste es, denn Bjarni hatte ja keine Ahnung, dass sie sich insgeheim eine Zukunft mit Jehan ausgemalt hatte. Trotzdem …

Plötzlich klopfte es an ihrer Tür. Lucia erschrak. Es war schon spät, sie hatte eigentlich zu Bett gehen wollen. Sie stand auf, öffnete, und vor ihr stand Jehan. Er zog sie in seine Arme, und gemeinsam taumelten sie durch die Tür, die Lucia mit einem Fußtritt schloss.

Jehan küsste sie, und Lucia erschauerte unter diesem Kuss, der leidenschaftlicher war als alle, die sie je mit Lasse geteilt hatte. Dann ließ er sie los und betrachtete sie. Auch das hatte Lasse öfter gemacht. Unter seinem Blick hatte sie sich klein und schäbig gefühlt. Jehans Blick machte sie stolz. Sie las in seinen Augen die Zuneigung zu ihr, eine Zuneigung, aus der eine Liebe hätte werden können. Und Begehren. Ja, unter Jehans Blick war sie eine begehrenswerte Frau.

«Was willst du hier?», flüsterte sie und schob ihn ein Stück von sich weg. «Du darfst nicht mehr herkommen. Bald bist du verlobt. Wir dürfen uns nicht mehr sehen und schon gar nicht treffen. Bist du jemandem unterwegs begegnet?»

«Fenris hat mich gesehen. Und Chrisander. Sie kamen gerade aus dem Guesthuset.»

«Oh!» Lucias Gesicht verdüsterte sich. «Das ist nicht gut.»

Jehan nahm sie erneut in die Arme. «Mir ist es gleichgültig. Von mir aus kann die ganze Welt wissen, dass ich abends am liebsten bei dir bin.»

«Und deine zukünftige Verlobte? Was denkst du, was sie dazu meint?»

«Ich werde sie nicht heiraten.»

«Darüber denkt dein Vater aber anders.»

«Ich war bereit, sie zur Frau zu nehmen, um Smøla zu retten. Nun, die Insel ist gerettet. Und jetzt komm, lass uns ein bisschen feiern, ich habe Aquavit mitgebracht.»

Eine Stunde später zog Lucia Jehan in ihr Schlafzimmer. Sie hatten sich leidenschaftlich auf dem Sofa geküsst, und jetzt war Lucia bereit für den nächsten Schritt, aber Jehan ließ sich Zeit, viel Zeit. Er nahm ihr Gesicht in seine Hände, strich mit dem Daumen über ihre Lippen.

«Du bist die schönste Frau der Insel», flüsterte er.

Er sah ihr tief in die Augen, und Lucia konnte in seinem Blick sein starkes Begehren erkennen. Er löste ihren Zopf, ließ das blonde Haar über ihre Schultern bis hinunter auf den Rücken fallen. Dann öffnete er ihr Kleid, entblößte ihre Schultern. Mit sanften Fingern strich er über ihre Haut, immer wieder.

«Noch nie habe ich so etwas Schönes gesehen», raunte er, und Lucia erzitterte unter seinen Berührungen.

Eine Stunde später lagen sie nebeneinander im Bett. Lucia hatte sich eng an Jehan gekuschelt, er hielt sie fest umschlungen und war dabei doch so sanft.

«Geht es dir gut?»

«Ja, es geht mir großartig», erwiderte Lucia, und tatsächlich war sie vollkommen glücklich. Und doch gab es etwas, worüber sie noch mit niemandem gesprochen hatte. Nicht einmal mit Liv.

Wenn Lasse mit ihr geschlafen hatte, hatte sie nichts empfunden. Er hatte ihre Brüste wie Kuchenteig geknetet, dann hatte er ihre Beine gespreizt, war in sie gedrungen, und nach nicht einmal drei Minuten war der Spuk vorbei – und Lucia war froh darüber gewesen. Sie hatte mit Lasse nie so empfunden wie heute mit Jehan. Er hatte ihren ganzen Körper liebkost, hatte die Zartheit ihrer Haut gelobt, ihre Brüste, ihren Schoß. Er war zärtlich gewesen, und allmählich hatte sein Verlangen auch in ihr ein bislang unbekanntes Verlangen ausgelöst. Sie hatte ihren Körper an seinen gepresst, hatte ihn angefleht, zu ihr zu kommen. Und dann hatte sie eine Explosion der Sinne erlebt, die sich ganz in ihrem Schoß konzentriert hatte. Für einen Augenblick war sie – im wahrsten Sinne des Wortes – außer sich gewesen, und nun wusste sie, was Lust bedeutete. Noch nie hatte sie sich schöner, begehrenswerter, fraulicher gefühlt. Doch tief in ihrem Inneren hockte ein Zweifel. Sie hatte sich fallen lassen, hatte gestöhnt und geschrien. Durfte eine anständige Frau und Mutter überhaupt so empfinden?

«Was denkst du jetzt über mich? Denkst du, ich bin eine Hure?»

Jehan lachte leise, küsste sie aufs Haar. «Aber nein. Ich denke, dass du eine leidenschaftliche Frau bist. Eine, die weiß, was Liebe bedeutet. So wie heute mit dir war es noch mit keiner. Es war das Schönste, was ich je erlebt habe.»

Irgendwann mussten sie eingeschlafen sein, denn Lucia erwachte mit dem Gesang der Vögel. Sie rüttelte Jehan wach.

«Schnell, du musst nach Hause, bevor die Insel erwacht. Gleich wird Marie zu mir kommen. Ich möchte nicht, dass sie uns zusammen sieht.»

Jehan schlug die Augen auf, lächelte sie glücklich an. «Ich könnte mir nichts Schöneres vorstellen, als dass Marie uns zusammen sieht.»

«Los jetzt, du musst gehen.»

Lucia drängte ihn aus dem Bett. Und Jehan stieg in seine Hosen, in sein Hemd, zog Schuhe und Jacke an. Dann beugte er sich über Lucia, strich glättend über ihre Haare und küsste sie. «Bis ganz bald», rief er, und schon fiel die Haustür hinter ihm ins Schloss.

Eine kleine Weile schwelgte Lucia noch in den Erinnerungen des gestrigen Abends und der Nacht. Als sie merkte, wie die Lust wieder Besitz von ihr ergriff, stand sie auf, wusch sich mit kaltem Wasser. Sie betrachtete sich in dem kleinen Spiegel, den sie sich noch zu Lasses Zeiten in Christiania gekauft hatte. Ihre Augen strahlten, die Haut leuchtete, und der Mund kam ihr größer und röter vor als gewöhnlich. Die Liebe macht schön. Diesen Satz hatte sie einmal irgendwo gehört, und erst jetzt erkannte sie, dass er auch wahr war.

Auf dem Weg ins Büro schien ihr Strahlen auch anderen aufzufallen. Runi betrachtete sie von oben bis unten. «Du siehst gut aus», sagte sie. «Die Hauptstadt scheint dir gutgetan zu haben.»

Eine der Arbeiterinnen fragte sie ganz unverblümt: «Was hast du gemacht, dass du so strahlst?»

Und Lucia antwortete lachend: «Ich bin in einen Jungbrunnen gefallen.»

Ich bin verliebt, dachte sie und wunderte sich darüber. Sie hatte nie wieder lieben wollen. Denn Liebe hieß Schmerz. Sie hatte einen Mann haben wollen, mit dem sie befreundet war, keinen, der ihr Herz berührte und sie verletzlich machte. Sie hatte so unter Lasses Abkehr gelitten, hatte sich so klein und schäbig gefühlt und alle Hilfe gebraucht, um wieder etwas Selbstbewusstsein zurückzugewinnen, dass sie sich nie wieder verlieben wollte. Aber Jehan war anders. Er würde behutsamer mit ihr umgehen.

«Hast du am Wochenende schon etwas vor?», fragte Bjarni, als sie ins Büro kam.

«Warum fragst du?»

«Weil wir am Samstag eine Verlobung feiern werden. Im Guesthuset. Ich habe gestern alles mit Fria geklärt. Solveig kommt am Freitag mit einem Schiff hierher. Sie wird im Guesthuset schlafen, und dann werden wir feiern.»

«Weiß Jehan davon?»

«Haha, mein Mädchen, was denkst du denn? Natürlich weiß er davon.»

In Lucia zerbrach etwas. Sie wollte sich krümmen vor Schmerz, beide Hände auf ihren Leib gepresst. Doch sie ließ sich nur auf ihren Stuhl fallen. Gelogen. Er hatte sie belogen und verraten. Er hatte sie das Verlangen gelehrt, nur um sich wenig später mit einer anderen zu verloben.

«Hörst du mir überhaupt zu?», wollte Bjarni wissen. «Ich sagte gerade, dass das Buttermesser am Samstag zum Einsatz kommen wird.» Er betrachtete sie mit gerunzelter Stirn. «Was ist mit dir? Du bist ja ganz blass geworden.»

«Mir ist schlecht», erklärte Lucia und rannte an Bjarni vorbei zur Toilette. Dort ließ sie Wasser über ihren Puls laufen, kaltes, klares Wasser. Tränen strömten ihr über das Gesicht. Sie hatte sich nicht einmal von Lasse so verraten gefühlt.

Jehan war vor aller Augen zu ihr gekommen, hatte sich nicht um ihren Ruf geschert, hatte sich genommen, worauf er Lust hatte, um sie dann wegzuwerfen wie eine Fischgräte.

Es klopfte an der Toilettentür.

«Ist alles in Ordnung mit dir?»

«Ich komme gleich, Bjarni», erwiderte Lucia, und ihre Stimme zitterte ein wenig bei diesen Worten.

Sie wusch sich das Gesicht, trocknete es sorgsam ab, strich eine Haarsträhne glatt. Dann kehrte sie zurück in ihr Büro. Dort saß Bjarni und strahlte über alle Backen.

«Ich dachte, du könntest Fria vielleicht beim Servieren helfen und davor beim Kochen. Jetzt, wo der Same weg ist, wird sie eine Hilfe brauchen. Ich stelle dich frei dafür. Du brauchst diese Woche nicht mehr zu arbeiten. Nur heute brauche ich dich noch. Edvard will die Bücher sehen.»

Lucia hätte am liebsten geschrien, doch sie riss sich zusammen. «Wann kommt Edvard?»

Bjarni fummelte seine Taschenuhr aus der Hosentasche. «Er müsste jede Minute eintreffen. Schaffst du das ohne mich? Ich habe noch so viel zu tun. Du weißt ja, die Verlobung.»

Lucia nickte, öffnete den Aktenschrank, legte das Kassenbuch bereit, die Liste der An- und Verkäufe des letzten halben Jahres und suchte im Archiv die Akten der vorherigen fünf Jahre heraus. Sie war kaum damit fertig, als Edvard in der Tür stand.

«Um Gottes willen, was ist denn mit dir los?», wollte er wissen. «Du siehst krank aus. Tut dir etwas weh?»

Lucia antwortete nicht. In diesem Moment sehnte sie sich unbändig nach Liv. Mit ihrer Schwester hätte sie sprechen können. Über Jehans Verrat. Und ihre Schwester hätte sie getröstet. Ihr Unglück allein durchzustehen war mehr, als Lucia verkraften konnte. Was stimmt nicht mit mir?, dachte sie. Was sehen die Männer in mir, dass sie mich so behandeln?

Sie hatte gedacht, dass sie diese Fragen nur in Gedanken gestellt hatte, aber sie musste sie laut ausgesprochen haben, denn Edvard warf ihr ernste Blicke zu. «Ich sehe in dir eine starke und tapfere junge Frau, die ihr Leben in die eigenen Hände genommen hat. Eine Frau, die nicht nur stark, sondern auch schwach sein kann. Eine Frau von großer Tatkraft und mit einem großen Herzen. Willst du mir nicht sagen, was passiert ist?»

Lucia ließ sich auf ihren Stuhl fallen. Sie hatte ein so dringendes Bedürfnis danach, sich auszusprechen. Und Edvard schaute sie so freundlich und verständnisvoll an, dass sie schließlich mit leiser Stimme sagte: «Ich dachte, nachdem die Fabrik durch dich gerettet wird, würde

Jehan mich heiraten. Aber er hat mich verraten, er wird sich am Samstag verloben, damit sein Vater noch einen Kredit bekommt.»

Edvard runzelte die Stirn. «Wirklich?»

Lucia nickte. «Er kam gestern Abend. Wir haben die Nacht zusammen verbracht. Es war das Schönste, was ich je erlebt habe. Und gerade eben habe ich von der Verlobung erfahren.»

«Hmm.» Mehr wusste Edvard nicht zu sagen. Er sah nachdenklich aus dem Fenster hinüber zu dem Birkenwäldchen. Dann erklärte er: «Das ist wirklich ein starkes Stück. Wenn du willst, unterschreibe ich die Verträge heute nicht. Dann gibt es keine Rettung der Fischfabrik.»

«Nein, nein, das möchte ich nicht. Niemand soll unter meinem Kummer leiden müssen. Es geht ja um viel mehr als um Bjarni und Jehan. Es geht um die Zukunft von Smøla.»

«Ich könnte mit Bjarni reden. Und mit Jehan», bot er an.

Lucia schrak zusammen. «Auf gar keinen Fall.» Trotzig warf sie den Kopf in den Nacken. «Ich werde bei dieser Verlobung servieren, wie Bjarni sich das gewünscht hat. Niemand darf merken, wie es mir geht.»

Edvard betrachtete sie voller Zuneigung. «Lucia, du bist wirklich tapfer. Eine Kämpferin. Deine Marie wird es dir sicher einmal danken, dass du stark bist. Vielleicht tröstet dich auch der Gedanke, dass dich niemand verdient, der dir so wehtut. Aber ich kenne auch die Geschäftswelt und weiß, dass man als Geschäftsmann nicht immer so handeln kann, wie es einem das Herz befiehlt.»

Lucia lächelte ein kleines bisschen. «Danke, Edvard.»

«Du wirst einen neuen Mann finden. Manchmal dauert es, bis der Richtige kommt. Aber er wird kommen, ganz sicher.»

«Willst du dir jetzt die Bücher ansehen?», fragte Lucia.

«Ja, sehr gern. Aber das kann ich auch alleine. Außerdem hat Jehan versprochen, dazuzukommen und es mit mir zusammen zu erledigen. Wenn du gehen willst, geh ruhig. Ich wünsche dir alles Gute!»

KAPITEL 16

Sie schliefen beinahe zwei ganze Tage durch, begaben sich nur zu den Mahlzeiten in die Gastwirtschaft. Liv vermisste den Samen. Sverre versuchte nach Kräften, sie aufzuheitern, aber es gelang ihm nicht. Mit eingezogenen Schultern und tieftraurigen Augen schlich Liv umher, nicht einmal bereit, die Schönheit der Natur zu genießen, die sie bislang immer getröstet hatte.

Am dritten Tag bummelten sie durch Alta. Es war ein schöner Tag. Die Sonne schien vom Himmel, und der nahe Golfstrom wärmte die Luft. Auf den Straßen waren viele Menschen, die meisten von ihnen trugen eine samische Tracht.

«Wollen wir morgen den Berg Haldde besteigen?», fragte Sverre. «Dort ist im letzten Jahr ein Observatorium entstanden, in dem man die Nordlichter bewundern kann.»

«Wenn du willst», erwiderte Liv.

Sie lief neben ihm her, schwieg und biss sich auf die Unterlippe. Als sie am Hafen ein wenig Brot mit Klippfisch aßen, sagte sie leise: «Vielleicht war es keine gute Idee hierherzukommen.»

«Warum denkst du das?»

Liv sah ihn an und hob die Schultern. «Weil ich nicht mehr weiß, wohin das alles führen wird. Wir haben erfahren, dass Bavval womöglich ein Verbrecher ist. So etwas wollte ich nie hören. Ich wünschte, ich wüsste nichts davon. Wie soll das erst mit meinen Eltern werden? Was meinst du, was mich da erwarten wird? Sind es ehrliche Leute? Ich hatte immer die Vorstellung, dass wir sie eines Tages finden werden. Lucia und ich. Dass unsere Mutter uns in die Arme nehmen und uns an sich drücken würde. Dass sie zu jeder von uns sagen würde: ‹Habe ich dich endlich wieder, mein Schatz!› Aber so wird es nicht sein. Sie hat uns schließlich weggegeben. Warum also sollte sie sich freuen, wenn ich plötzlich auftauche? Jetzt denke ich gut von meinen Eltern. Aber der Glaube wird mir sicher genommen werden, und ich weiß nicht, ob ich dafür bereit bin.»

«Du hast die lange strapaziöse Reise auf dich genommen, um jetzt, kurz vor dem Ziel, wieder umzukehren? Liv, ich kenne dich gut genug, um zu wissen, dass du eine Umkehr bereuen würdest. Du bist keine, die lieber einer vermeintlichen Lüge hinterherrennt, als sich der Wahrheit zu stellen. Nein, Liv, du bist nicht feige.»

Langsam nickte Liv. «Du hast recht. Ich werde unsere Eltern finden. *Wir* werden sie finden. Ich werde jeden Samen fragen, den wir treffen. Ich werde den Kittel zeigen. Irgendwer muss doch etwas darüber wissen.» Sie gab Sverre einen Kuss und schenkte ihm ein Lächeln. «Und jetzt? Jetzt lass uns ans Wasser gehen, ich möchte nach Raben Ausschau halten.»

Als sie am Ufer des Fjords saßen und tatsächlich Raben sahen, sogar einen jungen Raben mit blauen Augen, war Liv ein wenig getröstet. Sie spähte durch das Fernglas, und auf ihrem Gesicht breitete sich ein Lächeln aus. Der

Jungvogel kam ihr etwas kleiner vor als die jungen Raben auf der Insel. Sie hätte ihn zu gern gewogen, Zeit gehabt, um ihn eine Weile zu beobachten und herauszufinden, woran es lag, dass er kleiner war. Aber sie hatte weder eine Waage noch ein Mikroskop bei sich. Die Raben mussten warten. Als sie in Christiania bei Professor Nansen studiert hatte, waren die Raben ihr liebstes Forschungsprojekt gewesen, und sie hatte sogar Dinge über die Vögel herausgefunden, die noch niemand sonst entdeckt hatte. Und sie hatte eine «Sprache» der Raben entwickelt, hatte verschiedenen Krächzlauten eine bestimmte Bedeutung zuordnen können. Sie war sicher gewesen, dass die Raben sie bis zum Ende ihres Berufslebens faszinieren würden. Nun aber war alles um sie herum so neu und unentdeckt, dass sie ihre Lieblingsvögel ein wenig aus dem Blick verloren hatte.

Am nächsten Morgen nahm Liv den winzigen bestickten Kittel, in dem sie vor dem Frias Guesthuset auf Smøla ausgesetzt worden war, und begab sich damit zu der Wirtin, die Norwegerin war, aber viele Samen kannte.

«Wissen Sie vielleicht, zu welcher Sidda diese Stickereien gehören?», fragte sie und zeigte ihr den Kittel.

Die Wirtin nahm den Stoff in die Hand, betrachtete ihn von allen Seiten. «Das ist kein Muster, das ich kenne. Woher hast du es?»

Liv zögerte. Dann erinnerte sie sich wieder, warum sie hergekommen war. «Man hat mich als Säugling ausgesetzt. Ich trug diesen Kittel. Können Sie wirklich nichts daraus lesen?»

«Na ja, ich weiß, dass dieses Muster nicht aus unserer Gegend stammt. Hier leben meist Küstensamen, die vom Fischfang und von der Robbenjagd leben. An deinem Kittel sind aber gestickte Rentiere zu erkennen. Die Rentierzüchter leben weiter südlich, im Landesinneren. Dorthin musst du gehen. Auf die Hochplateaus. Dort sind viele Siddas um diese Jahreszeit. Vielleicht findest du dort, was du suchst.»

Liv dankte, und kurz darauf erzählte sie Sverre, was sie erfahren hatte.

«Der Same war früher Rentierzüchter. Er hätte die Stickereien vielleicht zuordnen können», gab sie zu bedenken.

Sverre zuckte mit den Schultern. «Ich weiß es nicht.»

«Es kommt mir fast so vor, als hätte er etwas zu verbergen, als würde er nicht wollen, dass ich meine Familie finde.»

«Noch mehr als sein Verbrechen?»

Liv nickte.

«Aber warum?»

«Wenn ich das nur wüsste.»

Am nächsten Tag wusch Liv alle ihre Sachen, danach kauften sie in einem Geschäft Zwiebeln, Hafer, Tee, Kaffee, ein wenig Öl und getrocknetes Fleisch, dazu Kerzen und Paraffin für die Lampe, und am Morgen darauf machten sie sich auf den Weg in Richtung Süden. Die Wirtin hatte ihnen die Hochebene beschrieben, hatte erzählt, auf welchem Plateau sie wahrscheinlich auf eine Sidda von Rentierzüchtern stoßen würden. Und diese könnte ihnen den weiteren Weg zur nächsten Sidda beschreiben, und eines Tages würden sie dann Livs und Lucias Sidda finden.

Am ersten Tag liefen sie bis zum nächsten Berg, am nächsten Tag frühstückten sie reichlich, um den Aufstieg zu schaffen. Sie waren noch nicht oben angelangt, sie befanden sich noch unterhalb der Baumgrenze, als der Himmel sich plötzlich verdunkelte und in der Ferne ein Donnergrollen zu hören war.

«Schnell, wir müssen unsere Kote aufbauen», entschied Sverre. Er hatte in Alta hohe Stangen besorgt, die hart und haltbar waren. Der Besitzer der Handelsstation hatte ihm dazu geraten, denn oberhalb der Baumgrenze würden sie kein Holz mehr finden. Sverre rammte die Stangen in den Boden, während Liv das gewachste Zelttuch auseinanderbreitete, um es dann gemeinsam mit Sverre über die Stangen zu werfen. In der Mitte blieb ein kleines Loch als Rauchabzug offen, so wie sie es vom Samen gelernt hatten.

Liv war gerade damit fertig, ein paar Steine für die Feuerstelle zu suchen, als die ersten Blitze zuckten. Sie blieb stehen und schaute nach oben. Einen solchen Himmel hatte sie noch nie gesehen. Violette Wolken ballten sich zu gewaltigen Türmen, dazwischen breitete sich eine schwarze, undurchdringliche Decke aus, unterbrochen nur von schwefelgelben Flecken. Der Donner war so laut und wurde als Echo mannigfach von den Bergen zurückgerufen, dass Liv glaubte, das Jüngste Gericht wäre angebrochen. Dann zerriss die Wolkendecke, und ein gewaltiger Blitz wurde zu Boden geschleudert. Es war, als hätte Gott seine Fäuste geschüttelt. Und kaum war der Blitz verglüht, prasselte Regen nieder. Riesige Tropfen klatschten ihr auf die Haut, zerplatzten und rannen als Rinnsal über Livs Körper. Endlich erreichte sie die Kote. Sverre zog sie ins Innere, hüllte sie in eine Felldecke.

Zusammengekauert saßen sie um die Feuerstelle, während draußen die Hölle losbrach. Regen prasselte auf die gewachste Leinwand, drang durch das Rauchabzugsloch, überschwemmte die Feuerstelle, löschte die kleinen Flammen, die gerade erst zu lodern begonnen hatten. Der Wind heulte um das Zelt herum, Donner krachten, Blitze erleuchteten für einen Augenblick das ganze Zelt.

Noch immer zitternd, drückte sich Liv an Sverre. Am liebsten hätte sie sich die Ohren zugehalten, um nichts mehr zu hören. Wie ein Wasserfall stürzte der Regen vom Himmel, das Wasser strömte unter dem Zelt hindurch, weil der Boden nichts mehr aufnehmen konnte. Mühsam erhoben sich Sverre und Liv, rafften die Rentierfelle zusammen, kauerten sich in eine Ecke und waren schon nach wenigen Minuten vollkommen durchnässt.

Liv faltete die Hände und betete. Sie hatte die Herbst- und Winterstürme am Meer erlebt, hatte den Wind über den Wellen brüllen gehört. Sie hatte erlebt, wie sich das Meer erhob und sich über das Ufer schob. Sie hatte erlebt, dass die Herbststürme Bäume umknickten, aber noch nie hatte sie ein solches Gewitter erlebt.

Wieder krachte es, diesmal ganz nahe, noch enger drückte sich Liv an Sverre, noch stärker zog er sie an sich. Es hatte sich angehört, als hätte der Blitz in einen Baum eingeschlagen, als wäre der Baum umgestürzt. Unendlich lange schien es zu dauern, ehe der Regen endlich nachließ, die dunklen Wolken weiterzogen, das Wetter sich beruhigte.

Vorsichtig öffnete Sverre das Zelt, und sie krochen beide hinaus. Wie auf Zehenspitzen kam die Sonne daher, ließ die Tropfen wie Diamanten schimmern, das frisch gewaschene Grün des Grases und der Bäume leuchten. Alles ringsum stand unter Wasser. Es war kälter geworden.

«Wir müssen uns ausziehen, Sverre, und unsere Kleider trocknen. Erinnerst du dich, dass Bavval erzählt hat, dass so manch ein Rentierhüter in nassen Sachen erfroren ist, sogar im Sommer ...»

«... und er hat gesagt, dass selbst die Zeltbahnen vereisen können. Wir müssen das Feuer neu in Gang setzen.»

Allen Unbilden zum Trotz gelang das. Nackt saßen sie wenig später um die Feuerstelle herum. Die Flammen tanzten und malten goldene Lichter auf Livs Haut.

«Du bist die schönste Frau, die ich je gesehen habe», erklärte Sverre und sah sie bewundernd an. Dann rückte er näher an seine Frau heran, strich mit der Hand über ihre vergoldete Schulter.

Wieder fing Liv an zu zittern, und diesmal war nicht die Kälte schuld daran, sondern Sverre! Sie las Begehren in seinem Blick, sah seine Bewunderung. Und sie fühlte sich so schön unter den Blicken ihres Mannes, schöner noch als in Christiania in der Oper, als ein anderer Mann ihre Schönheit bewundert hatte. Langsam strich Sverre über ihre Arme.

«Ist dir kalt?», wollte er wissen, doch Liv schüttelte nur leicht den Kopf und bot ihm ihren Mund zum Kuss dar.

Sie vergaß alles um sich herum, die Nässe, die Kälte. Sie sah nur ihren Mann, seine Schultern, die breiter geworden waren, seine Hände, unter denen sie so gern erzitterte.

Es dauerte noch mehrere Tage, bis sie endlich das Hochplateau, von dem die Wirtin gesprochen hatte, erreicht hatten. Der Blick über die Landschaft war grandios. Im Norden glitzerte der Fjord von Alta wie pures Silber. Im Süden zeigte sich ein gewaltiger Berggipfel, dessen Kuppe auch jetzt im Sommer schneebedeckt war. Rechts und links von ihnen zog sich die Hochebene hin. Sie hatten die Baumgrenze verlassen, Gräser, Flechten und Moose wechselten sich mit Gesträuch ab, hin und wieder hatte sich auch eine Gebirgsblume wie das Alpenleinkraut in die Höhe verirrt und zierte die Gegend wie ein Schmuckstein. Wacholderbüsche und Zwergbirken breiteten sich aus. Die Luft hier oben war so klar, dass Liv sie beinahe sehen konnte. Sie lauschte, hörte aber keinen Vogelgesang. Auch sonst gab es kein Geräusch. Keine Hufe donnerten über das Gras, keine Rentierrufe durchschnitten die Stille.

«Was hat die Wirtin gesagt? Wo finden wir eine der Rentiersiddas?»

«Weiter im Süden», erwiderte Sverre und steckte den Kompass zurück in seine Hosentasche. Er hatte sich ins Gras fallen lassen und betrachtete die Landschaft ringsum. «Diese Landschaft ist atemberaubend», staunte er. «Ich muss noch ein Weilchen hier sitzen bleiben und mir alles ansehen, damit ich es für den Rest meines Lebens nicht mehr vergesse.»

Liv wunderte sich. Es war pure Natur. Wie konnte man die Natur vergessen? Dann fiel ihr ein, dass er in der Stadt aufgewachsen war. Sie setzte sich neben ihn, blickte in den Himmel und versuchte, ein paar Vögel zu erkennen. Sie entdeckte einen Adler und hörte den Ruf einer Eule. Sie glaubte nicht, dass es hier Raben geben würde. Was sollten sie hier? Für sie gab es unten im Tal und an der Meeresküste viel mehr zu fressen. Außerdem gab es keine Bäume, auf denen sie ihre Nester bauen und ihre Jungen aufziehen könnten. Es schien ihr unwahrscheinlich, dass Raben hier oben lebten.

Liv konnte nicht sagen, wie lange sie einfach so dagesessen hatten, doch irgendwann erhob sie sich.

«Wir müssen weiter. Vielleicht schaffen wir es, nicht noch eine Nacht in der Wildnis verbringen zu müssen.» Sie hatten gehört, dass es außer Elchen, Polarfüchsen und Schneehasen auch Bären gab. Bären und sogar Wölfe. Und obschon Liv sich im Grunde nicht vor Tieren fürchtete, mochte sie Letzteren bestimmt nicht begegnen. Sie schnallten sich die Rucksäcke auf den Rücken und setzten ihren Weg fort.

Obwohl es hier oben recht kühl war, begann Liv zu schwitzen. Dann sah sie, wie Sverre stehen blieb und sich mit einem Taschentuch den Schweiß von der Stirn wischte. Und als er weiterlief, fing er an zu taumeln.

«Was ist mit dir? Bist du aus dem Tritt gekommen?», rief sie und lachte.

Sverre wandte sich zu ihr um, und Liv erschrak. Er war blass wie ein Leichentuch, selbst die Lippen wirkten blutleer.

«Was ist los? Du siehst furchtbar aus. Geht es dir nicht gut?»

«Ich habe plötzlich rasende Kopfschme...» Er sprach den Satz nicht zu Ende, beugte sich vor und erbrach sich in einem riesigen Schwall.

Sofort war Liv bei ihm, strich mit ihrer Hand über seinen Rücken. Wieder und wieder musste Sverre würgen, bis sein Magen endlich leer war. Er ließ sich fallen, rang nach Luft.

«Was ist nur los?» Angst kroch in Liv hoch.

«Ich weiß es nicht. So etwas habe ich noch nie gehabt», flüsterte Sverre. «Es ist ganz plötzlich gekommen. Von einer Sekunde auf die andere.»

«Wir bleiben hier. Du wirst dich erholen, erst dann gehen wir weiter.»

Sie ließ den Rucksack auf den Boden sinken, gab ihm die Wasserflasche. Dann machte sie sich daran, die Kote aufzubauen. Sie rammte die Stangen in den Boden, warf das Zelt darüber, doch die Stangen knickten weg, und das Zelt lag auf dem Boden. Liv versuchte es ein zweites Mal. Sie rammte die Stangen mit noch größerer Wucht in die Erde und warf das Zelt erst darüber, als sie an allen Stangen leicht gerüttelt hatte. Doch wieder brach alles zusammen.

«Ich schaffe es nicht. Sverre, kannst du mir helfen?»

Sverre versuchte, sich aufzurappeln, war jedoch viel zu benommen und sank zurück auf den Boden.

Sie legte ihm eine Hand auf die Stirn, die ihr glühend heiß vorkam.

«Ich kann nicht», klagte er. «Ich kann nicht aufstehen.»

Er stöhnte, schluckte, stöhnte noch einmal. «Mir ist es noch nie so schlecht gegangen.»

Bavval, dachte Liv. Bavval, wo bist du? Wir brauchen dich!

Plötzlich überkam sie eine ungeheuerliche Furcht, und sie musste alle Willenskraft aufbieten, damit Sverre nicht sah, wie sie zitterte. Was, wenn er hier oben starb? Vorsichtig setzte sie sich neben ihn, strich ihm über die Wange.

«Ich hole Hilfe, Sverre. Ich weiß nicht, wie lange das dauern wird, aber ich breche sofort auf.»

Daran, dass Sverre sich nicht gegen ihren Vorschlag wehrte, erkannte sie, wie schlecht es ihm ging. Er brauchte wirklich Hilfe!

«Gehst du zurück ins Tal?»

Liv überlegte kurz. Sie waren schon so weit oben. Die Rentierzüchter konnten nicht mehr weit weg sein. Sicher viel näher als das Tal mit seinem kleinen Dorf, das sie vor Tagen hinter sich gelassen hatten.

«Nein, ich bleibe auf dem Hochplateau.» Dann breitete sie die Rentierfelle auf dem Boden aus, holte Sverres Schlafsack aus dem Rucksack, half ihm hineinzukriechen, deckte ihn mit der Zeltplane zu, gab ihm einen Kuss. Die Wasserflaschen stellte sie neben ihn.

«Bleib hier liegen», sagte sie. «Ich komme wieder. Ich beeile mich.»

KAPITEL 17

Lucia dachte an die Zeit in Christiania, als sie zuerst vermutete, Lasse würde sie betrügen, und es eine Weile später sicher wusste. Sie hatte sich gefühlt wie ein kaputtes Kissen, aus dem die Füllung nach und nach herausquoll, bis es nicht mehr war als eine leere Hülle. Nie wieder hatte sie sich so fühlen wollen. Lucia saß auf der Bank vor ihrem Haus und sah Marie zu, die auf der Wiese mit ihrer Puppe spielte.

Sie wollte sich zusammenreißen. Sie hatte das Edvard gegenüber nicht nur gesagt. Es war ihr fester Wille. Niemand sollte ihr das Leid, diese neue Demütigung anmerken. Jehan hatte sie belogen. Er hatte gesagt, er würde Solveig nicht heiraten, und doch tat er es. Und nun musste sie ins Guesthuset, sogar früher als vereinbart.

Sie sollte aufbrechen, konnte es aber nicht. Sie konnte Jehan nicht mit einer anderen Frau zusammen sehen. Jehan, der ihr gezeigt hatte, wie es war, eine begehrenswerte und leidenschaftliche Frau zu sein. Doch sie hatte versprochen zu helfen. Seufzend erhob sie sich, ging ins Haus und holte ihre Tracht, um sich am Nachmittag im Guesthuset umzuziehen. Sie rief Marie, sagte ihr, sie solle sich die Hände waschen. Dann flocht sie der Kleinen das Haar zu einem dichten Zopf, bevor sie ihr eigenes Haar teilte, es zu zwei Zöpfen flocht, die sie sich um den Kopf legte.

«Onkel Jehan feiert heute ein Fest», erklärte sie ihrer Tochter. «Und wir helfen Fria bei den Vorbereitungen.»

«Er feiert ein Fest?» Marie runzelte die Stirn. «Ohne uns?»

«Wir sind dabei. Wir müssen nur vorher helfen.»

«Was für ein Fest, Mama?»

Lucia seufzte. Normalerweise freute sie sich darüber, dass Marie so aufgeweckt war, heute hatte sie dafür keine Geduld.

«Er feiert Verlobung. Das ist ein Fest, das man feiert, wenn ein Mann eine Frau bittet, sie zu heiraten. Ein Eheversprechen. Verstehst du das?»

«Aber er will uns heiraten.»

Lucia lachte gezwungen auf und hörte selbst, wie schrill ihre Stimme klang. «Nein, Liebling, warum sollte er uns heiraten?»

«Weil er manchmal bei uns übernachtet. Runi hat gesagt, wenn ein Mann bei einer Frau übernachtet, dann will er sie heiraten.»

«Du hast mit Runi darüber gesprochen?»

Marie nickte, und Lucia schloss vor Entsetzen die Augen. Es war jetzt also nicht nur so, dass sie gedemütigt worden war, nein, die gesamte Insel wusste bereits Bescheid. Tränen stiegen in ihr auf, und in ihrer Kehle formte sich ein Schrei. Sie schlug sich beide Hände vor den Mund, um diesen Schrei zu dämpfen, doch es gelang ihr nicht. Ihre Brust schmerzte, als wollte das Herz herausbrechen und sich eine neue Behausung suchen. Ihr Magen klumpte sich zusammen, und sie wollte nur eines: ins Bett und sich die Decke über den Kopf ziehen.

«Warum weinst du, Mama?»

«Ich … ich weine nicht», brachte Lucia mühsam hervor. «Mir ist ein Stäubchen ins Auge geflogen.»

Ihre Stimme klang gepresst, auf ihren Schultern lag eine drückende Last, und die Beine wollten sie nicht mehr tragen. Schon gar nicht ins Guesthuset. Sie überlegte, ob sie Fria sagen sollte, dass sie krank sei. Doch dann würden alle wissen, dass es eine Ausrede war. Sie würden sie bedauern, und ihr Mitleid wäre noch schlimmer als ihre Demütigung.

Lucia nahm alle Kraft zusammen, die sie noch hatte. Sie straffte sich.

«Komm, Marie, lass uns gehen.»

Auf dem Weg verzog Marie traurig ihr kleines Gesicht. «Ich möchte Jehan zum Vater haben!», erklärte sie energisch. «Er soll die andere Frau nicht heiraten. Er soll uns heiraten.»

Lucia strich ihr über das Haar. Ja, meine Kleine, das möchte ich auch, dachte sie. Sie öffnete die Tür zur Gaststube und lief Fria direkt in die Arme.

«Gut, dass du kommst», sagte Fria. Dann betrachtete sie Lucia aufmerksam von oben bis unten.

Gleich wird sie feststellen, wie schlecht ich aussehe, dachte Lucia. Wenn ich Glück habe, schickt sie mich nach Hause.

«Du siehst heute sehr schön aus», hörte sie stattdessen. «Vielleicht ein bisschen blass um die Nase. Aber deine Frisur gefällt mir.» Fria nahm ihr die Tracht ab. «Ich bringe sie in Livs Zimmer. Dann kannst du dich nachher in aller Ruhe umziehen.»

Sie strich Marie übers Haar, reichte Lucia eine Schürze und wies sie an, in der Küche Kartoffeln zu schälen. Dort stand bereits Runi und rührte einen Kuchen an.

«Hallo, Liebes», sagte sie, und Lucia wappnete sich, denn Runi wusste ja von Jehan. «Die Torte, die ich backe, soll dreistöckig werden», schwatzte Runi. «Ich habe noch Marzipan von Weihnachten. Damit werde ich sie überziehen. Es wird eine richtige Hochzeitstorte, obwohl ja heute erst die Verlobung ist. Aber so kann ich gleich ein wenig üben.»

Sie lächelte ihre Ziehtochter an, und in Lucias Kehle formte sich ein neuer Schrei, aber dieses Mal gelang es ihr, ihn zu unterdrücken. Mein Gott, dachte sie. Wie unsensibel Runi doch ist. Sie hat mich aufgezogen, war mir immer eine Mutter. Warum nimmt sie mich nicht in den Arm und tröstet mich? Sie weiß doch Bescheid, oder nicht?

«Was meinst du, wird der Braut die Torte gefallen? Ich schneide den Boden in drei Teile. Dazwischen wollte ich eine Masse aus Sahne und Butter füllen. Danach der Überzug aus Marzipan und darauf ein paar Moltebeeren als Verschönerung. Oh, ich bin sicher, dass der Braut die Torte gefallen wird. Sie ist nicht ohne Anspruch, weißt du. Sie kennt sich in der Stadt aus, weiß, was man dort serviert.»

Lucia nickte und blieb stumm. Sie holte den Blecheimer mit den Kartoffeln und begann, sie zu schälen. Hatte sie eine fertig, ließ sie sie einfach ins Wasser fallen, ohne darauf zu achten, dass das Wasser hoch aufspritzte und ihre Sachen befleckte.

Eine Frage formte sich in Lucias Kopf, ließ sich nicht verdrängen. «Ist … ich meine … ist die Frau … ist die Braut schon da?»

Runi zuckte mit den Achseln. «Das weiß ich nicht. Ich weiß nur, dass Jehan heute sehr früh mit einem der Fischer hinüber nach Trondheim gefahren ist.»

Lucia nickte. Jehan wollte seine zukünftige Braut abholen. Das machte man so, das gehörte sich so.

Am Nachmittag war die Torte fertig, und Lucia musste mit wehem Herzen zugeben, dass es die schönste Torte war, die sie je gesehen hatte. Nicht einmal im Grand Café in Christiania bekam man solch ein Wunderwerk.

«Geh nach Hause, Lucia», sagte Fria, die in die Küche kam, Runi lobte und Lucia für ihre Hilfe dankte. «Es ist alles so weit erledigt. Der Hammelbraten köchelt vor sich hin, die Kartoffeln sind geschält, die Tische eingedeckt. Marie hat mir geholfen, die Blumen dafür zu pflücken.»

Fria hielt das kleine Mädchen an der Hand, dessen Lippen von seiner Lieblingssüßigkeit Lakritze fast schwarz waren. «Stimmt's, Marie?»

Das Kind nickte stolz und ließ sich von Fria über das Haar streichen.

Lucia schüttelte den Kopf. «Ich bleibe da», sagte sie, weil sie nicht wusste, ob sie die Kraft hatte, noch einmal wiederzukommen, wenn sie dem Guesthuset erst einmal den Rücken gekehrt hatte. «Meine Tracht habe ich ja auch schon mitgebracht.»

Runi trat zu ihr, strich ihr über die Wange. «Du siehst ein wenig müde aus, Lucia. Es ist noch Zeit. Lege dich ein bisschen hin, die Nacht wird lang.»

Lucia nickte, dann fragte sie noch einmal, diesmal mit fester Stimme: «Ist die Braut schon da?»

Fria schüttelte den Kopf. «Sie lässt sich ein bisschen zu viel Zeit, finde ich. Aber was weiß ich schon?»

Lucia, nahm ihre Tochter bei der Hand und verließ das Guesthuset. Sie musste ans Meer, frische Luft atmen. Sie zog ihre Schuhe aus und ließ sich das kühle Wasser über die Füße laufen, während Marie eifrig Muscheln sammelte. Sie hatte ein großes Glas zu Hause auf dem Fensterbrett, in das sie ihre Funde füllen würde.

Erst als Marie so viele Muscheln gesammelt hatte, dass sie sie kaum tragen konnte, liefen sie weiter. Bis zu Merettes Haus. Sie konnte nicht anders, legte sich in ihr Bett, und Marie schmiegte sich an ihre Seite. Schlafen, dachte Lucia. Ich will nichts außer schlafen und am besten nie wieder aufwachen. Der Einsatz im Guesthuset hatte ihre ganze Kraft gekostet. Sie hatte keine Ahnung, wie sie auch noch den Abend überstehen sollte. Dabei zusehen sollte, wenn Jehan und Solveig zusammen tanzten und sich hochleben ließen. Sie erwachte, weil Marie ihr über die Wange strich.

«Du hast geweint, Mama», erklärte das Kind.

Lucia strich mit dem Zeigefinger über ihre Wange und spürte die Nässe. «Ja, das habe ich wohl.»

«Warum?»

Lucia zwängte sich ein Lächeln ins Gesicht. «Ich habe wohl schlecht geträumt.»

«Steh auf, Mama, lass uns das Fest feiern. Ich möchte Jehan sehen.»

Wieder lächelte Lucia ihre Tochter an. «Wollen wir

nicht lieber hierbleiben? Wir können ein Spiel spielen.»

«Nein, aufstehen, Mama. Ich möchte zum Fest.»

Mit großer Mühe erhob sich Lucia, wusch sich das Gesicht mit kaltem Wasser, aber das half nicht viel. Es dauerte eine Ewigkeit, bis sie ihre Tracht angezogen hatte, die Fria ihr wieder mitgegeben hatte. Sie entwirrte ihre Zöpfe, bürstete ihr langes Haar, bis es glänzte. Ihre Arme waren so schwer, dass sie es nicht schaffte, das Haar neu aufzustecken, also ließ sie es offen. Das taten üblicherweise nur die jungen, noch unverheirateten Frauen, aber das war Lucia heute vollkommen gleichgültig.

Marie hüpfte an der Hand ihrer Mutter, als es endlich Richtung Guesthuset ging. Schon hörten sie eine Fiedel und eine Flöte. Das Fest hatte begonnen.

Lucia blieb stehen. «Willst du wirklich dorthin? Es ist laut, und viele Menschen sind da.»

«Ich will mit Jehan tanzen», beharrte die Kleine.

«Er muss mit seiner Braut tanzen», erklärte Lucia. «Er wird keine Zeit für dich haben.»

«Doch, hat er.» Marie war sich ganz sicher. «Er hat es mir versprochen.»

Festlich gekleidete Insulaner strömten Richtung Guesthuset. Aber wo waren die Trondheimer? Waren sie schon angekommen und hatten sich im Guesthuset versammelt? Wurde deshalb bereits aufgespielt? Marie zog an ihrer Hand, wollte endlich schneller gehen, doch je näher sie kamen, umso zögernder wurden Lucias Schritte.

Und dann stand sie vor der Tür, holte noch einmal tief Luft und trat ein. Alles war festlich geschmückt, die

Tische bereits besetzt. Bier wurde ausgeschenkt, es wurde gelacht und geredet. Lucia blickte sich nach einem freien Platz um. Aber weder an Frias Tisch noch an Runis Tisch gab es leere Stühle. Hatten sie nicht mehr damit gerechnet, dass sie kam?

Sie ließ den Blick weiterschweifen, suchte Solveig und konnte sie nirgends entdecken. Wahrscheinlich war sie noch in einem der Gästezimmer, um sich ein wenig herzurichten. Wieder schweiften ihre Blicke, blieben hängen an den weißen Girlanden. So etwas gab es nicht in der Handelsstation zu kaufen, jemand musste die Girlanden aus Trondheim geschickt haben. Sicher die Brauteltern. Lucia entdeckte silberne Leuchter auf dem Tisch des Brautpaares, die mit schneeweißen Kerzen bestückt waren. Dazu rankte sich Efeu um Teller mit Goldrand, die Lucia noch nie hier gesehen hatte. Platzkärtchen steckten in Haltern, und die Tischdecken waren frisch gestärkt. Alles wirkte so viel vornehmer als bei einer gewöhnlichen Inselhochzeit.

Plötzlich wurde es still. Die Musik und die Gespräche verstummten, das Gelächter brach ab. Alle Anwesenden schauten zu ihr.

Was ging hier vor?

Lucia senkte den Blick, doch dann hörte sie, wie sich jemand näherte. Ein vertrauter Schritt, ein vertrauter Geruch, eine vertraute Stimme.

Sie hob den Kopf, blickte direkt in Jehans Augen. Er lächelte sie an, streckte die Hand nach ihr aus.

«Darf ich dich zu deinem Platz begleiten?», fragte er.

Die Blicke der anderen brannten Löcher in ihre Haut.

Am liebsten wäre sie davongerannt, doch Jehan hielt sie fest. Dann zog er sie sanft durch den Raum bis hin zu dem Tisch, der dem Brautpaar vorbehalten war.

«Ich möchte dich bitten, an meiner Seite zu sitzen», sprach er so laut, dass alle im Raum ihn hören konnten.

Was sollte das? Hatte er sie nicht schon genug erniedrigt? Sollte sie etwa als Freundin der Familie in der Nähe der Braut sitzen? Sie versuchte, sich loszumachen, doch Jehan hielt ihre Hand fest umklammert, und sie sah, dass Solveig noch immer nicht Platz genommen hatte.

«Wo ist deine Braut?», fragte Lucia überrascht.

«Ich halte sie an der Hand», antwortete Jehan. Und dann kniete er vor ihr nieder und fragte: «Lucia, möchtest du meine Frau werden?»

KAPITEL 18

Sie lief, so schnell sie konnte. Sie spähte immerzu in alle Richtungen, lauschte, aber es war nichts zu sehen, es waren keine Rentierhufe zu hören. Ihr Herz schlug rasend schnell, und Tränen strömten ihr über die Wangen. O Gott, wenn Sverre nur wieder gesund wird! Sie betete, während sie lief. Sie lief und lief und lief ohne Pause. An einem kleinen Bach machte sie halt, trank gierig Wasser daraus, denn die beiden Flaschen, die sie immer benutzten, hatte sie Sverre überlassen.

Ihrem Gefühl nach musste es schon längst Abend sein, aber noch immer schien die Sonne, vergoldete die Hochebene. Sie war so müde, ihre Füße taten weh, aber sie lief weiter, dachte unentwegt an Sverre.

Wenn er starb, war das ihre Schuld. Sie hatte ihn gebeten, sie in den Norden zu begleiten. Sie hatte ihn diesen ungeheuerlichen Strapazen ausgesetzt. Ihr zuliebe war er mitgegangen, um ihre Familie zu finden. Ganz deutlich erinnerte sie sich an ein Gespräch, das sie auf Smøla geführt hatten. Sie hatten zusammen auf dem Felsen am Ufer gesessen, hatten die kleinen Wellen gegen den Stein klatschen hören. Liv erinnerte sich noch an jeden Satz, an jede Geste, an die Stimmung, als sie über die Zukunft sprachen.

«Was denkst du über Kinder?», hatte Sverre gefragt.

«Ich möchte auf jeden Fall welche haben. Am liebsten drei.»

«Ich auch. Und ich möchte damit nicht mehr allzu lange warten.»

Sverre hatte sich zu ihr gebeugt und sie sanft geküsst.

Kinder? Jetzt? War das nicht noch zu früh? War sie schon bereit dafür? Sie hatte noch so viel zu tun, musste die Raben erforschen, ihre Berichte für die Königlich Naturwissenschaftliche Gesellschaft schreiben, von der sie ihren Lohn bekam, musste Artikel für die monatliche Kolumne verfassen. Das Wichtigste aber war, ihre Eltern zu finden. Erst wenn sie wusste, woher sie kam, konnte sie ein Kind bekommen.

«Du sagst gar nichts.»

Liv war sich über die nackten Arme gefahren, als ob ihr kalt wäre, doch der Abend war erstaunlich warm gewesen. Ohne Wind, in der Sonne das glitzernde Meer, die kleinen Wellen ohne Schaumkronen. Sie hatte nach oben geblickt, einen Eissturmvogel erkannt und sich für einen Augenblick gefragt, was er um diese Jahreszeit hier machte, denn er war in der Kälte zu Hause.

«Was ist, Liv? Habe ich dich überrumpelt? Nein, das glaube ich nicht. Du hast sicher ebenfalls schon über Kinder nachgedacht.»

«Ja, das habe ich, Sverre. Aber noch nicht jetzt, noch nicht gleich.»

«Was hindert dich?»

Liv hätte ihm gestehen können, dass sie sich noch nicht bereit fühlte, Mutter zu werden, aber das hätte Sverre nicht verstanden. Auch nicht, dass sie Zeit brauchte, um über ihre geliebten Raben zu forschen. Ihre Aufzeichnungen zur Sprache der Raben. Ihren Erkenntnissen verdankte sie unter anderem die besondere Anerkennung durch die Königlich Naturwissenschaftliche Gesellschaft. Und hier auf Smøla waren ihr weitere Laute aufgefallen, und sie wollte ihr Rabenwörterbuch weiterführen. Mindestens zwanzig verschiedene Laute sollte sie erforschen, erst dann würde ihre Forschung auch für internationales Aufsehen sorgen. Bislang hatte sie zwölf Rufe identifiziert ... Und sie musste nach Lappland. Kein Ziel erschien ihr wichtiger.

«Ich ... ich ... kann noch nicht», hatte sie gestammelt.

Sverre hatte sie fragend angeschaut. «Was hält dich ab? Du hast dein Studium beendet, wir haben ein Zuhause und genug Geld, um ein Kind ernähren zu können.»

«Ich dachte, wir bauen erst unser eigenes Haus, wenn wir aus Lappland zurückkehren.»

«Warum sollten wir? Fria hat uns eine ganze Etage zur Verfügung gestellt. Vier Zimmer. Mehr, als wir brauchen. Und wenn sie eines Tages stirbt, Liv, wirst du das Guesthuset erben.»

«Wir brauchen ein eigenes Haus. Und Smøla braucht eine Gastwirtschaft. Im Guesthuset werden Taufen, Hochzeiten und Beerdigungen gefeiert. Es war schon immer ein Wirtshaus, der Mittelpunkt des Dorfes.»

«Da hast du recht, Frias Wirtschaft ist mehr als nur ein Wirtshaus, es ist eine Institution.»

«Natürlich muss das nicht so bleiben. Wirtshäuser können auch anderswo entstehen. Die Handelsstation könnte zum Beispiel ausgebaut werden. Wir könnten dann das Erdgeschoss im Guesthuset umbauen. Als Arbeitszimmer zum Beispiel. Stell dir unsere Schreibtische unter dem Fenster vor, mit Blick auf die Natur. Und deine Mutter könnte auch bei uns leben. Bevor wir ein Kind bekommen, brauchen wir ein Heim, in dem es aufwachsen kann.» Liv wusste genau, wie gern Sverre seine Mutter Inghild von Stavanger auf die Insel holen würde.

«Fria ist noch nicht sehr alt. Mitte sechzig erst. Sie kann noch zehn Jahre leben.»

«Du hast recht, auch wenn sie wegen ihres Alters immer ein wenig geschummelt hat. Weil Arni, ihr Verehrer, jünger ist als sie.»

«Du willst also nicht.» In diesem Augenblick hatte Sverre trauriger gewirkt, als Liv es sich vorgestellt hatte.

«Nein, nein, das ist es nicht, Sverre. Es ist etwas anderes, das ich noch niemandem gesagt habe.»

«Ich bin dein Mann.»

«Das weiß ich, und deshalb erzähle ich es dir jetzt. Du weißt ja, dass ich ein Findelkind bin. Meine Mutter hat mich weggegeben. Und bevor ich ein eigenes Kind bekomme, möchte ich wissen, warum. Deshalb will ich mit dem Samen in den Norden gehen. Kannst du das verstehen?» Sie hatte nicht auf eine Antwort gewartet, zu dringend war das gewesen, was sie ihm endlich sagen wollte. «Nein, sicher nicht, das wirst du nicht verstehen. Wie solltest du auch? Du hast ja eine richtige Mutter.»

«Liv. Liebste! Ich verstehe dich. Und ich werde mitkommen in den Norden. Wir werden deine Eltern finden und danach damit beginnen, unsere eigene Familie zu gründen.»

Tränen waren Liv in die Augen geschossen. «Das würdest du für mich tun?»

«Ich bin dein Mann, und ich liebe dich. Dein Glück liegt mir am Herzen. Ich dachte, das weißt du.»

Liv hatte ihn sanft auf den Mund geküsst, seine Wange gestreichelt, sein Haar durchwuschelt. «Ja, das weiß ich. Aber manchmal kann ich es gar nicht glauben.»

Und nun lief sie hier und hörte ihre rasenden Herzschläge, die nicht nur durch den eiligen Marsch so hämmerten. Sie hatte Angst. Riesengroße Angst um Sverre. Dass sie ihn liebte, wusste sie seit Langem. Doch wie sehr sie das tat, erfuhr sie hier auf dem Hochplateau.

War es inzwischen Abend? Liv hatte noch nie so etwas erlebt, ihr fehlte vollkommen das Zeitgefühl. Sie war müde, hätte sich am liebsten auf dem Boden ausgestreckt und geschlafen, doch sie hastete weiter. Die Sonne sank, aber sie fiel nicht hinter den Horizont. Überall waren bläuliche Schatten. Sie wusste nicht, wie viele Kilometer sie schon zurückgelegt hatte. Sie wusste nur, dass sie Sverre vor Stunden verlassen hatte. Wenn sie nicht bald auf Menschen traf, würde es schlimm um ihn stehen.

Endlich, sie hatte schon fast die Hoffnung aufgegeben, sah sie in der Ferne Koten stehen. Der Anblick gab ihr Kraft für den letzten Kilometer. Als sie dann den Rastplatz der samischen Rentierzüchter erreichte, brach sie zusammen. Eine Samin rannte zu ihr, reichte ihr einen Becher mit Wasser. Sie sprach mit ihr, schien sie etwas zu fragen, doch Liv verstand sie nicht.

«Ich spreche nur Norwegisch», erklärte sie.

Daraufhin wandte die Frau sich um und rief einen Namen. Ihre spontane Hilfsbereitschaft belebte Liv. Sie richtete sich ein wenig auf, sah in die Richtung, in die die Frau gerufen hatte. Die Koten der Rentierzüchter waren hier anders. Es waren Rundzelte, doch sie waren nicht mit einer Zeltbahn belegt, sondern mit ledernen Häuten. Auf den Häuten lagen Grassoden, die die Kälte abhalten sollten. Die Kälte. Jetzt erst spürte Liv, wie sehr sie fror. Sie hatte ihren dicken Wollpullover nicht mitgenommen, war gar nicht auf die Idee gekommen. Sie zitterte, klapperte mit den Zähnen. Eine ältere Frau kniete sich neben sie, legte ihr eine Decke um die Schulter, eine dritte brachte Brot und Trockenfleisch. Auch den Hunger hatte Liv nicht bemerkt, sie dachte nur an Sverre, der sicher auch Hunger hatte. Wenn er dafür nicht zu krank war.

Endlich kam ein Mann auf sie zu. Er trug Hosen aus Tierhäuten, darüber den typischen samischen Kittel.

«Was ist geschehen?», fragte er. «Woher kommen Sie?»

«Mein Mann, er ist krank. Er bekam Fieber, hat sich übergeben. Er braucht Hilfe. Wir sind auf dem Weg von Alta zu den Siddas der Rentierzüchter.»

Der Mann nickte, setzte sich zu ihr. «Wir helfen Ihrem Mann. Erzählen Sie mir genau, worunter er leidet.»

In Liv flackerte Hoffnung auf. Sie berichtete von seinem Taumeln, vom Schwitzen, vom Schwindel.

«Ich packe eine kleine Tasche mit den notwendigen Heilmitteln. Danach brechen wir auf.»

«Zu Fuß?» Liv war wild entschlossen, den langen Marsch zurück auf der Stelle anzutreten, obschon sie so erschöpft war, dass ihr sämtliche Glieder schmerzten.

«Nein, nicht zu Fuß, das würde zu lange dauern. Wir nehmen einen Wagen, der von Rentieren gezogen wird. Meine Frau spannt die Tiere schon an. Wahrscheinlich müssen wir deinen Mann in unser Lager auf der Sommerweide bringen. Zumindest aber sollten wir darauf vorbereitet sein. Warte hier auf mich.»

Der Mann war ganz selbstverständlich zum Du übergegangen, doch das störte Liv nicht. Im Gegenteil, es fühlte sich sogleich ein wenig vertrauter an. Sie sah seine Frau, die sich mit dem Wagen näherte, vor den zwei Rentiere gespannt waren. Die Tiere schnaubten. Langsam erhob sich Liv, wagte es, über ihre Flanken zu streichen. Wenige Augenblicke später eilte der Mann herbei, im Gepäck mehrere Wasserflaschen und Felle. Er legte die Felle in den Wagen und die kleine Tasche dazu.

«Klettere hinten rein, du kannst dich auf den Fellen ausruhen. Es wird eine Zeit dauern, bis wir den Deinen gefunden haben.»

Er ließ sich von Liv den Weg erklären, dann fuhren sie los. Liv lag auf den Fellen, die sie ebenso wärmten wie die Decke, die sie noch immer über den Schultern trug. Doch schlafen konnte sie nicht. Sie musste zu Sverre, sie konnte nicht aufhören, an ihn zu denken. Sie hoffte, dass er ein wenig geschlafen hatte, denn Schlaf heilt. Das hatte zumindest die alte Merette auf Smøla immer gesagt, in deren Häuschen nun Lucia lebte. Sie fuhren an einem kleinen See vorbei, der Liv fremd erschien. Hier war sie bestimmt nicht vorbeigekommen. Der Mann, der Turi hieß, hielt den Wagen an.

«Was ist los?», fragte Liv beklommen. «Warum fahren wir nicht weiter? Haben wir uns verirrt?»

Turi lächelte sie an. «Keine Angst, kleine Norwegerin. Du bist einen Umweg gelaufen. Hier am See führt die kürzere Strecke entlang. Außerdem müssen die Tiere trinken.»

Er führte die Rentiere zum Wasser, ließ sie saufen, dann stieg er wieder auf den Wagen, und Liv setzte sich neben ihn.

«Willst du dich nicht lieber ausruhen?»

Liv schüttelte den Kopf. «Ich könnte jetzt nicht schlafen. Ich möchte so schnell wie möglich zu meinem Mann.»

Turi warf ihr einen Seitenblick zu. «Du liebst ihn sehr, nicht wahr?»

«Ja, das tue ich.»

«Was hat euch in diese Gegend verschlagen? Norweger in der Hochebene trifft man selten. Ich jedenfalls habe noch nie einen getroffen.»

Liv überlegte, ob sie von ihren Forschungen sprechen sollte, doch dann entschied sie sich für die Wahrheit. «Ich bin ein Findelkind, wurde auf der Schwelle eines Guesthuset auf der Insel Smøla ausgesetzt. Meine Schwester lag auf der Kirchenschwelle. Wir waren erst wenige Tage alt und trugen samische Kittel mit Stickereien. Jetzt bin ich hier, um etwas über meine Herkunft zu erfahren.»

«Du bist also eine von uns?»

Liv nickte. «Aber ich bin unter Norwegern als Norwegerin aufgewachsen.»

«Wie lange ist das jetzt her?»

«Im Dezember werden es fünfundzwanzig Jahre.»

Der Mann blickte nachdenklich zu Liv. «Ich erinnere mich undeutlich daran, dass da etwas war. Es hing mit einem Verbrechen zusammen.»

«Wirklich? Was war es?»

«Lass mich nachdenken.»

Sie fuhren schweigend weiter. Liv hätte die Rentiere gern angetrieben, wäre gern sehr viel schneller unterwegs gewesen, doch Turi hielt die Zügel und kaute nachdenklich auf seiner Unterlippe.

«Ich weiß es nicht mehr, ich komme einfach nicht drauf. Ich war ja damals noch ein Kind. Du musst die Älteren fragen.»

Mit dieser Auskunft gab sich Liv erst einmal zufrieden. «Wie lange dauert es noch, bis wir da sind?»

«Nicht mehr lange.»

Dann schwiegen sie eine Weile, ehe Liv fragte: «Kannst du meinen Mann heilen? Bist du ein Doktor?»

Turi lächelte. «Nein, ich bin kein Doktor, ich bin ein Schamane.»

«Ein Schamane? Was ist das?»

«Ein Heilkundiger, aber auch einer, der mit den Ahnen in Verbindung steht. Ich helfe nicht nur bei gesundheitlichen Problemen, sondern auch, wenn die Seele leidet.»

«Ein Schamane», wiederholte Liv für sich und dachte an den Samen, der jedes Jahr Kräuter im Gärtchen neben dem Guesthuset angepflanzt hatte. Aus manchen hatte er Tränke zubereitet, und oft hatte er mit der alten Merette vor deren Haus auf der Bank gesessen und sich mit ihr unterhalten. Auch er hatte von den Ahnen gesprochen.

«Du kannst Kontakt mit dem Jenseits aufnehmen?»

«Ja, das kann ich.»

«Ihr habt viele Götter, hat man mir erzählt.»

Turi lächelte wieder. «Etliche Samen glauben an den christlichen Gott. Und viele andere glauben an den Schamanismus *und* an den christlichen Gott. Und wieder andere glauben nur an die alten Rituale, an das Trommeln, die Ekstase und den Weltenbaum. Aber wir alle glauben, dass jedes Ding eine Seele hat. Und ja, es gibt in unserem Glauben auch Götter. Das ist Horagalles, der Gott des Donners und des Blitzes, Radien ist der Gott der Jagd und Beschützer der Tiere, Beiwe die Göttin der Fruchtbarkeit. Junge Frauen, die sich ein Kind wünschen, bringen ihr Opfergaben.»

Liv überlegte, ob sie eigentlich noch an Gott glaubte. Als Kind hatte sie das getan, aber nun war sie Wissenschaftlerin. «Ich denke, ich glaube eher, dass die Natur mit Gott gleichzusetzen ist», sagte sie nachdenklich. «Die Natur ist die Schöpferin von allem.»

Turi blickte sie erneut von der Seite her an. «Das glaube ich auch. Aber ich denke ebenso, dass uns die Natur viele ihrer Geheimnisse verbirgt.»

«Ich bin Zoologin», erzählte Liv. «Ich habe bei Professor Nansen studiert. Kennst du ihn?»

«Wer hat noch nicht von ihm gehört? Ich spreche Norwegisch, ich lese manchmal norwegische Zeitungen, wenn ich an eine herankomme.»

«Ich forsche über die Raben. Und ich habe von ihnen

viel über das Leben gelernt. Es geht in erster Linie um zwei Dinge: genug zu essen zu haben, um zu überleben, und um die Fortpflanzung. Bei den Menschen ist es ähnlich. Wir unterscheiden uns weniger, als wir denken, von den Tieren.»

«Dieser Meinung bin ich auch, doch was ist mit den Flüssen und Seen, mit den Bergen und Weiden? Auch sie haben eine Seele.»

«Eine Seele?», wiederholte Liv. «Darüber muss ich nachdenken. Aber die wichtigsten Merkmale fehlen, und das sind eben das Essen und die Fortpflanzung. Flüsse und Seen essen und trinken nie. Berge bekommen keine Jungen.»

«Weißt du das so genau?»

Liv kam nicht dazu, eine Antwort zu geben, denn in diesem Augenblick hatten sie die Stelle erreicht, an der sie Sverre zurückgelassen hatte. Sie erhob sich, stand schwankend auf dem Fuhrwerk und rief seinen Namen. Turi hielt an und stieg ab, als Liv bereits losrannte.

Sverre! Er lag da, als wäre er tot. Das Gesicht leichenblass, die Lippen blutleer, die Augen geschlossen. Sie kniete sich neben ihn, fühlte nach seinem Puls. «Er lebt!», rief sie, doch sie war voller Angst.

Turi näherte sich, kniete sich ebenfalls neben Sverre. Er zog seine Augenlider nach oben. «Er ist bewusstlos.» Dann fühlte er seine Stirn. «Und er hat hohes Fieber.»

«Was heißt das? Kannst du ihn retten?»

Turi zuckte mit den Achseln. «Das weiß ich nicht, aber ich hoffe es. Er ist im Augenblick im Reich zwischen Leben und Tod.»

KAPITEL 19

Lucia starrte auf Jehan, der noch immer vor ihr kniete, sie anstrahlte und auf ihre Antwort wartete. Genau wie die anderen im Guesthuset.

Da entriss sie ihm ihre Hand und rannte davon, so schnell sie konnte. Hinaus aus der Wirtsstube und hinunter zum Meer, von dort zu ihrem Haus. Sie hörte Jehan ihren Namen rufen, doch sie hielt nicht an, sondern rannte und rannte, während die Tränen wie Wasserfälle aus ihren Augen stürzten.

Im Haus angekommen, schlug sie die Tür zu, ließ sich gleich dahinter auf den Boden sinken. Und jetzt erst begann sie, herzzerreißend zu schluchzen. Sie schlug die Hände vor das Gesicht, spürte, wie ihre Schultern und ihre Brust bebten.

Jehan hatte sie überrumpelt. Er hatte ein Fest organisiert, ohne sie zu fragen. Er hatte vorausgesetzt, dass sie Ja sagen würde. Er hatte über ihren Kopf entschieden, als würden ihre Wünsche und Vorstellungen nicht gelten. Er hatte sie in dem Glauben gelassen, dass er Solveig heiraten wolle, er hatte sie bei den Vorbereitungen für das Fest einer Fremden helfen lassen. Und die halbe Insel hatte dabei zugeschaut. Nein, sie war wirklich noch nie so verletzt worden.

Sie hörte Schritte vor dem Haus, dann klopfte es an der Tür.

«Lucia, mach auf. Was ist denn los mit dir?» Jehans Stimme klang verärgert.

Lucia erhob sich. «Geh weg!», rief sie. «Geh einfach weg und komm niemals wieder!»

Sie meinte, was sie sagte. Sie wollte nicht mit jemandem zusammen sein, der über ihre Wünsche einfach hinwegtrampelte. Sie wollte nicht mit jemandem zusammen sein, der sie vor allen Leuten bloßstellte. Warum tat er das? Weil sie eine Geschiedene war? Die froh sein musste, wenn doch noch einer etwas von ihr wollte? Eine Hochzeit mit dem Sohn des Bürgermeisters und Erben der Fischfabrik konnte sie nicht ausschlagen. Im Gegenteil. Vom Glück geküsst sollte sie sich fühlen. Lucia war sicher, dass die anderen genau das dachten und dass niemand verstand, wie verletzend dieses Fest war, für das sie eigenhändig die Kartoffeln geschält hatte.

«Lucia, bitte mach auf. Ich möchte mit dir reden», drängte Jehan.

«Geh weg», wiederholte Lucia. «Geh weg und lass mich in Ruhe.»

Sie verließ ihren Platz hinter der Tür, trat in die Stube. Aus dem Fenster sah sie, dass er tatsächlich ging, aber alle paar Schritte stehen blieb und zu ihrem Häuschen zurückschaute.

Lucia setzte sich an ihren Webstuhl. Doch sie führte das Schiffchen nicht, sondern starrte vor sich hin, denn ihre Hände zitterten viel zu sehr. Die Gedanken in ihrem Kopf wirbelten herum wie ein Brummkreisel. Ihre Empörung und Wut waren so klar gewesen. Hatte sie am Ende überreagiert? Sollte sie Jehan nicht lieber dankbar sein? Nein, sie war ein Mensch mit den gleichen Rechten, Wünschen und Gefühlen wie alle anderen auch. Es ging nicht darum, dass sie sich nicht mit Jehan verloben wollte. Es ging um die Art und Weise. Sie hatten nie wirklich über die Zukunft gesprochen. Einmal nur hatte Jehan gefragt, ob es nicht an der Zeit wäre, ein Haus zu bauen. Sie hatte gewusst, was er damit meinte: ein Haus für sie beide und Marie. Aber sie war noch nicht bereit gewesen, sich erneut auf eine Ehe einzulassen. Hatte ihn gebeten, ihr Zeit zu lassen. Lasse hatte sie zu schwer verletzt, das würde sie nie wieder zulassen. Und jetzt? Vor wenigen Stunden hatte sie noch geglaubt, er würde Solveig heiraten. Und nun führte er dieses Theater auf, hatte eine so wichtige Entscheidung ohne sie getroffen. Nein, sie würde sich nie wieder einem Mann unterordnen! Lieber blieb sie für den Rest ihres Lebens allein.

Sie lag die ganze Nacht wach, wälzte sich hin und her und fand keine Ruhe. Am nächsten Morgen fühlte sie sich so matt und schwach, dass sie sich kaum auf den Beinen halten konnte. Sie warf sich kaltes Wasser ins Gesicht, trank einen starken Kaffee, und als sie sich auf den Weg machte, um Marie abzuholen, die bei Runi übernachtet hatte, fühlte sie sich ein wenig besser.

«Was war los mit dir?», fragte Runi, und Lucia sah, dass ihre Ziehmutter verärgert war.

«Jehan hat eine Entscheidung getroffen, ohne mich zu fragen», erwiderte sie.

«Er wollte dich überraschen.»

«Was ist das für eine Überraschung, mich glauben

zu lassen, er würde sich mit Solveig verloben, um dann plötzlich vor mir auf die Knie zu gehen? Er hat mich überrumpelt. Er hat nicht gefragt, was ich mir wünsche. Er hat eine Entscheidung allein getroffen, die uns beide und Marie betrifft.»

Runi zuckte mit den Schultern. «So etwas tun Männer nun einmal. Es gibt viele Frauen, die sein Vorgehen romantisch gefunden hätten.»

Lucia schüttelte den Kopf. «Zu denen gehöre ich aber nicht.»

«Ich mache mir Sorgen um dich. Seit du aus Christiania zurück bist, bist du anders als früher. Die Hauptstadt hat dich verdorben.» Sie seufzte und fügte leiser hinzu: «Und Liv ist daran nicht unschuldig.»

«Das hat nichts mit Liv zu tun, obwohl ich sicher bin, auch sie hätte ein solches Verhalten nicht geduldet. Lasse hat stets für mich entschieden, und diese Entscheidungen haben mir nicht immer gefallen. Noch einmal lasse ich so etwas nicht zu.»

«Jehan wird nicht wiederkommen. Du hast ihn vor allen bloßgestellt.»

«Er hätte mich fragen müssen. Vorher. Das hat er nicht getan, also hat er sich selbst bloßgestellt. Und mich obendrein.»

«Auf Smøla wirst du keinen mehr finden, der dich heiraten will. Du machst den Männern Angst.» Runi nahm ihren Arm. «Weißt du eigentlich, was du dir damit angetan hast?»

Lucia nickte. «Oh, das weiß ich ganz genau. Ich habe Jehan und allen Leuten auf Smøla gezeigt, dass man mit mir nicht umspringen kann wie mit einem Kind, das unfähig ist zu wissen, was ihm guttut.»

Runi ließ sie los, seufzte noch einmal tief auf. «Dir ist wirklich nicht zu helfen», sagte sie betrübt. Dann gab sie Marie einen Kuss zum Abschied.

Den Rest des Tages verbrachte Lucia mit Putzen. Sie musste sich abreagieren und wienerte die ohnehin sauberen Fenster, schrubbte den blanken Boden, schüttelte Kissen und Decken aus, bis ihr beinahe die Arme abfielen. Und die ganze Zeit über dachte sie an Jehan und den gestrigen Abend. Sie war wütend und fragte sich zugleich, ob sie ein Recht auf diese Wut hatte. Sie, die Geschiedene. Sie, das Findelkind. Sie, die schon eine Tochter von einem anderen Mann hatte. Erst als die ganze Wohnung blitzte, hielt sie inne. Sie war noch immer aufgewühlt, doch zugleich hatte sich die Müdigkeit ihrer Glieder bemächtigt. Sie ging zeitig und zusammen mit Marie zu Bett, schlief unruhig, und als sie erwachte, war ihr, als hätte sie von Jehan geträumt, konnte sich aber an nichts mehr erinnern.

Lucia hatte Angst. Heute war Montag, sie musste wieder ins Büro gehen, war sich aber nicht sicher, ob Bjarni sie dort noch haben wollte. Sie würde Jehan sehen, das ließ sich nicht vermeiden. Er war sicher verletzt, wahrscheinlich auch wütend auf sie. Das konnte sie nicht ändern. Was würde jedoch geschehen, wenn Bjarni der Meinung war, sie hätte in seiner Fabrik nichts mehr zu suchen?

Je näher sie der Fischfabrik kam, umso bleierner fühlten sich ihre Füße an. Jeder Schritt fiel ihr schwer, als sie endlich doch in ihrem Büro anlangte. Sie setzte sich an ihren Schreibtisch. Würde sie heute das letzte Mal hier sitzen? Sie nahm sich das Kontorbuch vor und trug die letzten Ein- und Ausgänge ein. Das erste Schiff von Edvard hatte letzte Woche angelegt und viertausend Kilo Trockenfisch aufgenommen. Der Kapitän war höchstselbst in ihr Büro gekommen und hatte das Geld für die Ware vor Bjarni und ihr auf den Tisch gelegt. Und Bjarni hatte die Aquavitflasche hervorgeholt und drei Gläser vollgegossen.

«Auf gute und ehrliche Geschäfte», hatte er gesagt, und als der Kapitän gegangen war, hatte er Lucia einen Briefumschlag in die Hand gedrückt, in dem zwanzig Gulden waren. Das war viel Geld für Lucia.

Nun schaute sie sich in ihrem Büro um, nahm schon Abschied. Ihr Blick schweifte über die holzgetäfelten Wände, über die drei Aktenschränke, die kleine Sitzecke, in der die Leute auf Bjarni oder Jehan warteten, wenn diese nicht im Büro waren. Sie nahm den Locher in die Hand, rückte das Leimfässchen gerade, spitzte alle Bleistifte noch einmal gut an. Dann ordnete sie die Papiere auf dem Tisch und begann damit, eine Liste zu schreiben.

Bjarni, bitte unbedingt daran denken:

- *Der fabrikeigene Kutter muss kalfatert werden.*
- *Berrit Lülind ist seit zwanzig Jahren in der Fabrik und hat Glückwünsche verdient.*
- *Ein Hotel in Trondheim möchte ein Angebot für Klippfisch haben*
- *Inken hat in zwei Wochen Geburtstag.*

Bjarnis Frau war letzten Mittwoch extra bei Lucia gewesen und hatte ihr mitgeteilt, was sie sich wünschte. «Ich rede lieber gleich mit dir», hatte sie gesagt. «Du weißt doch besser, was Frauen sich wünschen. Nun, im Fenster des Juweliers in Trondheim lag ein goldenes Armband. Hinreißend. Es ist zwar ein wenig schmal, aber es gefällt mir. Du weißt ja, wie bescheiden ich bin. Und dann wäre da noch das Pelzcape aus Schneehasenfell. Ganz weiß und weich. Das würde mir auch gefallen. Du musst nicht aufs Geld schauen. Das macht mein Bjarni schon zur Genüge.»

Sie holte einen Zettel aus ihrer Handtasche und legte ihn auf Lucias Schreibtisch. «Hier stehen die Adressen der Geschäfte drauf. Mir wäre es lieber, wenn du nach Trondheim fahren könntest, um die Sachen zu kaufen. Bjarni lässt sich zu leicht etwas anderes aufschwatzen.»

Lucia hatte versprochen, sich darum zu kümmern, aber im Augenblick glaubte sie nicht, dass Bjarni sie nach Trondheim schicken würde. Nicht nach dem, was am Samstag im Guesthuset geschehen war.

Sie blickte auf die Uhr. Es war kurz vor zehn. Normalerweise kam Bjarni bereits gegen neun zu ihr, um sich das Kontorbuch anzuschauen und mit ihr zu besprechen, was anlag.

Lucia seufzte. Er ignorierte sie also. Das hatte sie erwartet, es schmerzte trotzdem. Sie war eine gute Vorzimmerdame gewesen. Sie hätte es nicht verdient, hinausgeschmissen zu werden, nur weil sie die Verlobung mit seinem Sohn hatte platzen lassen. Man sollte wirklich nie das Private mit dem Geschäftlichen vermischen.

Sie beschäftigte sich mit der Ablage, lochte jedes neue Schriftstück und ordnete es in den jeweiligen Ordner. Dann schaute sie wieder auf ihre Uhr. Halb elf, und noch immer kein Bjarni. Sie stellte sich für einen Augenblick ans Fenster und sah auf den Hof. Da, da war er. Bjarni. Er stand bei einem Fischer, der gerade seinen Kutter entlud. Und Jehan war auch bei ihm, er behielt die Waage für den Fang im Auge. Plötzlich hörte sie Jehan lachen, und dieses Lachen schnitt ihr wie ein Messer ins Fleisch. Sie hatte seit Tagen nicht mehr gelacht. Zuerst, weil sie glaubte, Jehan würde Solveig heiraten. Und dann, weil er sie so verletzt hatte. Und jetzt stand er einfach unbeschwert in der Sonne und lachte!

Hatte sie etwa gedacht, er würde leiden? Nein. Lucia schüttelte den Kopf. Männer litten nicht an der Liebe. Männer gingen einfach zur nächsten, wenn es nicht klappte.

Sie wandte sich ab, setzte sich wieder an den Schreibtisch, holte die Abrechnungen hervor. Die Bilanzen für das erste halbe Jahr waren bald fällig, also setzte sie sich daran und errechnete die Ein- und Ausgänge nach Monaten unterteilt. Sie hatte das schon am Ende eines jeden Monats erledigt, es konnte aber nicht schaden, wenn sie ihre Ergebnisse noch einmal überprüfte. Und der Juli, der übermorgen zu Ende sein würde, musste ohnehin noch berechnet werden. Sie sah jetzt schon, dass sich die Ein- und Ausgaben ein wenig vermehrt hatten. Das war kein Wunder. Seit Bjarni wieder flüssig war, hatten die Fischer ihr Geld regelmäßig erhalten, der Umsatz war gestiegen, der Gewinn ebenso.

Sie reihte die Zahlenkolonnen untereinander, addierte sie und schrieb das Ergebnis auf ein Blatt Papier. Zahlen. Sie hatte immer etwas für Zahlen übriggehabt. Nur als sie damals versuchte, das Examen artium abzulegen, und es um Integralrechnung und höhere Mathematik ging, war sie nicht mehr mitgekommen. Jetzt bereute sie, sich nicht mehr angestrengt zu haben. Sie war noch immer ganz in Gedanken versunken, als die Tür aufging und Bjarni erschien.

«Guten Tag», sagte er so förmlich, als hätte er einen Kunden vor sich. «Was liegt heute an?»

«Die Kutter hast du ja schon in Empfang genommen. Jehan hat den Fisch gewogen. Ich brauche die Zahlen, damit ich sie in die Bücher eintragen kann.»

«Und sonst?»

«Deine Frau hat bald Geburtstag. Sie hat mir erzählt, was sie sich wünscht und wo man es kaufen kann.»

«Ich vermute, in Trondheim?», fragte Bjarni nach. «Beim Juwelier?»

Normalerweise hätte Lucia jetzt gelächelt, und Bjarni hätte gestöhnt und die Augen verdreht. Heute sagte er nur: «Gib mir die Anschriften, ich werde mich darum kümmern. Wie ich es auch früher immer gemacht habe.»

«Ich kann das tun, wenn du willst.» Sie hatte diesen Satz leise ausgesprochen, wartete auf Bjarnis Zurückweisung. Doch er schwieg, sah ihr einfach nur in die Augen. So lange, bis Lucia den Blick senkte. Dann setzte er sich ihr gegenüber.

«Was war los mit dir am Samstag?», fragte er. Seine

Stimme war nicht unfreundlich, und doch wusste Lucia, dass er sie nicht verstehen würde, weil er ein Mann war.

«Ich bin noch nicht so weit, mich wieder zu verheiraten», versuchte sie deshalb eine Erklärung. «Meine Scheidung liegt noch nicht lange zurück.»

«Das mag wohl sein», entgegnete Bjarni. «Aber du kannst einen Mann, der dich heiraten will, nicht einfach so wegstoßen.»

Lucia wusste, wenn sie sich jetzt entschuldigte und alles guthieß, würde vielleicht alles gut werden. «Jehan hat mich nicht nach meiner Meinung gefragt», fügte Lucia an, und die Traurigkeit und der Ärger stiegen wieder in ihr hoch. «Er hat mich überrumpelt.»

Da stand Bjarni auf. «Du hättest es gut gehabt in unserer Familie. Aber das willst du ja nicht.» Und Lucia verstand, dass auch er sich von ihr zurückgewiesen fühlte. Seine gesamte Familie musste so von ihr denken.

Unschlüssig stand er vor ihrem Schreibtisch. Er seufzte. «Ich kann dich nicht länger im Büro beschäftigen. Das kann ich Jehan nicht zumuten. Wenn du willst, kannst du wieder Fische einsalzen oder die gesalzenen Fische in Kisten packen.»

«Es ist wohl besser, wenn ich die Fabrik ganz verlasse.»

Bjarni nickte.

Sie erhob sich, packte ihre Tasche, rückte noch einmal alles auf dem Schreibtisch an seinen Platz. Dann ging sie ohne ein weiteres Wort. Sie lief über den Hof, den Blick gesenkt, damit sie Jehan nicht sehen musste, doch plötzlich stand er vor ihr.

«Du gehst?»

Lucia nickte, blickte auf und entdeckte in seinen Augen Schmerz und Wehmut.

«Vielleicht hätte ich dich geheiratet, wenn du mir mehr Zeit gelassen hättest», sagte sie fest. «Wenn du mich an deiner Entscheidung beteiligt hättest. Ich möchte einfach gefragt werden, wenn es um eine solche Entscheidung geht.»

Er sah sie an, und Lucia erkannte, dass er sie nicht verstand. «Ich dachte, du liebst mich», erwiderte er gekränkt.

«Vielleicht tue ich das. Du hast mir aber nicht die Möglichkeit gelassen, es herauszufinden. Leb wohl, Jehan.»

Sie wollte an ihm vorbei, doch er hielt sie überraschend fest. «Ist es das jetzt gewesen zwischen uns?»

«Ich kann keinen Mann heiraten, der mich nicht respektiert», erklärte Lucia. «Es tut mir leid, Jehan.» Dann machte sie sich los und eilte davon.

KAPITEL 20

Im Reich zwischen Leben und Tod! Liv erschrak bis ins Innerste. Das durfte nicht sein, Sverre durfte nicht sterben! Sie starrte ihn an, unfähig, sich zu bewegen. Alles in ihr war starr vor Angst.

«Liv, lauf zum Bach», sagte Turi, «bring kaltes Wasser. Beeil dich. Wir müssen das Fieber senken.»

Noch während sie aufstand, blinzelte Sverre, sah sie an. «Mutter?», fragte er.

Liv erschrak erneut. Er erkannte sie nicht mehr. Sie hastete davon, füllte den Kochtopf mit klarem, kaltem Wasser, hastete zurück.

«Hast du ein Tuch?», fragte Turi.

Liv nickte, wickelte sich ihr Tuch vom Hals, tunkte es ins Wasser.

«Leg ihm das auf die Stirn. Sobald es nicht mehr kalt ist, tauche es wieder ins Wasser. Und benetze seine Lippen. Er ist durstig.»

Liv starrte ihn an, alles in ihr drängte danach zu handeln. Sie konnte nicht abwarten und darauf hoffen, dass sich alles richten würde. Sverre, ihre große Liebe, schwebte zwischen Leben und Tod. «Können wir nicht mehr tun? Es muss doch etwas geben, das ihm hilft.» Sie rang die Hände, hätte gern geweint, doch der Schock lähmte sie.

«Ich tue, was getan werden muss.»

Turi eilte zum Wagen und kam mit einer Trommel zurück. Dann setzte er sich neben Liv und Sverre und fing an zu trommeln. Zuerst ganz leise und zart, dann immer intensiver, bis der Trommelschlag in Livs Bauch vibrierte. Sie spürte, wie der Klang von ihr Besitz ergriff, wie sie mit den Trommelschlägen verschmolz. Sie nahm nichts wahr, nur das kalte Wasser, die Trommel und Sverres Haut. Alles andere um sie herum war wie hinter einem Vorhang.

Und dann geschah etwas, das sie noch nie erlebt hatte. Sie konnte mit Sverre sprechen! Sie konnte ihn in seinem Fieber erreichen. «Verlass mich nicht», bat sie stumm. «Ich brauche dich noch. Bitte bleib bei mir.» Sverres Lider begannen zu zucken, die Trommelschläge hatten sich mit Livs Herzschlag synchronisiert. Sie war die Trommel, sie war der Klang und drang bis hinein in Sverres Herz. «Bleib bei mir», bat sie noch einmal. «Verlass mich nicht.»

Später hätte sie nicht sagen können, wie lange es gedauert hatte, bis Sverre endlich die Augen aufschlug. Es konnten Stunden gewesen sein oder auch nur Minuten. Doch plötzlich sah er sie an, lächelte schwach, griff nach ihrer Hand. «Was ist passiert? Mir schien, als hättest du mit mir gesprochen, als hättest du mich gerufen.»

Tränen rannen über Livs Wangen. Tränen der Freude und der Erleichterung. «Das habe ich auch. Ich habe dich gerufen und gebeten, mich nicht zu verlassen.»

Turi hatte die Trommel zur Seite gestellt. Auch er wirkte, als wäre er aus tiefem Schlaf erwacht.

«Wer ist das?»

«Das ist Turi. Er ist ein Schamane. Er wird dich wieder gesund machen.»

Turi legte noch einmal seine Hand auf Sverres Stirn. «Das Fieber ist gesunken, aber noch ist er nicht über den Berg.» Er stand auf. «Ich werde jetzt einen Trank kochen, der dich wieder auf die Beine bringt, Sverre. Doch wenn du nicht mithilfst, wirst du nicht wieder gesund werden.»

«Was soll ich tun?» Sverre drückte Livs Hand noch fester, es war, als hielte er sich an ihr fest.

«Frage dich, warum du krank geworden bist. Frage dich, was dich hindert, deinen Weg weiterzugehen. Erst wenn du diese Antworten hast, wirst du gesund.»

«Was meinst du damit?» Es war das erste Mal, dass Sverre den Samen direkt ansprach.

Liv wusste, was Turi sagen wollte, der sich jedoch zurückhielt, Sverre und ihr Zeit und Raum ließ. Sie spürte, dass es ihre Aufgabe war zu antworten. Doch es fiel ihr schwer, in Worte zu fassen, was sie glaubte, begriffen zu haben.

«Nun, alles hängt mit allem zusammen», versuchte sie sich an einer Erklärung. «Die Natur, die Tiere, die Berge und Flüsse und wir. Es gibt für alles, was geschieht, Gründe. Aber nicht alle Gründe offenbaren sich auf den ersten Blick. Turi meint, dass etwas in dir, Gedanken oder Gefühle, den Weg nicht fortsetzen will. Und du musst herausfinden, was es ist.»

Sie streichelte seine Hand, tastete sich zu seinem Gesicht, strich ihm über die Stirn. Er sah noch immer furchtbar blass aus, unter seinen Augen lagen dunkle Schatten, die Lippen rissig, die Glieder schwach.

«Willst du nicht hier sein?», fragte sie leise.

Sverre blickte sie nachdenklich an. «Ich … ich weiß es nicht, Liv. Ich hatte mir das wohl alles anders vorgestellt.»

«Was meinst du?»

«Ich dachte nicht, dass allein die dreihundert Kilometer von Tromsø nach Alta so anstrengend sein würden. Die Strecke hat mich ausgelaugt. Und ich dachte, Bavval würde bei uns bleiben. Ich komme aus der Stadt … Ich glaube, dass ich mich in der Natur eher unsicher fühle.» Sverre schwieg, schien Atem zu schöpfen, ein Ruck ging durch seinen Körper. «Ich … ich bin ganz anders aufgewachsen als du, Liv. Abgesehen von den Gefahren, sollten wir tatsächlich einem Wolf oder einem Bären begegnen, weiß ich nicht, was ich tun soll. Ich werde Angst haben, wenn ich stark sein muss. Ich werde womöglich feige sein, wenn ich mutig sein sollte.»

«Du hast Angst, bist erschöpft und weißt nicht, wie die Reise weitergeht?»

«Ja.» Er ließ seinen Blick schweifen. «Es ist alles so fremd hier. Die Geräusche in der Nacht, ich kann sie nicht zuordnen. Seit Tromsø habe ich keine Nacht mehr richtig geschlafen.»

Liv schluckte. Sie konnte Sverres Gefühle nur zu einem Teil nachempfinden. Sie fühlte sich wohl in der Natur, geborgen sogar. Außer bei einem Gewitter. Sie kannte die Geräusche der Nacht, knackende Äste, die Schreie der Eulen, die Rufe der Füchse.

«Willst du zurück? Möchtest du zurück nach Hause?»

Sverre überlegte. «Diese Reise ist wichtig für dich. Du brauchst sie, also werde ich dich begleiten. Aber ich bin ein Mann der Literatur, des Wortes und werde dir hier kaum von Nutzen sein.»

«Doch, Sverre, nur mit dir kann ich diese Reise machen!» Liv lächelte ihren Mann an, schickte ihm Energie und Liebe allein durch ihre Blicke. «Du bist es, der mir die Kraft gibt, die ich dazu brauche. Nur mit dir kann ich über alles reden. Und denk an deine Arbeit. Wenn wir erst in einer samischen Sidda sind, was für Geschichten wirst du dort hören! Du wirst der Erste sein, der sie aufschreibt. Du wirst damit berühmt werden. Dein Verlag war begeistert, als du kurz vor unserer Abreise diesen Vorschlag eingebracht hast.» Sie machte eine kleine Pause. «Aber wenn du es gar nicht mehr hier aushältst, kehren wir um. Du bist mir wichtiger als alles andere!»

Sverre lachte ein wenig bitter auf. «Allein wenn ich an die weite Strecke denke, die zwischen uns, Tromsø und damit einem Schiff nach Hause liegt, bleibe ich lieber bei dir.»

«Wir schaffen das, Sverre. Das verspreche ich dir.»

«Wir sind ein Ehepaar. Partner füreinander und für alles», ergänzte Sverre. Er richtete sich ein wenig auf und gab Liv einen Kuss.

Turi hatte inzwischen eine Feuerstelle angelegt. Nun stellte er einen Topf mit Wasser darauf, ließ eine Handvoll Kräuter hineinrieseln.

«Was ist das für ein Trank?», wollte Liv wissen, während sich Sverre erschöpft zurücklegte und die Augen schloss.

«Ein Trank aus Birkenblättern, ein wenig Rinde und noch so allerlei. Gegen das Fieber.»

Liv verstand, dass sie keine weitere Antwort bekommen würde; sie begriff sogar, dass sie nach seinen Geheimnissen gefragt hatte. «Entschuldige, Turi, ich sollte nicht so neugierig sein.»

«Neugier ist eine gute Eigenschaft. Nur die Neugier treibt uns voran. Konntest du mit Sverre sprechen?»

Sie nickte. «Er hat Angst, ist erschöpft und weiß nicht, wie unsere Reise weitergeht.»

«Ich nehme euch mit zu uns», erklärte Turi. «Sverre braucht Ruhe. Er ist zutiefst erschöpft. Seine Genesung kann eine Weile dauern. Hast du ihn nach seinen Füßen gefragt? Ich wette, sie tun ihm sehr weh, denn er ist es nicht gewohnt, so weit und so lange zu laufen. Zieh ihm die Schuhe aus und sieh nach.»

Liv schnürte die festen knöchelhohen Stiefel auf und erschrak vor dem Gestank, der von Sverres Füßen ausging. Als sie die Strümpfe langsam herunterschob und schließlich auszog, wurde der Gestank noch stärker. Beim Anblick seiner bloßen Füße musste sie einen Aufschrei unterdrücken. Die Fersen waren bis aufs Blut aufgescheuert, an der Fußsohle fand sie Blasen, die eiterten. Und die Zehen waren unnatürlich gekrümmt, rot und wund.

«Sverre, warum hast du nichts gesagt?», flüsterte sie.

Sverre stöhnte auf, versuchte, die Zehen zu bewegen. «Ich wollte nicht als Schwächling dastehen.»

Turi reichte Liv ein Fläschchen mit Tropfen. «Das ist ein Kamillensud. Tauche dein Tuch ins Wasser, träufele ein paar Tropfen darauf und verbinde damit Sverres Füße.»

Liv folgte Turis Anweisungen, doch als sie alles getan hatte, konnte sie plötzlich nicht mehr. Auch sie war zutiefst erschöpft, allein die Sorge um Sverre hatte ihre letzten Kräfte geweckt. Aber nun war er in Sicherheit, jetzt konnte sie aufatmen. Sie war so müde, sie würde sich gern hinlegen und schlafen.

«Sollen wir hier unser Nachtlager aufschlagen?», fragte sie hoffnungsvoll.

Turi betrachtete den Himmel, an dem die Dämmerung stand. «Nein, wir sollten so schnell wie möglich zurück zu meiner Sidda. Sverre braucht Ruhe.» Er sah sie an. «Und du auch. Wir fahren, wenn ich den Trank fertig habe.»

Eine Stunde später trank Sverre den Kräutersud und verzog das Gesicht dabei.

Liv lachte. «Schmeckt er nicht?»

«Ich glaube, ich habe nie etwas Ekligeres getrunken, das außerdem noch so bitter schmeckt.»

Turi lächelte. «Sei gewiss, es hilft.»

Liv breitete die Felle und Schlafsäcke auf dem Wagen aus, und gemeinsam hoben sie Sverre hinauf. Er hatte selbst gehen wollen, aber Turi hatte es verboten.

«Du bist krank und erschöpft, deine Füße sehen verheerend aus. Lass dir helfen.»

Und dann begannen die Rentiere zu ziehen, und Liv, die neben Sverre lag und seine Hand hielt, schloss die Augen. Sie waren noch keinen Kilometer gefahren, da sank sie in tiefen Schlaf.

Als sie bei Turis Sidda ankamen, war es bereits Morgen, und die Sonne kletterte auf ihrer unsichtbaren Leiter dem Himmel entgegen. Verwirrt erwachte Liv und schaute sich um. Die Frau, die sie so freundlich empfangen hatte, reichte ihr eine Hand und half ihr beim Aussteigen. Sie führte sie zu einer Kote, half ihr hinein und bedeutete ihr, sich hinzulegen. Aber Liv musste erst wissen, was mit Sverre geschah. Zwei Männer, einer davon der Schamane, hoben ihn vom Wagen, trugen ihn zum Rundzelt und legten ihn neben Liv. Er schlief so tief, dass er von alldem nichts mitbekam.

Der Schamane kniete neben Sverres Lager, beobachtete eine Weile seinen Schlaf. Dann hob er wieder seine Lider, berührte seine Stirn, fühlte nach seinem Puls. Er hatte eine Hasenpfote in der Hand, die er vorsichtig unter Sverres Kopfkissen schob. «Das Fieber ist gesunken, aber er ist noch lange nicht gesund. Die Hasenpfote soll ihn kräftigen.»

Er wickelte Livs Tuch von Sverres Füßen, ersetzte es durch neue Tücher und bestrich sie mit dem Sud und mit Honig. «Auch Honig hat eine heilende Wirkung. Besonders bei solchen Wunden», erklärte er und hüllte Sverres Füße vorsichtig ein.

«Schlaft jetzt. Schlaft alle beide. Schlaf heilt.»

«Turi, ich danke dir von Herzen», sagte Liv. «Ich danke, danke, danke dir.»

«Es ist selbstverständlich zu helfen.» Dann verließ er die Kote, und sogleich war auch Liv eingeschlafen.

Sie träumte heftig, doch als sie erneut erwachte, konnte sie sich an nichts mehr erinnern. Nur ein Gefühl war geblieben, und es war ein beunruhigendes Gefühl. Sie drehte sich um und sah, dass Sverre die Augen geöffnet hatte.

«Wie geht es dir?», fragte sie leise.

«Besser. Viel besser. Nur meine Füße schmerzen noch. Ich würde am liebsten aufstehen, aber das geht wohl nicht.»

«Turi hat es verboten», erklärte sie ihm. «Er hat Honig und Kamillensud auf deine Wunden gestrichen. Nun brauchst du Geduld.»

Sie wollte noch mehr sagen, wollte sich bei ihm entschuldigen, ihn fragen, ob sie nicht doch den Heimweg antreten wollten, da war er schon wieder eingeschlafen.

Liv erhob sich, fühlte sich erfrischt, obwohl in ihren Knochen noch immer eine gewisse Müdigkeit lag. Sie verließ die Kote und sah sich um. Auf der Hochebene standen acht Koten in einem Kreis, der um eine große Feuerstelle gezogen war. Liv blickte sich um, sah vor sich und hinter sich Berge. Manche bewaldet und grün, andere schroff und felsig. Turi hatte ihr erklärt, dass sie nahe der Gegend waren, in der Finnland, Norwegen und Schweden zusammenstießen, im Kernland der Rentierzüchter, unweit der kleinen Stadt Kautokeino. Die nächste Siedlung danach lag schon in Finnland.

Vor einer Kote saß eine Frau und bestickte einen Kittel. Mehrere Kinder rannten herum und jagten einander mit großem Lärm. Die Feuerstelle war von drei Frauen umringt, von denen eine in einem riesigen Topf rührte, während eine andere Möhren klein schnitt. Ein herrlicher Duft lag in der Luft, und Liv merkte, wie hungrig sie war. In der Ferne hörte sie Hufgetrappel, entdeckte eine riesige Herde von Rentieren und hörte ihr lautes Röhren.

«Na, hast du gut geschlafen?»

Liv hatte nicht mitbekommen, dass eine junge Frau mit einem Säugling auf der Hüfte zu ihr getreten war. «Hast du ausgeschlafen?», fragte sie freundlich und auf Norwegisch.

«Ja, danke.»

«Und jetzt bist du sicher hungrig. Warte, ich hole dir etwas.» Sie drückte Liv den Säugling in den Arm, und Liv hielt ihn sorgsam, so wie sie vor Jahren ihre Nichte Marie gehalten hatte. Und schon kam die junge Frau mit einem Teller zurück, auf dem frisch gebackenes, herrlich duftendes Brot lag, dazu ein Schüsselchen Quark und ein Becher mit Kräutertee.

«Ich heiße übrigens Rauni», sagte die junge Frau, ließ sich neben Liv im Gras nieder und ließ ihr Kind krabbeln.

«Liv», sagte Liv. «Wie kommt es, dass du meine Sprache sprichst?»

«Wir jungen Leute sprechen alle Norwegisch. Wir lernen es in der Schule, die wir im Winter besuchen. Dort ist es uns verboten, Samisch zu reden.»

«Warum ist es verboten?»

«Wir Samen gelten als Wilde. Als faule, versoffene Leute, die nichts anderes tun, als in Lappland umherzuziehen. Wir sind weniger wert als die Norweger oder die Schweden. Und wir sind in den Städten der Norweger und Schweden nicht gern gesehen. Man will uns erziehen, uns das ‹Wilde› austreiben, unsere Kultur und unsere Bräuche vergessen machen. Wir sollen so werden wie alle anderen: in Häusern leben, einer Arbeit nachgehen. Dabei sind die Rentiere unsere Arbeit, und die ist viel schwerer, als so mancher glaubt.»

«Ich bin mit einem Samen aufgewachsen», berichtete Liv. «Er hat davon erzählt, aber ich habe es nie verstanden.»

Die Köchin an der Feuerstelle drehte sich um. «Rauni, sing einen Joik, damit die Männer wissen, dass das Essen bereit ist.»

Rauni nickte, dann legte sie den Kopf leicht zurück und sang eine Melodie, die Liv auf der Stelle tief im Herzen berührte. Es waren keine Worte, die gesungen wurden, sondern Laute. Die Melodie drang in Liv ein und erreichte eine Saite in ihr, die sie nicht kannte. Magisch war dieses Lied, ebenso magisch wie die Trommel des Schamanen. Die Töne schwollen auf und ab, drangen in jede Pore ihres Körpers, füllten sie ganz aus.

Rauni beendete ihren mystischen Gesang. «Wunderst du dich über meinen Joik?», fragte sie.

«Ja. Noch nie zuvor habe ich eine ähnlich intensive Musik gehört.»

«Wir joiken zu jedem Anlass. Es ist unsere Art, und ich kann sie nicht erklären. Aber auch mir dringt die Musik in die Seele.» Sie lachte kurz auf. «Vielleicht ist das Joiken eine Art Seelenmusik, die ohne Worte auskommt. Natürlich singen wir auch manchmal einzelne Worte oder sogar kurze Sätze, aber den Hauptteil bestreiten immer die Laute. Doch nun lass uns essen.»

Die Frauen setzten sich im Kreis um die Feuerstelle,

verteilten hölzerne Schüsseln und Löffel, die mit herrlichen Schnitzereien versehen waren. Dann wurde das Brot herumgereicht, und als die Männer dazukamen, setzte sich ein jeder zu seinem Weib und ließ sich die Schüssel füllen.

Liv hatte schon öfter Rentierfleisch gegessen, doch dieser Eintopf schmeckte ihr so gut, wie ihr lange nichts mehr geschmeckt hatte. Nach dem Essen bedankte sie sich. Die Männer standen auf und gingen zurück an ihre Arbeit. Liv wollte fragen, ob sie auch für Sverre einen Teller mit Eintopf bekommen könnte, da reichte ihr Rauni schon ein Holzbrett mit einer Schüssel, einem Löffel, einem Stück Brot und einem Becher mit bitterem Sud.

«Herzlich willkommen bei uns», sagte sie. «Ich hoffe, ihr genießt unsere Gastfreundschaft und seid bald wieder bei Kräften.» Sie verbeugte sich leicht vor Liv, und Liv dankte ihr und dachte, dass auch ihr Leben so hätte aussehen können.

KAPITEL 21

Einen ganzen Tag hatte sie frei, unverhofft. Es war ein wunderschöner Sommertag mit blauem Himmel und einer sanften Brise, die vom Meer herüberwehte. Lucia wünschte, sie könnte sich darüber freuen, aber das tat sie nicht. Immer wieder dachte sie an die Kündigung, die sie als Bestrafung empfand – und doch konnte sie deshalb nicht wütend auf Bjarni sein. Sicher hätte sie an seiner Stelle genauso gehandelt.

Sie lief in ihrem Haus herum wie ein gefangenes Tier. Marie war heute bei ihr geblieben und nicht zu Runi gegangen, denn ihre Mutter war ja zu Hause. Morgens beim Frühstück hatte sich die Kleine gewundert, weil Lucia so viel Zeit hatte.

«Mama, gehst du nicht in die Fischfabrik?», hatte sie gefragt.

«Nein, ich arbeite dort nicht mehr. Du kannst heute hier spielen.»

Marie verstand nicht die Bedeutung dieser Nachricht. Also griff sie sich ihre Puppe, legte sie in einen kleinen hölzernen Wagen, den sie zu Weihnachten bekommen hatte, und spielte draußen auf der Wiese.

Lucia wusch das Frühstücksgeschirr ab, kehrte den Boden, schüttelte die gewebten Teppiche aus, wienerte die Möbel mit Bienenwachs. Dann wusch sie ein wenig

Wäsche und hängte sie auf die Leine, die neben dem Häuschen zwischen zwei Birken gespannt war. Als sie fertig war, hatte gerade die Mittagsstunde angefangen. Sie schmierte für Marie und sich ein paar Brote, die sie mit Braunkäse belegte, und dann … ja, dann wusste sie nicht weiter. Sie musste sich eine neue Arbeit suchen, doch was sollte sie tun, wenn sie nicht in die Fabrik gehen konnte? Es gab sonst keine Arbeit auf der Insel. Gunhild von der Handelsstation hatte einen Gehilfen und ihren Mann, am Hafen wurden nur Männer beschäftigt. Also blieb ihr nur, Daunenfedern von den Entenzüchtern zu kaufen und damit Kissen und Decken zu stopfen, doch sie hasste diese Arbeit. Sie konnte weben, wie alle Frauen auf Smøla. Niemand würde ihre Teppiche und Wandbilder kaufen. Sie setzte sich draußen auf die Bank, beobachtete ihre kleine Tochter und überlegte, wie es mit ihr und Marie weitergehen sollte. Sie konnte zurück in die Stadt gehen und dort arbeiten. Sie würde sicher etwas finden. Doch was sollte sie in der Zeit mit Marie machen? Ein paar Ersparnisse hatte sie noch, dazu die zwanzig Gulden von Bjarni. Das Geld würde eine Weile reichen, löste aber nicht ihr dringendstes Problem.

Sie sah Fria den Weg am Meer zu ihrem Haus entlanglaufen und ging ihr ein Stück entgegen.

«Na, wie geht es dir heute?», fragte die Wirtin freundlich.

«Ich weiß nicht so recht. Alle machen mich glauben, ich hätte gerade mein ganzes Leben in den Sand gesetzt, dabei denke ich noch immer, dass ich richtig gehandelt habe. Auch wenn ich dadurch meine Anstellung verloren habe.»

«Bjarni hat dich rausgeworfen?»

«Nicht direkt. Er wollte mich wieder in der Fischhalle beschäftigen, aber dort wäre ich Jehan jeden Tag begegnet. Also bin ich von selbst gegangen, und Bjarni schien darüber nicht allzu traurig zu sein.»

Fria setzte sich auf die kleine rote Bank vor Merettes Haus, auf der Lucia schon zuvor gesessen hatte, und klopfte auf den Platz neben sich. «Ich verstehe dich, Lucia. Besser, als du vielleicht denkst. Jehan hätte dich nicht so überrumpeln dürfen, als wäre er sich deiner Meinung sicher.»

Lucia nickte. Es tat gut, einen Menschen zu haben, der sie verstand.

«Liv hätte genauso gehandelt, das kannst du mir getrost glauben.» Fria lachte ein wenig und tätschelte Lucias Arm. «Wenn du willst, kannst du bei mir kochen. Seit der Same weg ist, stehe ich selbst in der Küche. Ehrlich gesagt strengt mich das sehr an. Ich wäre froh über eine Hilfe. Du könntest abends gegen sechs Uhr kommen, das Essen kochen und dich gegen neun, wenn alle gegessen haben, wieder auf den Heimweg machen. Ich kann dir nicht viel zahlen. Drei Gulden im Monat und dazu freie Mahlzeiten für dich und Marie. Bei Feiern und Festen zahle ich natürlich extra. Was meinst du dazu?»

Drei Gulden. Damit würde sie nicht auskommen, aber es war besser als nichts. «Abgemacht. Wann soll ich anfangen?»

«Wenn du willst, gleich heute.»

«Dann bin ich um sechs im Guesthuset.»

Fria nickte. Es war alles gesagt. Also erhob sie sich. «Du kannst Marie natürlich mitbringen, aber das weißt du sicher. Ich bin immer froh, die Kleine zu sehen.»

Eine kleine Last fiel von Lucias Schultern. Bjarni würde sie dort sehen, und das würde sicher nicht einfach werden, Jehan verirrte sich jedoch selten ins Guesthuset, was kein Wunder war, denn die, die immer dort waren, waren viel älter als er.

Sie blieb noch eine Weile sitzen, sah Marie beim Spielen zu, und es gelang ihr sogar, ein wenig die Sonne zu genießen, die sich warm wie eine leichte Decke auf ihr Gesicht legte, während der leise Wind ihre Wangen streichelte.

Sie musste ein wenig gedöst haben. Schritte schreckten sie auf. Sie öffnete die Augen, beschirmte sie mit den Händen gegen die Sonne. Bjarni stand vor ihr. Ihn hatte sie zuallerletzt erwartet.

«Was willst du hier?», fragte sie nicht gerade freundlich.

«Dies und das. Darf ich mich setzen?»

«Wenn es sein muss.»

Bjarni nahm neben Lucia Platz, aber zwischen ihnen blieb ein gehöriger Abstand. Jeder saß an einem Rand der kleinen Bank.

«Schön hast du es hier. Ich glaube, seit Merettes Tod war ich nicht mehr da.»

«Bist du zum Plaudern gekommen?»

«Nein. Ich wollte dir nur sagen, dass mein Ärger verraucht ist. Du weißt, ich kann nicht lange im Unfrieden mit jemandem leben. Und schon gar nicht mit dir, die ich dich seit deiner Kindheit kenne. Liv und du, ihr wart immer ein wenig auch meine Töchter.»

«Das sagst du oft, handelst du auch danach?»

«Deshalb bin ich hier. Um dir zu sagen, dass ich dir nicht mehr böse bin. Schwamm drüber und in Zukunft kein Wort mehr davon.» Er strahlte sie an. «Du darfst wieder zurück ins Büro kommen. Na, was sagst du?»

Lucia hätte einiges dazu zu sagen. Nämlich, dass er sie nicht so herablassend behandeln sollte, da sie ja wohl nichts falsch gemacht hatte und im Übrigen auch nicht auf seine Gnade angewiesen war. Doch das alles schluckte sie hinunter, weil sie sowieso wusste, dass er sie nicht verstand, und sie nicht noch Öl ins lodernde Feuer gießen wollte.

«Danke, Bjarni», erwiderte sie deshalb nur. «Ich habe bereits eine neue Arbeit gefunden.»

«Was?» Bjarni schaute so verdutzt, dass Lucia sich das Lachen verkneifen musste. «Wo denn?»

«Ich bin die neue Köchin im Guesthuset.»

«Wirklich?» Er wirkte ehrlich verblüfft.

«Ja. Seit der Same weg ist, gibt es keinen Koch mehr. Und für Fria wird die viele Arbeit langsam zu schwer. Sie ist auch nicht mehr die Jüngste.»

«Ich wette, du verdienst dort viel weniger als bei mir. Du solltest dir das noch einmal gut überlegen.»

«Ich habe Fria bereits zugesagt. Aber ich danke dir, Bjarni. Und jetzt muss ich mich um Marie kümmern.» Sie erhob sich, sodass auch Bjarni gezwungen war aufzustehen.

Sie rief Marie ins Haus, um sich auf ihre neue Arbeit

vorzubereiten. Sie flocht ihren Zopf neu, strich über ihr Kleid, wusch Marie Gesicht und Hände, dann begab sie sich ins Guesthuset.

Am übernächsten Tag war sie gerade dabei, die Kissen für den Winter mit neuen Federn aufzufüllen. Marie spielte draußen, malte mit einem Stock Muster in den erdigen Boden. Lucia nahm sich vor, Fria am Abend zu fragen, ob sie noch die Buntstifte aus Livs Kindheit hatte und sie nicht an Marie weitergeben könnte. Sie hätte auch ein paar Stifte in der Handelsstation kaufen können, wollte aber jede Krone sparen.

Sie bewunderte die neu gestopften Kissen, weiß und fest, als sie Bjarni erneut den Weg zu ihrem Haus heraufkommen sah. Mit verschränkten Armen trat sie vor die Tür.

«Na, bist du wieder zum Plaudern gekommen?»

Bjarni ließ sich schwer atmend auf die Bank fallen, holte ein Taschentuch hervor und wischte sich über die Stirn. Es war ein warmer Tag heute. Ein richtiger Sommertag, wie es sich für August gehörte. Doch Lucia hatte bemerkt, dass die Schwalben niedrig flogen, also würde es wahrscheinlich noch ein Gewitter geben.

«Hast du ein Glas Wasser für mich?», fragte Bjarni.

«Aber ja.» Sie eilte ins Haus, holte das Gewünschte.

Bjarni trank in großen Schlucken, dann klopfte er auf den freien Platz neben sich. «Willst du dich nicht für einen Moment zu mir setzen?»

Lucia tat ihm den Gefallen und achtete auch heute auf einen gehörigen Abstand. Dann blickten beide eine kleine Weile Richtung Meer und sahen den Wellen zu, die über das Ufer schwappten. Endlich hielt es Lucia nicht mehr aus. «Was willst du? Du bist doch nicht zum Schwatzen gekommen.»

«Doch», beteuerte Bjarni, «ich wollte mich erkundigen, wie es dir bei Fria im Guesthuset gefällt.»

«Du hast mich jetzt schon zwei Abende dort gesehen. Was hattest du denn für einen Eindruck?», fragte Lucia, die sich bemüht hatte, die ganze Zeit gute Laune zu verbreiten.

«Darum geht es nicht. Wissen will ich, was sie dir bietet, was du in der Fischfabrik nicht hast.»

«Ich muss Jehan nicht sehen», erklärte sie leise, aber geradeheraus.

«Ich dachte, du magst ihn», klagte Bjarni.

«Das tue ich auch.»

«Dann komm zurück.»

Lucia zog die Unterlippe zwischen die Zähne und kaute darauf herum. «Weißt du, Bjarni, ich habe nichts falsch gemacht. Jehan hat mich überfahren, mich vor vollendete Tatsachen gestellt.»

«Das weiß ich doch längst.»

«Ja, aber ich glaube nicht, dass du es verstanden hast. Ich bin eine erwachsene Frau mit einer Vergangenheit. Die Fehler von früher werde ich nicht noch einmal machen. Ich verlange von jemandem, der vorgibt, mich zu lieben, dass er mich achtet und respektiert. Das bedeutet auch, dass er alle Angelegenheiten, die uns beide betreffen, mit mir bespricht. Und es bedeutet, dass meine Meinung ebenso zählt wie seine.»

Bjarni seufzte. «Du bist nachtragend», warf er ihr vor.

«Jehan hat einen Fehler gemacht. Gut. Das tut jeder hin und wieder. Warum vergibst du ihm nicht?»

Lucia lachte ein wenig auf. «Hat er dich etwa geschickt?»

«Nein, hat er nicht.» Bjarni klang beinahe ein wenig beleidigt.

«Aha. Also weiß er nicht einmal, dass du hier bist.»

«Der Junge hat den Kopf voll. Ich will ihn nicht noch mehr belasten.»

«Bjarni, auch das meine ich. Du hängst dich in Angelegenheiten hinein, die dich nichts angehen.»

«Wieso?», tat Bjarni entrüstet. «Ich versuche nur, dich zurück in unsere Fabrik zu holen.»

Sie stand auf. «Ich werde bei Fria bleiben. Es macht mir Spaß dort.»

Bjarni blieb sitzen. «Und wenn … ich meine … falls Jehan kommen würde, was wäre dann? Würdest du mit ihm reden?»

«Probiere es aus, Bjarni.»

Mit diesen Worten ließ sie ihn sitzen und ging zurück ins Haus. Wenn Jehan käme. Ja, was wäre dann? Würde sie ihm verzeihen? Natürlich würde sie das, aber nur, wenn sie sicher sein konnte, dass er ihr zukünftig mit Respekt und Achtung begegnete.

KAPITEL 22

Der Tag leuchtete. Anders konnte Liv es nicht beschreiben. Die Sonne umgab das Gras und Gesträuch mit einem goldenen Schimmer. Der Himmel spannte sich so blau wie ein Mariengewand in die Höhe. Sanft wie eine Liebkosung strich der Wind über das Gesicht. Aber das Wichtigste für sie war, dass Sverre wieder gesund werden würde. Sein Fieber war weiter gesunken, er hatte in der Nacht ruhig geschlafen, während Liv auf die Geräusche gehört hatte. Auf Sverres Atmen, das Schnauben der Rentiere, das Knistern des Feuers, auf den Regen, der auf die Zeltwände trommelte. Jetzt saß sie mit den anderen Frauen draußen in der Nähe der Feuerstelle.

«Was kann ich tun, wie kann ich helfen?», hatte sie gefragt.

«Setz dich einfach zu uns und erzähle, was ein norwegisches Ehepaar so tief in Lappland macht.»

«Ich suche meine Eltern», gab Liv frei zu und erzählte, wie sie vor fünfundzwanzig Jahren am Luciatag auf der Schwelle des Guesthuset ausgesetzt worden war. «Ich hatte eine wunderbare Kindheit», berichtete sie. «Fria und der Same, der als Koch bei Fria arbeitete, haben gut für mich gesorgt. Sie haben mich geliebt und behütet und sogar unterstützt, als ich in Christiania studiert habe.»

«Du hast studiert?» Rauni riss überrascht die Augen auf.

«Ja. Mithilfe der Inselbewohner von Smøla.»

Sie erzählte von ihren Raben, von Fridtjof Nansen, von der Hauptstadt, bis Rauni sie unterbrach. «Aber was hat das alles mit Lappland zu tun? Hier findest du nur im Sommer ein paar Raben. Im Winter werden es bis zu vierzig Grad unter null. Ich habe schon Vögel gefroren vom Himmel fallen sehen.»

«Die Forschung ist nicht der Hauptgrund für die Reise, sondern meine Herkunft. Im Übrigen mache ich mir jeden Tag Notizen, die ich nach unserer Rückkehr auswerten muss. Ich habe die Pflanzen studiert, habe die Vogelwelt genau betrachtet. Doch in erster Linie geht es darum, meine Sidda zu finden. Als wir auf Smøla gefunden worden waren – nicht nur ich wurde auf eine Türschwelle gelegt, sondern auch Lucia, meine Schwester –, trugen wir Kittel mit samischen Stickereien und kleine Hosen, die mit Rentierfell gefüttert waren.»

Die Frauen starrten sie an. «Dann bist du am Ende eine von uns?», fragte Rauni.

Liv zuckte mit den Schultern.

«Was waren das für Stickereien?»

«Wartet, ich habe den kleinen Kittel bei mir.» Liv erhob sich und verschwand in der Kote. Sverre schlief immer noch tief, und sie bemühte sich, keinen Lärm zu machen, um ihn nicht aufzuwecken. Sie zog den Kittel aus ihrem Rucksack und ging zurück zu den Frauen.

«Hier ist er.» Sie reichte ihn Rauni. Die runzelte die Stirn und gab ihn schweigend an ihre Nachbarin.

«Ich kenne das Muster, ich habe es schon gesehen. Die

Sidda besteht aus Rentierzüchtern, Genaueres kann ich dir leider nicht sagen.»

Die Frau reichte den Kittel ebenfalls weiter. Nun hielt sich eine dritte Samin die Stickereien ganz dicht vor die Augen. Dann stupste sie eine vierte an und sagte: «Du kannst lesen und schreiben. Was ist das da für ein Buchstabe? Ist es überhaupt ein Buchstabe?»

«Es ist ein M, denke ich», antwortete die Angesprochene.

Sie reichte den Kittel an Rauni zurück, die ihn Liv zurückgab.

«Ein M? Was bedeutet das?» Livs Neugierde war geweckt. Sie hatte bis jetzt nur kleine gestickte Rentiere gesehen.

«Nun, es heißt, dass der Name der Sidda mit M beginnt.»

«Kennt ihr vielleicht so eine Sidda? Oder vielleicht sogar mehrere?»

«Möll», fiel Rauni ein. «Die Sidda Möll. Aber das sind Küstensamen, die sich mit Fischfang und Robbenjagd befassen.»

Die anderen wichen plötzlich ihrem Blick aus, taten, als wären sie von ihren Tätigkeiten gänzlich in Anspruch genommen. Liv nahm das mit Erstaunen wahr.

«Ihr wisst etwas», sagte sie. «Aber ihr wollt mir nicht sagen, was es ist.»

Die Frauen schwiegen.

«Habe ich nicht ein Recht darauf zu erfahren, wer meine Familie ist?»

Die Frauen sagten noch immer kein Wort.

«Bitte! Was ist mit dieser Sidda? Seid ihr im Streit mit ihnen?»

Endlich blickte Rauni auf. «Es gibt solche und solche Siddas», erklärte sie. «Unsere ist friedlich. Wir suchen keinen Streit, stehlen anderen keine Rentiere, haben keinen Ärger mit den Norwegern. Wir bezahlen unsere Pacht, wenn wir auf eine Weide kommen. Es gibt keine Schlägereien.»

«Aha. Und meine Sidda ist anders?» Liv bemerkte gar nicht, dass sie von «meiner» Sidda gesprochen hatte.

«Wir haben nicht viel mit ihnen zu tun, wir halten uns fern.» Erneut senkte Rauni den Blick.

Eine der anderen Frauen erhob sich. «Ich hole Wasser am Bach», sagte sie, nahm sich zwei Eimer und machte sich auf den Weg. Auch die anderen standen auf. Rauni, die am Vortag Quark aus Rentiermilch zubereitet hatte, konzentrierte sich wieder auf ihre Arbeit. Sie presste das Wasser aus dem Quark und rührte ihn um. Eine andere Samin begann, Zwiebeln zu schälen, und eine dritte nahm sich ein Messer und schnitzte Muster in einen neu gebauten Schlitten.

Liv blieb sitzen, fühlte sich ausgeschlossen. Ihre Sidda war also eine, die Unruhe stiftete. Eine, die von den anderen vielleicht sogar gemieden wurde. Von Streit hatten sie gesprochen, von Diebstahl und von Schlägereien. Liv fühlte sich wie eine Aussätzige, wie eine, die nicht länger die Gastfreundschaft in Anspruch nehmen durfte.

Sie stand auf. Verwirrt und traurig. Wie sollte sie mit dieser Situation, mit diesen Andeutungen umgehen? Sverre, sie brauchte Sverre, sein Verständnis, seine Wärme.

Leise betrat sie ihre Kote und sah erleichtert, dass er wach war. Er war auch nicht mehr so blass wie in den Tagen zuvor, die dunklen Schatten unter seinen Augen waren heller geworden, die Lippen nicht mehr so blutleer.

Sie setzte sich neben ihn und erzählte, was sie gerade erlebt hatte. «Wir müssen hier weg. So bald wie möglich», beendete sie ihre Rede.

«Gib mir noch ein wenig Zeit, damit meine Füße heilen können», bat Sverre. «Dann bin ich wieder völlig gesund.» Er nahm ihre Hand. «Ich verstehe, dass du verwirrt bist. Aber wir sollten uns kein Urteil bilden, bevor wir deine Sidda gefunden haben. Wir werden uns eine eigene Meinung bilden. Schon bald, Liv. Hab noch ein wenig Geduld.»

Am Abend, als die Männer und Frauen um das Feuer herumsaßen und die Kinder in der Nähe spielten, wagte Liv es noch einmal, sich dazuzusetzen. Mulmig war ihr zumute, und richtig – ihre Nachbarinnen rückten ein Stück von ihr ab, während alle anderen versuchten, ihrem Blick nicht zu begegnen. Liv fasste sich ein Herz.

«Ich stamme womöglich von einer Sidda ab, mit der ihr nichts zu tun haben wollt. Bedenkt aber bitte, dass ich meine Sidda nicht kenne. Sobald Sverre wieder auf den Beinen ist, ziehen wir weiter. Aber es wäre gut, wenn ich etwas mehr über meine Familie wüsste.»

Sie blickte in die Runde, erkannte den Schamanen. Er nickte ihr zu.

«Die Frauen haben uns erzählt, was vorgefallen ist. Die Sidda, zu der die Stickereien gehören, heißt Märak.»

«Märak?», fragte Liv verblüfft nach. «Märak wie Bavval Märak?»

Jetzt waren die Samen überrascht. «Du kennst Bavval Märak?»

Liv nickte. «Er war der Same, der mich zusammen mit Fria großgezogen hat, der ein Vater war für mich.» Sie runzelte die Stirn. «Warum hat er mir das nicht gesagt? Warum hat er verschwiegen, dass ich aus seiner Sidda stamme?»

Rauni neben ihr räusperte sich. «Seine Sidda hat ihn verbannt. Das ist eine große Schande. Vielleicht hat er sich geschämt.»

«Was hat er getan?», wollte Liv wissen und dachte an die Begegnungen unterwegs, an das Raunen und Tuscheln und daran, was Bavval preisgegeben hatte – und was nicht.

«Er hat jemanden getötet», erklärte der Schamane.

«Getötet? Nein. Nein, das kann nicht sein. Das ist ein Irrtum. Bavval kann keiner Fliege etwas zuleide tun.» Liv schüttelte vehement den Kopf, doch der Schamane hielt ihrem Blick stand. «Wen? Warum? Wann?» Liv ließ nicht locker, obschon sie sah, dass nicht einmal der Schamane weitersprechen wollte. «Das muss aus Notwehr geschehen sein. Anders kann ich es mir nicht vorstellen.»

«Die Märaks sind eine eher kleine Sidda, die in Alta ansässig ist. Sie haben nur eine kleine Herde. Sie hatten immer zu tun, um über die Runden zu kommen. Eine andere Sidda hat die Märaks beschuldigt, ihnen Rentiere gestohlen zu haben. Die Märaks haben es abgestritten, doch niemand hat ihnen geglaubt. So kam es zum Krieg zwischen diesen beiden Siddas, der wohl bis heute andauert.»

«Und Bavval? Was hat er getan?»

Der Schamane warf eine Handvoll Kräuter ins Feuer. Ein würziger Duft stieg auf, und Liv hatte den Eindruck, gleich viel besser atmen zu können. Tief sog sie die duftende Luft ein und merkte, dass sie sich allmählich beruhigte. Ihr Herz galoppierte nicht mehr wie ein wildes Ren in ihrer Brust, und auch ihr Atem wurde ruhiger.

«Bitte», bat sie noch einmal. «Bitte erzählt mir endlich, was es mit den Märaks auf sich hat.»

«Na gut, Liv», begann der Schamane. «Aber bedenke, dass alles, was ich dir jetzt erzähle, vor langer, langer Zeit geschah und dass ich nicht selbst dabei war. Wir alle kennen diese Geschichte nur vom Hörensagen.»

Liv nickte, setzte sich aufrecht hin und hörte Turi mit bangem Herzen zu.

«Also, vor vielen, vielen Jahren, in einem strengen Winter, war es so kalt, dass zahlreiche Rentiere verhungerten. Es gab kein Gras, keine Flechten, nichts. Und wenn die Rentiere sterben, dann haben die Rentierzüchter nichts, was sie verkaufen können, und leiden ebenfalls große Not. Die Märaks traf es damals besonders schlimm. Sie verloren etliche Tiere an die Kälte, und dann wurden ihnen obendrein noch einige gestohlen. Ein junges Mädchen war in dieser Nacht zusammen mit seinem Bruder eingeteilt, die restlichen Tiere zu bewachen. Aber das Mädchen schlief ein. Erst durch die Diebe wurde es wieder wach.»

«Das ist alles?», fragte Liv verblüfft.

«Das ist viel», wies der Schamane sie zurecht. «Denn die Rentiere brauchten sie zum Überleben. Ein Diebstahl wiegt schwer. Sehr schwer.»

«Weil er das Leben einer ganzen Sidda vernichten kann?»

Turi nickte. «Das Wichtigste, was wir Samen haben, ist die Familie. Und die Rentiere. Wir müssen gut für sie sorgen, sie sind uns anvertraut, sind ein wichtiger Teil unseres Lebens, das heißt, die Märaks besaßen nichts mehr. Keine Ehre, keine Rentiere. Sie drohten zu verhungern. Also stahlen sie Tiere von anderen Herden.»

«Was verständlich ist, sie wollten ja leben», wandte Liv ein. Sie war aufgewühlt und voller Mitleid mit der Sidda, die vom Unglück so schwer getroffen worden war. «Warum haben die anderen Siddas nicht geholfen?»

«Natürlich wollten sie leben. Aber sie waren zu Dieben geworden, hatten ihre Ehre verloren.»

«Aber doch nur aus Notwehr.»

«Wir Samen haben nicht viel, worauf wir stolz sein können. Deshalb ist uns die Ehre umso wichtiger, Liv. Niemand wollte mehr etwas mit den Märaks zu tun haben. Und dann gab es da noch einen weiteren Vorfall.»

Liv hing an Turis Lippen, hin- und hergerissen zwischen ihrem Bedürfnis, noch mehr zu erfahren, und einer düsteren Ahnung, die langsam in ihr hochkroch. Und doch bat sie den Schamanen nicht innezuhalten.

«Was war noch passiert?»

Der Schamane schüttelte den Kopf. «Darüber werde ich nicht sprechen, weil ich so viele Varianten davon gehört habe und nicht weiß, welche die richtige ist. Aber du kannst sicher sein, dass es ein schwerwiegendes Ereignis war, das die Sidda noch weiter in den Abgrund gezogen hat. Ich habe dir alles erzählt, was ich weiß. Dein Mann und du seid uns trotzdem willkommen.»

Liv erhob sich, dankte Turi für seine Worte und floh fast die Feuerstelle und den Samen. In ihrem Kopf schwirrten die Gedanken wie in einem Ameisenhaufen. Sie musste allein sein. Sie entfernte sich vom Feuer, hörte noch, wie Rauni ihr nachrief, nicht zu weit wegzugehen.

Sie lief ein paar Meter nur, dann ließ sie sich auf einen großen Stein fallen, stützte die Ellenbogen auf die Knie, und plötzlich verstand sie, warum Bavval in all den Jahren auf Smøla nichts über sich erzählt hatte. Es ging um die Ehre. Er hatte nie über seine Familie gesprochen, und irgendwann hatte sie ihn auch nicht mehr danach gefragt. Sie hörte, wie das Feuer gelöscht wurde, hörte, wie die anderen in ihren Koten verschwanden, sah vier Männer, die in dieser Nacht eingeteilt waren, um die Rentiere zu bewachen, und langsam die Herde umkreisten.

Auch in dieser Nacht warf die Mitternachtssonne ihr diffuses Licht auf die Landschaft, hüllte sie ein, sodass sie Liv erschien wie aus einem Märchenbuch. Doch jeden Tag kam die Dunkelheit näher, und in drei Monaten würde die Sonne ganz verschwunden sein. Nebel stieg vom Boden auf, waberte um ihre Füße, die sie schon bald nicht mehr erkennen konnte. Der Himmel leuchtete in einem dunklen Violett, das mit orangefarbigen Stellen durchsetzt war. Der Wind hatte sich gelegt, nicht einmal das kleinste Lüftchen streifte ihre Wange.

Hatte Bavval geschwiegen, weil es um die Ehre ging? Und warum hatte er sich in Alta von ihnen getrennt? Wollte er nicht, dass sie ihre Familie fand, weil die Sidda in Ungnade gefallen war? Sie verstand ihn und verstand ihn doch nicht. Bavval und sie und Lucia waren miteinander verwandt. Hatte sie sich ihm deshalb schon immer so verbunden gefühlt?

Sie musste ihn finden. Bavval und ihre Familie!

KAPITEL 23

Wie soll es weitergehen mit euch?», fragte Fria eines Abends, als Lucia in der Küche stand und in einem großen Topf den Braunkäse rührte.

«Wen meinst du?», fragte Lucia, ohne ihre Arbeit zu unterbrechen.

Fria rollte mit den Augen. «Jehan und dich meine ich. Wen denn sonst?»

«Ich weiß es nicht.»

«Machst du dir etwa keine Gedanken darüber?»

Fria ließ sich auf einen Küchenschemel fallen. Die letzten Gäste waren gerade gegangen, gleich würde der Käse fertig sein, würde Lucia ihn in die Formen gießen, in denen er während der Nacht fest wurde. Das Geschirr war bereits abgewaschen, stand wieder sauber in den Schränken. Die kupfernen Töpfe waren gescheuert und blinkten an dem Gestell, das von der Decke hing.

«Du brauchst eine richtige Arbeit, die dich und Marie ernährt», erklärte Fria und seufzte.

«Ich brauche nicht viel», warf Lucia ein.

Da platzte Fria der Kragen. «Herrgott, Mädchen, jetzt rede doch endlich mit mir. Ich bin alt, meine Knochen schmerzen, der Rücken bringt mich um. Ich warte nicht darauf, dass Liv wiederkommt und das Guesthuset übernimmt, aber ich würde mich freuen, wenn du es tätest.»

«Was sagst du da?» Vor lauter Überraschung ließ Lucia den Löffel in die Käsemasse sinken. «Du willst, dass ich dir das Guesthuset abkaufe?»

«Aber nein. Ich will nur, dass du es übernimmst. Nicht gleich, aber bald. Würdest du?»

In Lucias Herz ging ein Licht auf. Sie könnte auf der Insel bleiben, müsste nicht zurück in die Stadt und in einer Fabrik arbeiten. Fria hatte gut gelebt von ihrem Guesthuset. Sie trug Kleider aus feinem Tuch. Im Winter hatte sie Stiefel an den Füßen. Die Gastwirtschaft war vollständig eingerichtet. Sie würde keine Not leiden, hätte tagsüber genügend Zeit für Marie. Ein Glückstreffer. Aber warum war sie nicht glücklich?

«Das kommt ein bisschen plötzlich», gab sie zu. «Ich muss darüber nachdenken.»

Fria warf die Hände in die Höhe. «Ich hätte früher vor Freude getanzt, wenn mir jemand so ein Angebot gemacht hätte. Aber du musst darüber ‹nachdenken›.» Sie erhob sich. «Na gut, dann denke. Aber ich verstehe euch junge Frauen nicht. Die eine musste unbedingt studieren und tut nichts anderes, als ihre Raben zu beobachten. Als ob das eine Arbeit wäre. Und die andere muss erst einmal ‹nachdenken›. Herr im Himmel!»

Mit diesen Worten verließ sie die Küche, und Lucia blickte sich um, als hätte sie die Küche noch nie gesehen. Alles war sauber und ordentlich. Die Messer waren frisch geschärft, über dem Fenster hingen Sträuße mit getrockneten Kräutern. Der Schankraum selbst war erst vor zwei Jahren neu mit Kalk geweißt worden, die Fenster waren dicht, die Dielen glänzten frisch gewachst. Das Guesthuset stand gut da. Mehr als gut. Als Wirtin wäre sie so etwas wie der Mittelpunkt der Gemeinde. Alle würden zu ihr kommen. Sie wäre nie allein. Nie allein. Nie allein …

In dieser Nacht lag Lucia lange schlaflos im Bett und dachte über Frias Angebot nach. Es war so verlockend. Die Fischfabrik könnte ihr gestohlen bleiben. Bjarni und Jehan könnten ihr gestohlen bleiben. Sie hätte ein sicheres Auskommen. War es das, was sie gewollt hatte? Das Leben richtete sich nicht immer nach den Plänen der Menschen, das wusste sie längst. Doch wenn sie Fria zusagte, wäre das eine Entscheidung für den Rest ihres Lebens. Zumindest für die nächsten Jahre. Sie war gern mit anderen zusammen, ja sie brauchte die Begegnung mit den anderen. Und sie kochte und buk gern. Das hatte sie schon immer getan. Und wenn sie sparsam war, könnte sie Fria vielleicht sogar eines Tages das ganze Haus abkaufen. Die Schankwirtschaft. Wollte Fria eine Pacht für die Wirtschaft haben und Miete für die Wohnräume? Gewiss. Sie hatte gar nicht nach der Höhe gefragt. Im Augenblick wohnte nur Fria in diesem Gebäude. Würde sie die Räume aufgeben? Vielleicht dann, wenn Liv und Sverre zurückkamen? Würden sie auch die Gaststätte haben wollen, weil sie den Platz selbst benötigten? Vielleicht für Arbeitszimmer, ein Labor, Kinderzimmer? Sie musste unbedingt noch einmal mit Fria sprechen, bevor sie sich entschied.

Den ganzen nächsten Tag dachte sie weiter über Frias Angebot nach. Und je länger sie das tat, umso verlockender erschien es ihr. Sie wäre ihr eigener Herr. Es war keine Schande, als Wirtin alleinstehend zu sein. Sie konnte die Speisekarte erweitern. Sie konnte Veranstaltungen organisieren. Der Samstag war ein Tag, an dem nichts Besonderes geschah. Die Leute kamen von der Arbeit nach Hause, und am nächsten Tag stand nur der Kirchgang an. Sie könnte jemanden bitten, die Fidel zu spielen, und könnte Tanzabende veranstalten. Das würde nicht nur den jungen Leuten auf Smøla gefallen. Ihre Gedanken sprangen hin und her, produzierten immer neue Einfälle, und als sie sich am Abend auf den Weg zum Guesthuset machte, schien es ihr beinahe, als ginge sie nach Hause.

«Und? Hast du ‹nachgedacht›?», wollte Fria wissen, als Lucia sich die Schürze umband und ein paar Holzscheite im Herd nachlegte.

«Ja, habe ich. Ich würde dein Angebot gern annehmen, wenn die Pacht nicht gar so hoch ist. Und ich würde einiges verändern. Tanzabende veranstalten, vielleicht einen Spielewettstreit ins Leben rufen. Ich möchte das Guesthuset noch mehr zum Mittelpunkt des Dorfes machen. Doch was geschieht, wenn Liv und Sverre zurückkommen?»

Fria ließ sich auf den Küchenschemel fallen. «Um Liv und Sverre musst du dir keine Gedanken machen. Sie werden ihr eigenes Haus haben. Doch bis es so weit ist, werden sie hier leben. Du hast ja Merettes Haus. Das dürfte also kein Problem sein.»

«Und du wirst auch hier leben», fügte Lucia an.

Fria lächelte, dann schüttelte sie langsam den Kopf. «Nein. Meine Zeit hier geht zu Ende. Zum Jahresende ziehe ich aus.»

Lucia riss die Augen auf. «Was? Wohin denn?»

Wieder lächelte Fria. «Das musst du noch nicht wissen. Das weiß noch keiner.»

«Wirst du auf Smøla bleiben?»

«Wer weiß? Es ist noch nicht an der Zeit, ein paar vage Ideen als Pläne zu offenbaren.»

Lucia schoss ein Gedanke durch den Kopf, der mit dem Lehrer Arni zu tun hatte, doch sie hielt den Mund. Fria würde ihr schon erzählen, was sie vorhatte, wenn es so weit war.

«Wie viel willst du haben als Pacht? An was hast du gedacht für die Einrichtung, die Küche, die Vorräte?»

«Die Pacht würde ich dir für das erste Jahr erlassen. Und dann hätte ich gern drei Gulden im Monat.»

«Das ist nicht viel», stellte Lucia fest.

«Du bist ja auch nicht irgendwer. Du gehörst zur Familie. Die Einrichtung, tja, die kann ich dir nicht umsonst überlassen. Dafür hätte ich gern hundert Gulden, und das ist noch geschenkt. Du kannst in Raten zahlen.»

Kurz überschlug Lucia, wie viel Geld in ihrem Sparstrumpf steckte. Etwas mehr als vierzig Gulden.

«Ich könnte zwanzig Gulden sofort anzahlen.»

«Das wäre mir recht.»

«Wenn ich dir monatlich fünf Gulden zahle, hätte ich meine Schulden in weniger als eineinhalb Jahren bezahlt.»

Fria winkte ab. «Nimm dir Zeit. Du wirst einige Ausgaben haben. Für die Schanklizenz, für die Steuer, für Einkäufe. Es ist nie verkehrt, noch ein wenig Geld für Unvorhergesehenes zu haben.»

Lucia nickte nachdenklich. «Hilfst du mir in der ersten Zeit? Ich habe ja noch nie ein Guesthuset geführt, weiß zum Beispiel gar nicht, welche Bestellungen notwendig sind.»

«Ich denke, wir können bis zum Ende des Jahres zusammenarbeiten. Ich bringe dir alles bei, was du wissen musst.» Nachdenklich betrachtete sie Lucia. «Du bist dann unabhängig, nur dir allein verpflichtet. Manchen macht das Angst.»

«Ich bin auch allein für Marie verantwortlich. Und ich habe mich daran gewöhnt.» Lucia blickte zu Boden. «Unabhängig zu sein bedeutet mir viel.» Sie schwieg eine Minute, dann fuhr sie fort: «Ich danke dir sehr, Fria. Mit deinem Angebot hast du mir die Freiheit geschenkt. Ich muss nie wieder von einem Mann abhängig sein. Lasse hätte mich verhungern lassen. Das kann mir niemals wieder passieren.»

Lucia brach besonders zeitig zur Handelsstation auf. Die Sonne war gerade aufgegangen, aber frühes Aufstehen hatte sie noch nie gestört. Heute würde sie ihren ersten Einkauf für das Guesthuset allein erledigen. Gestern hatte sie gemeinsam mit Fria die Liste zusammengestellt, die ging sie in Gedanken noch einmal durch. Gunhild gähnte mit offenem Mund, als Lucia das Geschäft betrat.

«Der frühe Vogel fängt den Wurm», sagte Gunhild. «Was machst du um diese Zeit hier? Erwartest du eine Sendung?»

Lucia schüttelte den Kopf. «Ich kaufe für das Guesthuset ein.»

«Für Frias Wirtschaft? Wie kommt das denn? Ist sie krank?»

«Gesund und munter. Ich helfe ihr nur.» Lucia hatte Fria gebeten, noch ein wenig über ihre Abmachung zu schweigen.

«Was darf es denn sein?»

«Was kostet der Aquavit diese Woche?»

«Elf Kronen die Flasche.»

«Und wenn ich zehn Flaschen nehme?»

«Dann auch.»

«Willst du mir keinen Rabatt geben? Sagen wir, zehn Kronen, wenn ich zehn Flaschen nehme?»

Gunhild runzelte die Stirn. «Wir sind der einzige Laden hier. Was willst du machen, wenn ich dir keinen Rabatt gebe?»

Lucia zuckte mit den Schultern. «Nun, wie du vielleicht weißt, habe ich gute Kontakte nach Christiania. Dort kostet der Aquavit nur acht Kronen. Ich könnte ihn mir dort bestellen und mit dem Schiff, das den Klippfisch aufkauft, schicken lassen. Gleich einen ganzen Jahresvorrat.» Lucia hatte nicht vor, Edvard zu bitten, ihr Aquavit zu liefern, als kleine Drohung fand sie diese Idee aber nicht schlecht.

«Niemand bekommt bei mir Rabatt», erklärte Gunhild und verschränkte die Arme vor der Brust.

«Dann eben nicht. Dann gib mir nur einen Kaffee, den ich hier trinken kann.» Sie faltete ihre Liste zusammen und steckte sie in ihre Rocktasche, doch so, dass Gunhild es sah. Sie setzte sich an einen Tisch und nahm sich die Zeitung vor, die das Postschiff gestern mitgebracht hatte.

Nach einer Weile brachte Gunhild ihr den Kaffee. «Was wolltest du noch kaufen?», fragte sie.

«Mehl und Zucker und jede Menge Kartoffeln. Dazu noch Hopfen und Malz für das Bier, einen neuen Kupfertopf, einen Ballen Tuchstoff, um daraus Tischdecken zu nähen, ein Dutzend Flaschen Essigwasser, Öl zum Braten, Öl für die Lampen. Ein hölzernes Butterfass, damit wir unsere Butter in Zukunft selbst machen können, ein ganzes Kilo Kaffee und noch ein paar andere Kleinigkeiten.» Lucia hob die Zeitung, um damit anzudeuten, dass sie nicht länger gestört werden wollte.

«Und wenn ich dir nun Rabatt gebe?»

Lucia ließ die Zeitung sinken. «Auf alles?»

«Auf den Aquavit.»

Lucia faltete die Zeitung zusammen und legte die Unterarme auf den Tisch. «Du bist eine Geschäftsfrau, und ich bin eine Geschäftsfrau, wenn ich für das Guesthuset einkaufe. Wir beide wissen, dass gute Geschäftsleute dort einkaufen, wo sie am meisten für ihr Geld bekommen.»

Gunhild seufzte. «Also gut. Acht Prozent auf alles.»

«Zwölf.»

«Neun.»

Lucia schwieg.

«Also gut, ich gebe dir zehn Prozent, aber keine Krone mehr.»

Lucia reichte Gunhild die Hand. «Abgemacht.»

In diesem Augenblick ging die Tür auf, und Jehan trat ein. Er sah Lucia, nickte kurz, dann verlangte er ein Päckchen Tabak und einen Kaffee. Er kam zu ihr an den Tisch, setzte sich.

«Soll das jetzt mit uns immer so sein?», wollte er wissen.

«Was denn?», fragte Lucia zurück.

«Dass du mir ausweichst, dass wir nicht miteinander sprechen, sondern so tun, als wären wir uns fremd.»

Lucia wusste nicht, was sie darauf erwidern sollte. Sie mochte Jehan noch immer. Sehr sogar. Sie war nicht mehr wütend auf ihn, und es hatte sogar schon Augenblicke gegeben, in denen sie ihr Verhalten bereut hatte.

«Komm zurück in die Fabrik», bat Jehan. «Du fehlst. Alles ist durcheinander. Die Ordner liegen verstreut, das Kassenbuch ist voll, die Bleistifte sind abgebrochen, die Pflanze auf deinem Fensterbrett ist eingegangen.»

Lucia schüttelte den Kopf. «Nein, Jehan. Ich habe andere Pläne.» Sie hob bedauernd die Schultern.

«Gehst du weg von hier?» Beinahe atemlos hatte Jehan die Worte hervorgebracht. Er war sogar etwas blass geworden.

«Wäre das verwunderlich?» Lucia wusste selbst nicht, was sie da gerade ritt.

«Das wäre … ähem. Das wäre … deine Sache», antwortete Jehan schließlich. Lucia wartete darauf, dass er sein Bedauern ausdrückte, aber das tat er nicht. Sie trank den letzten Schluck Kaffee und erhob sich. «Ich muss weiter. War schön, dich getroffen zu haben.» Sie spürte Jehans Blick in ihrem Rücken, als sie zurück zur Ladentheke ging. Es war ein heißer Blick, der ihr ein Loch ins Kleid zu brennen schien.

Sie zog noch einmal ihre Liste aus der Tasche, erledigte ihre Einkäufe und nickte Jehan zum Abschied zu.

Sie brachte die Sachen mit einem Handwagen ins Guesthuset und rief nach Fria.

«Ab sofort bekommen wir zehn Prozent Rabatt auf alle unsere Einkäufe», erzählte sie stolz.

«Du hast mit Gunhild gehandelt? Tatsächlich?»

«Ja, das habe ich. Warum hast du das nie getan?»

Fria zuckte mit den Schultern. «Wir kennen uns, seit wir Kinder waren. Wir haben zusammen gespielt. Am Anfang, als ich das Guesthuset eröffnet und bei ihr eingekauft habe, hat sie mir hin und wieder etwas zugesteckt. Ein Stück Speck, ein Körbchen Moltebeeren. Dann haben die Geschenke nachgelassen, und schließlich hat sie sie ganz eingestellt. Ich hätte gleich zu Anfang mit ihr handeln müssen, aber damals konnte ich das noch nicht.» Sie lachte. «Macht nichts, schließlich will Gunhild auch leben.»

«Da mache ich mir keine Sorgen», bemerkte Lucia. «Ihr Bauch wird jedenfalls immer dicker.»

«War noch etwas? Du siehst ein wenig verstört aus.»

«Ich habe Jehan getroffen», erklärte Lucia. «Wir haben kurz miteinander geredet, und ich musste an die wunderschöne Zeit denken, als wir zusammen waren. Es hat wehgetan, mit ihm zu sprechen, als wären wir einander fremd.»

Fria seufzte. «Du hast ihn vor der ganzen Insel bloßgestellt, hast ihm einen Korb gegeben. So etwas vergisst kein Mann. Ich wundere mich, dass er überhaupt noch mit dir spricht.»

KAPITEL 24

Sverres Genesung gestaltete sich schwerer, als Turi und Liv vermutet hatten. Am Abend hatte er wieder hohes Fieber, dem Liv mit nassen, kühlen Tüchern zu Leibe rücken musste. Zwei weitere Wochen fieberte er, und Liv wäre vor Angst verrückt geworden, hätte sie die anderen Frauen nicht gehabt. Eines Abends – Sverre ging es besonders schlecht, er glühte, hatte keinen Appetit und verweigerte sogar das Wasser – schlug Turi am Feuer wieder die Trommel. Zwei andere Männer hatten Sverre auf einer Decke aus der Kote gebracht und ihn ins Gras gelegt. Nicht zu nahe an der Feuerstelle, damit das Fieber nicht noch weiter stieg, und nicht zu weit entfernt, damit er die Trommel, die für ihn geschlagen wurde, gut hören konnte. Liv saß neben ihm, hielt seine Hand, strich mit dem Zeigefinger über seinen Handrücken.

Turi begann zu schlagen. Die anderen Samen schlossen die Augen, wiegten sich im Rhythmus der Trommel. Rauni stand als Erste auf. Sie hob die Arme in die Luft und tanzte. Aber so, wie Liv es noch nie gesehen hatte. Sie bog den Oberkörper weit nach hinten, streckte die Arme in die Luft, dann krümmte sie sich, bewegte sich wie eine Schlange. Ihr ganzer Körper war in Bewegung. Die anderen stampften im Takt der Trommel, zwei andere Frauen erhoben sich, tanzten mit Rauni. Livs Herz passte sich dem Schlag der Trommeln an. Sie hörte jeden Ton, und bald schon hatte sie die Töne verinnerlicht, war selbst zu einem Ton geworden. Sie spürte nicht die Kühle der Nacht, nicht mehr Sverres Hand. Sie spürte nur die Töne, die ihr tief unter die Haut drangen. Als die Trommel abbrach, erwachte sie wie aus einem langen Schlaf. Turi war zu Sverre getreten. Er massierte seine Schläfen, öffnete sein Hemd, sodass die Brust frei lag. Turi ließ seine Hände über Sverres Herzen schweben, und Liv sah, wie Sverre zu zucken begann.

«Was ist los? Was ist mit ihm?», fragte sie angstvoll.

«Ein böser Geist hat ihn in Besitz genommen. Ich hoffe, die Trommel hat ihn vertrieben.»

Liv glaubte nicht an böse Geister, aber sie schloss auch nicht aus, dass sie existierten. Die Samen hatten ihr gezeigt, dass es mehr gab zwischen Himmel und Erde, als ein Mensch hören, sehen und fühlen konnte.

Turi machte zwei Männern ein Zeichen, und diese brachten Sverre zurück in die Kote. «Ich denke, ihr müsst noch rund zwei Wochen bei uns bleiben», erklärte Turi. «Aber spätestens Anfang September müsst ihr aufbrechen, wenn ihr die Märak-Sidda treffen wollt. Fällt der erste Schnee, kommen die ersten Herbststürme, ist eure Reise zu gefährlich.»

Liv schluckte. «Wir wollten eigentlich vor dem Winter wieder zurück nach Hause.»

Turi schüttelte den Kopf. «Dazu kann ich euch nicht raten. Nicht, wenn du deine Sidda finden willst.»

Liv seufzte. «Ich werde das tun, was für Sverre das Beste ist.»

«Er braucht noch viel Ruhe. Ich bezweifle, dass er den langen Weg nach Smøla schafft. Es wäre gut, er hätte den Winter, um sich ganz zu erholen.»

Liv nutzte die Zeit. Sie lernte von Rauni die kunstvollen Stickereien. Sie war in Handarbeiten nie gut gewesen, aber hier gab sie sich die größte Mühe. Sie lernte, Kittel und Hosen mit Rentierfell zu füttern, sie holte Wasser vom Bach, sie bewachte den großen Topf mit dem Essen. Sie lernte, wie man Holz bog, um daraus Schlittenkufen zu machen, sie flickte Zeltbahnen, sammelte Brennholz und Moltebeeren, half, aus Rentiermilch Käse zu machen, lernte, wie man in der freien Natur Brot backte.

Die Arbeiten machten ihr Spaß, und sie lernte auch den Tagesablauf der Männer kennen. Sie alle wachten sehr früh auf, noch vor dem Sonnenaufgang. Dann entfachten die Frauen das Feuer und kochten Kaffee, schnitten Brot, reichten Quark herum. War das Brot alle, gab es Grütze aus Haferflocken mit Rentiermilch und Trockenfleisch. Danach machten sich die Männer an die Arbeit. Sie führten ihre Tiere zu guten Weideplätzen und reparierten ihre Ausrüstungen, während die Tiere fraßen. Ein Joik rief sie zum Mittagessen, das meist aus einem Eintopf mit Rentierfleisch bestand, dazu gab es Moltebeeren, die die Frauen gesammelt hatten. Nach einer Pause kümmerten sich die Männer weiter um ihre Herde, achteten darauf, dass die Herde zusammenblieb, schauten nach Verletzungen, beobachteten die Mütter mit ihren Kälbern, bis ein weiterer Joik die Männer zurück ans Feuer rief zu einem Abendessen aus Rentierfleisch, zu dem es Kartoffeln und selten einmal Gemüse gab.

Am Ende des Tages saßen alle am Lagerfeuer. Sogar Sverre schaffte es allmählich, für eine Stunde sein Bett zu verlassen und sich mit den anderen ans Lagerfeuer zu setzen. Es gab immer jemanden, der eine Geschichte erzählte. Und seit die Samen wussten, dass Sverre an einem Buch über ihre Sagen und Mythen arbeitete, übertrafen sie sich am Abend mit dem Erzählen. Eine Erzählung gefiel Liv ganz besonders, die Geschichte der Sonnengöttin Bealvi, von ihr hatte bereits der Same erzählt. Bealvi war eine mächtige und strahlende Göttin, die nicht nur von der Turi-Sidda sehr verehrt wurde. Sie sorgte dafür, dass die Pflanzen wuchsen und die Tiere sich vermehrten. Aber sie war auch eine Kriegerin, eine, die sich der Dunkelheit und dem Bösen entgegenstellte. Sie war die Göttin der Harmonie und kontrollierte den Lauf der Sonne. Sie beeinflusste das Wetter und die Natur.

Rauni hatte ihnen schon viel von Bealvi erzählt. Sie war ihre liebste Gottheit, und sie verehrte sie aus ganzem Herzen. Liv hatte fast immer mitgeschrieben und ihre Notizen an Sverre weitergegeben, aber nun war er immer öfter selbst dabei, wenn die Geschichten erzählt wurden – und er lauschte so gespannt wie Liv.

«Im Winter», erzählte Rauni, «feierten die Samen ein Fest für Bealvi: Sie schmückten ihre Koten mit Tannenzweigen und versammelten sich um ein großes Feuer. Dort sangen sie Lieder zu Ehren der Göttin. Jeden Tag stieg diese über den Horizont und brachte den Menschen das Licht, Wärme und Leben, doch vor langer Zeit, als die Welt noch jung war, herrschte Dunkelheit über dem Land der Samen. Die Menschen lebten in ständiger Kälte und

Finsternis, ohne Hoffnung auf Licht und Wärme. Die Pflanzen wuchsen nicht, es wurden nur wenige Kinder und Rentiere geboren. Die Samen sehnten sich nach einem Zeichen der Hoffnung, das ihnen den Weg aus der Dunkelheit zeigen sollte. Eines Tages erschien Bealvi auf der Erde und erfüllte mit ihrer strahlenden Schönheit und ihrem Licht die Herzen der Menschen mit Freude und Wärme. Die Samen erkannten in ihr die Verkörperung des Lichtes und der Lebenskraft. Bealvi begann ihren Kampf gegen die Dunkelheit. Sie stieg jeden Morgen am Horizont empor und erhellte die Welt mit goldenem Schein. Die Menschen jubelten und feierten, als sie die ersten Sonnenstrahlen sahen. Sie wussten, dass Bealvi gekommen war, um ihnen die Hoffnung und das Glück zu bringen. Doch die Dunkelheit gab nicht so leicht auf. Jeden Abend kämpfte Bealvi gegen die Schatten und die Kälte, um das Licht zu bewahren. Sie kämpfte stark und mutig gegen die Dunkelheit, die das Licht verschlang, und eines Tages kam ihr ein Hirtenmädchen zu Hilfe. Sie setzte sich einfach auf eine Wiese unter einen Baum und sang einen Joik, der Bealvi pries. Sie sang die ganze Nacht lang und vertrieb damit die Dunkelheit. Sie sang den gesamten Sommer lang, und so entstand die Mitternachtssonne. Im Winter aber sang das Mädchen nicht. Es saß auch auf keiner Wiese mehr, sondern stapfte mit seinen Tieren durch den Schnee und die Kälte. Bealvi versuchte jeden Tag, am Horizont aufzusteigen, doch sie hatte die Verbindung zu den Menschen verloren. Erst im Frühjahr, als das Mädchen wieder zu singen begann, stieg sie hoch und höher am Horizont empor und blieb den ganzen Sommer dort.»

Rauni hatte einen kleinen Tempel für Bealvi gebaut. Sie hatte einen Stein gesucht, ihn geschrubbt und bekränzte ihn jeden Tag mit den Blüten der Hochebene. Einmal nahm sie Liv beiseite.

«Möchtest du Kinder haben?», fragte sie.

«Ja», erwiderte Liv. «Aber noch nicht gleich. Vielleicht im nächsten Sommer.»

«Dann bitte Bealvi darum», empfahl Rauni. «Sie ist auch die Göttin des Lebens. Mir hat sie schon ein Kind geschenkt. Jetzt bitte ich sie um ein weiteres.»

«Und wie machst du das?», wollte Liv wissen.

«Ich bringe ihr Blumen und Beeren. Ich singe für sie.»

«Ich habe dich noch nie singen gehört.»

«Ich singe in Gedanken. Bealvi hört mich trotzdem.»

«Und was singst du?», fragte Liv.

«Einen Joik mit immer denselben Worten. Sie lauten: ‹Bealvi, bitte schenk mir noch ein Kind.› Du musst es auch probieren.»

Gemeinsam setzten sie sich vor den Stein, der zu leuchten schien.

«Leg deine Hand darauf», bat Rauni.

Liv spürte die Wärme des Steins. Sie streichelte seine Oberfläche, und ihr kam es so vor, als wäre er mit Leben erfüllt. Er beruhigte ihre Gedanken. Sie blickte zu Rauni und erkannte in deren Augen, dass sie dasselbe empfand. Dann schloss Rauni ihre Augen, legte beide Hände auf ihre Brust und begann, leise zu summen. Und Liv tat es ihr nach. Sie summte in Gedanken, formulierte einzelne Worte und fühlte sich wie von der Sonne gewärmt. Nein, sie war Wissenschaftlerin, sie glaubte nicht an Gott oder

Gottheiten, tief in ihrem Inneren spürte sie aber eine große Sehnsucht danach zu glauben, zu vertrauen, Nicht-Fassbarem zuzuhören!

Liv genoss die Zeit im Lager der Turi-Sidda und war erstaunt darüber, wie wenig sie vermisste, und doch war sie sehr froh, als sie im September endlich aufbrechen konnten.

Sverre war wieder gesund, wenn auch schmal geworden, und noch immer war er schnell außer Atem. Turi gab ihnen einen Beutel mit Kräutern mit, dazu eine Salbe und ein Pulver. Rauni umarmte Liv und flüsterte ihr ins Ohr, dass sie sie vermissen würde. Auch die anderen Frauen umarmten Liv. Die Männer schlugen ihnen auf die Schulter und gaben gute Wünsche mit. Liv und Sverre wussten, dass sie diese Menschen, mit denen sie beinahe zwei Monate gelebt hatten, nie wiedersehen würden.

Der Schamane hatte ihnen eine Karte gezeichnet. «Die Samen verlassen die Sommerweiden», sagte er. «Sie ziehen zurück in Richtung Alta. Dort gehen die Kinder der Rentierzüchter im Winter zur Schule. Am besten lauft ihr so zurück, wie ihr gekommen seid.»

Und dann, als sie schon ein paar Meter gegangen waren, sang Rauni einen Joik, und die anderen fielen ein. Eine Gänsehaut überzog Livs Körper. Sie würde ihr Leben lang an Raunis Gesänge denken.

Sie liefen jeden Tag, so weit Sverre die Füße trugen. Sie trafen andere Siddas, und jedes Mal, wenn in der Ferne Rentiere sichtbar wurden, glaubte Liv, jetzt ganz bestimmt ihre Familie gefunden zu haben. Die Mitternachtssonne war verschwunden, die Tage und Nächte wurden dunkler. Der Wind frischte auf, heulte so manche Nacht um ihre Kote, und eines Tages wachten sie auf und sahen, dass die Wiese mit Raureif überzogen war.

Und dann kam der erste Herbststurm. Dunkle Wolken ballten sich am Himmel zusammen, der Wind frischte noch stärker auf. Turi hatte ihnen gezeigt, unter welchen Bäumen sie Schutz vor Wind und Wetter fanden, und Liv achtete darauf, die Kote im Windschatten von Bäumen aufzubauen. Sie wusste so viel mehr, hatte von den Samen so vieles erfahren, auch dass man die Windrichtung am Moosbewuchs eines Baumes erkennen konnte. Sie hatte gelernt, den Himmel zu lesen, wusste, was geschah, wenn die Tiere sich weiter in den Wald zurückzogen, erkannte essbare Pflanzen und Kräuter. Sverre bewunderte immer wieder, wie sicher sich seine Frau in der Natur bewegte.

Liv spürte, dass sich auch ihr Inneres veränderte. So sehr, dass sie nicht mehr wusste, wo sie eigentlich hingehörte. Sie war keine Norwegerin mehr, aber sie war auch keine Samin. Sie schwebte irgendwo dazwischen und fühlte sich nicht ganz wohl dabei. Sie dachte oft an Fria, die keine Kinder hatte, Liv aber angenommen hatte wie ihr Kind. Sie dachte daran, wie wichtig die Familie für die Samen war, nicht nur die engste Familie, sondern die Sidda. Seit ihr das bewusst geworden war, verstand Liv noch weniger, warum Lucia und sie in fremde Hände gegeben worden waren. Sie dachte an Lucia und hätte so gern gewusst, wie es ihr und Marie ging. Wie schon so oft schickte sie ihre Gedanken und ihre Liebe Richtung Smøla.

«Was ist mit dir?», fragte Sverre. «Du bist so still in letzter Zeit. Langsam mache ich mir Sorgen.»

«Ich weiß nicht mehr, wer ich bin», gab Liv leise zu. «Ich weiß nicht, ob mein bisheriges Leben eine Lüge war.»

Sverre blieb stehen, nahm ihre Worte wahr, die Unsicherheit in ihren Augen und glaubte sogar, ein wenig Angst zu erkennen. Er zog sie in seine Arme, strich ihr übers Haar. «Liebste, es ist egal, woher du kommst und wem du dich zugehörig fühlst. Ein Mensch kann mehr als nur eine Heimat haben. Sieh mich an. Ich fühle mich auf Smøla zu Hause. Aber das tue ich auch in Stavanger und sogar ein wenig in Christiania. Doch hauptsächlich bin ich bei dir zu Hause. Weil ich dich liebe. Du gibst mir Heimat.»

«Auch du bist mir Heimat, Sverre, aber im Unterschied zu dir weiß ich nicht, wo meine Wurzeln liegen. Sicher wäre ich ein ganz anderer Mensch, wenn ich hier aufgewachsen wäre. Unter Samen. Ich komme mir so vor, als hätte ich mir meine norwegische Kindheit und Jugend und womöglich sogar mein Studium gestohlen. Als Samin hätte ich niemals studieren können.»

«Du hast nichts gestohlen, Liv, du wurdest ausgesetzt.»

«Trotzdem fühlt es sich so an.»

«Liebste, was warst du bisher? Ich meine, bevor wir nach Lappland aufgebrochen sind?»

«Ich war ein Inselkind und eine Wissenschaftlerin, die Schwester von Lucia und die Tochter von Fria. Ich war deine Frau.»

«Und was hat sich jetzt daran geändert? Du bist noch

immer ein Kind von Smøla, noch immer eine Wissenschaftlerin, Lucias Schwester und Frias Tochter. Und nicht zuletzt meine Frau.»

Liv seufzte. «Du verstehst das nicht. Ich fühle mich so zerrissen, gehöre weder hierhin noch dorthin.» Sie blickte in seine Augen. «Wir müssen meine Sidda finden. Erst dann kann ich mein eigenes Leben beginnen. Mit dir ein Haus bauen, Kinder bekommen.»

«Du hast recht, ich kann mir nicht vorstellen, wie du dich fühlst, aber ich bin hier, an deiner Seite, und das werde ich immer sein. Wenn du also ins Straucheln gerätst, dann stütze dich auf mich. Immer.» Er küsste sanft ihre Lippen, und Liv schmiegte sich an seine Brust. Ja, hier könnte sie zu Hause sein. Noch nicht. Aber hoffentlich bald.

Sie liefen und liefen jeden Tag viele Stunden. Manchmal machten sie in einem kleinen Dorf halt, füllten ihre Vorräte auf. Es war kalt geworden, in der Nacht herrschte bereits Frost, und am Tag bedeckten dunkle Wolken den Himmel.

Und dann fing es an zu schneien. Der Wind hatte tagsüber aufgefrischt, durchdrang Jacke, Mütze, Schal, Handschuhe. Die Schritte wurden schwerer und schwerer, Liv schaffte es keinen Meter weiter.

«Lass uns heute schon früher das Lager aufschlagen. Ich bin vollkommen durchgefroren.»

«Nein, Liv, das können wir uns nicht leisten. Wir müssen, so schnell es geht, nach Alta gelangen. Dort in der Nähe befinden sich ein paar Winterweiden, hat der Schamane gesagt, dort finden wir die Märak-Sidda.»

Sie wusste, dass er recht hatte, aber nun fingen ihre Zähne an zu klappern. Sverre zog sie an sich, rieb über ihre Arme. «Geht es wieder besser?»

Liv schüttelte den Kopf. «Nein, aber du hast sicher recht. Lass uns weitergehen.»

Sie schleppten sich voran, während der Schnee in dichten, dicken Flocken fiel und schon bald einen weißen Teppich auf den Boden legte. Das Gesicht brannte, der Wind hörte nicht auf zu heulen, kniff in Livs Wangen.

«Ich kann nicht mehr. Alles, was ich will, ist ein warmes Feuer.»

Sverre prüfte den Himmel. «Es sieht nicht so aus, als würde der Schneefall bald enden. Aber wir bleiben hier, versuchen, ein wenig Kraft zu tanken. Bleibt der Schnee morgen liegen, wird der Weg doppelt so anstrengend. Ich denke, es ist an der Zeit, unsere Schneeschuhe auszupacken.»

Sie bauten die Kote auf. Sverre riss ein paar Grassoden aus dem kalten Boden, klopfte den Schnee ab und stopfte damit die Stellen aus, an denen die Zeltbahn auf die Erde traf.

Liv sammelte Holz und suchte nach Steinen für die Feuerstelle. Später saßen sie nah bei den Flammen, die knisterten und Funken sprühten, weil das Holz nicht ganz trocken war. Doch Liv fror noch immer.

«Die Kälte ist mir bis in die Knochen gekrochen», klagte sie.

Sverre hüllte sie in ihren Schlafsack, rieb ihre kalten Hände zwischen seinen, doch es dauerte lange, bis es ihr ein bisschen wärmer geworden war. Schließlich krochen sie in ihre Schlafsäcke, lauschten auf die Geräusche des Waldes und waren beinahe eingeschlafen, als plötzlich ein Geheul angestimmt wurde und gleich darauf andere Tiere einfielen.

«Sverre, hörst du das? Sind das Wölfe?»

«Ja, ich denke schon.»

«Und was machen wir jetzt?» Ihre Stimme zitterte ein wenig. Sie wusste einiges über Wölfe, aber sie waren ganz allein hier in der Wildnis, nur durch eine gewachste Zeltbahn von den Tieren getrennt.

«Nichts. Wir bleiben hier drinnen. Du versuchst jetzt, etwas zu schlafen, und ich hüte das Feuer. Die Wölfe werden uns nichts tun. Und wenn es ganz schlimm kommt, dann haben wir noch immer unser Gewehr.» Er tippte auf die Waffe, die wie immer neben seinem Schlafsack lag.

Liv kuschelte sich in ihren Schlafsack, doch sie schlief nicht. Sie lauschte dem Geheul, und die Angst machte ihre Glieder starr. Sie wusste nicht, wie lange sie dort lag, doch dann knisterte das Feuer und war im Begriff auszugehen. Sverre war eingeschlafen, leise Schnarchtöne drangen durch die Kote.

Vorsichtig, um ihn nicht zu wecken, stand Liv auf, griff sich das Gewehr, fachte das Feuer ein wenig an, soweit es ging, und starrte in die Flammen. Sie musste an Bavval denken. Wer war er? Er war ein anderer gewesen hier oben im Norden. Ein Mann voller Geheimnisse. Ein Mann, der nicht die Wahrheit erzählte, zumindest nicht die ganze. Wie sollte sie ihm gegenübertreten, wenn sie die Märak-Sidda erreichten und er tatsächlich dort war?

Der Same!

Er musste ihre Eltern kennen.

Hatte er sie und Lucia wirklich ihr Leben lang belogen?

KAPITEL 25

Der Oktober war ungemütlich auf Smøla. Das Meer bäumte sich auf, schleuderte seine Wellen gegen die Uferfelsen, riss Sand und Treibholz mit sich. Die Birken bogen sich beinahe bis zum Boden. Wie gut, dass die meisten Häuser mit Grassoden und Birkenrinde bedeckt waren. Beides hielt besser als die Ziegel, die vom Dach der Handelsstation und von Bjarnis Haus fielen. Mit dem Sturm kam der Regen, peitschte gegen die Scheiben, sodass man kaum das Haus verlassen konnte. Die Fischer blieben im Hafen, der Betrieb in der Fabrik wäre ins Stocken geraten, hätte Jehan nicht für Vorräte gesorgt, sodass sie ihren Verpflichtungen Edvard gegenüber nachkommen konnten …

Das alles wusste Lucia, und sie fragte sich insgeheim, warum ihr das Schicksal der Fischfabrik und das, was Jehan sagte und tat, nicht gleichgültig war. Jetzt, wo die Tage kürzer waren und die Füße im Bett nicht mehr warm werden wollten, dachte sie jeden Tag an ihn. Sie hatten wunderbare Stunden zusammen verlebt, wenn sie am Webstuhl gesessen und Jehan ihr zugesehen hatte. Sie hatten über vieles geredet, und Jehan hatte ihr seine Träume offenbart. Es waren keine Träume, die ihn hinaus in die Welt trieben. Er wollte einfach nur ein friedliches Leben mit einer Frau und möglichst vielen Kindern. Und

Lucia hatte dazu nur nicken können, denn eine Familie, eine richtige Familie, das war auch ihr Traum. Und sie hätte auch gern mehr als ein Kind. Mindestens drei oder gar vier. Es gab Momente, in denen sie sich ausgemalt hatte, mit ihm und den Kindern an einem Abendbrottisch zu sitzen. Die Mahlzeiten wären fröhlich gewesen. Sie hätten viel gelacht. Oder die Sonntage. Sie hätte ihren Töchtern die Haare zu wunderbaren Zöpfen geflochten, ihnen helle Kleider angezogen, und so wären sie zur Kirche gegangen. Alle hätten sie gegrüßt. Und danach wären sie zu Fria ins Wirtshaus gezogen, um dort den Sonntagsbraten zu essen. Sie hatte immer gern gearbeitet, und es wäre schön gewesen, sich einige Dinge anzuschaffen. Vielleicht ein neues Sofa, weil das alte schon verschlissen war. Vielleicht eine neue Tracht und Stiefel für den Winter. Dicke Mäntel aus Wollstoff für alle. Und für jedes Kind ein Deckbett aus Eiderdaunen. Stattdessen faltete sie im Guesthuset die frisch gestärkten Tischdecken.

Fria kam stöhnend die Treppe hinab. Sie drückte sich eine Hand in den Rücken und ließ sich seufzend auf einen Stuhl fallen. Sie war blass, das Haar nicht so perfekt frisiert wie sonst.

«Was ist mit dir?», fragte Lucia besorgt. «Soll ich dir einen Kaffee bringen?» Es war Sonntag, in der Küche schmorte der Braten, in den Formen kühlte der Pudding ab.

Fria seufzte. «Ich muss heute nach Veiholmen. Meine Schwester, du weißt, wir verstehen uns nicht so besonders. Es heißt, sie liege im Sterben. Ich muss dorthin und vielleicht für einige Tage bleiben.»

«Dann tu das. Ich komme hier allein zurecht. Du hast mir alles beigebracht, was ich wissen muss.»

Fria griff nach Lucias Hand. «Da ist noch etwas. Du weißt, dass mein Rücken mir Schmerzen bereitet. Der Doktor meint, ich solle meine Arbeit ganz aufgeben. Was sagst du dazu?»

Lucia hob ein wenig die Augenbrauen. «Denkst du denn, dass ich das Guesthuset schon allein führen kann?»

«Ja, du bist so weit.»

«Gut. Dann machen wir das so. Dann werde ich ab sofort schon morgens herkommen, die Einkäufe erledigen, putzen, Bier brauen, Braunkäse machen und mich um den Kräutergarten kümmern.» Sie blickte nachdenklich aus dem Fenster. «Aber was mache ich in dieser Zeit mit Marie? Sie kommt erst im nächsten Jahr in die Schule.»

«Nun, es wäre wohl besser, wenn ihr hier im Haus auch wohnen würdet. So könntest du sie im Auge behalten», schlug Fria vor.

«Aber Liv und Sverre. Sie kommen sicher bald nach Hause.»

«Das sehen wir, wenn es so weit ist. Dein Häuschen ist wunderhübsch. Ein bisschen klein vielleicht, aber für zwei oder drei Personen gerade richtig. Was meinst du?»

«Das ist keine leichte Entscheidung», gab Lucia zu. «Das Häuschen der alten Merette ist für mich ein sicherer Hafen. Es bedeutet Unabhängigkeit. Marie und ich fühlen uns sehr wohl dort.»

«Dann bleib in deinem Häuschen. Aber dazu bekommst du noch die Kammer, die der Same bewohnt hat. Wenn das Wetter zu schlecht ist, kann Marie dort spielen, und du hast einen Ort, an dem du dich ausruhen kannst.»

«Ich muss darüber nachdenken.» Lucia erhob sich.

Fria schüttelte den Kopf. «Immer dieses Nachdenken. Lucia! So schwer ist es doch nicht, eine Entscheidung zu treffen.»

«Ich habe mich schon einmal falsch entschieden», entgegnete Lucia. «Das darf mir nicht noch einmal passieren. Und jetzt muss ich in die Küche. Die Kirchgänger kommen bald.»

Eine halbe Stunde später füllte sich das Guesthuset. Lucia wusste nicht, wer den Brauch des Sonntagsbratens eingeführt hatte, aber sie liebte dieses Zusammensein. Das Essen war fast fertig. Es würde Rinderbraten geben, Kartoffeln und eine dicke Soße. Dazu geraspelte Möhren mit Butter und Petersilie und als Nachtisch einen selbst gemachten Pudding.

Sie eilte in die Küche, servierte das Essen, brachte Bier und Aquavit und für die Frauen und Kinder Heidelbeerlimonade von Früchten, die sie im Sommer selbst gepflückt hatte. Sie räumte die leeren Teller ab, setzte in der Küche Wasser für den Abwasch auf, eilte zurück, um noch mehr Bier und Limonade zu bringen, erhaschte da und dort einen Gesprächsfetzen, und nach zwei Stunden taten ihr die Arme weh von den Biergläsern und Tellern und die Füße vom Umherlaufen. Doch sie war stolz. Es war das erste Mal, dass sie den Sonntagsbraten allein bewältigt hatte. Gut, sie hatte Bjarni die Limonade statt des

Biers hingestellt und bei einer Bestellung die Petersilie auf den Möhren vergessen, aber sonst war alles glattgegangen. Gerade waren die letzten Gäste gegangen, und Lucia hatte drei Stunden Zeit, um alles in Ordnung zu bringen und die Wirtschaft für den Abendbetrieb herzurichten.

Sie erledigte den Abwasch, und Marie half ihr beim Abtrocknen, sie kehrte den Gastraum, wechselte die Tischdecken, steckte ein paar Zweige in die Vasen und ließ sie Marie auf den Tischen verteilen. Dann begab sie sich in den Bierkeller und prüfte, wie viel noch im Fass war. Nicht einmal die Hälfte war noch da, sie würde in der nächsten Woche brauen müssen …

Und dann passierte es. Sie stolperte, das Fass geriet ins Rollen – und klemmte ihren Fuß ein. Schmerz schoss durch Lucias Körper, sodass sie nach Luft schnappen musste. Vor ihren Augen verschwamm der Keller, und sie musste an sich halten, um nicht aufzuschreien. Sie bemühte sich, langsam und gleichmäßig zu atmen, und nach einer kleinen Weile konnte sie wieder klar sehen. Sie rief nach Marie, die oben im Guesthuset spielte. Sie rief und merkte selbst, dass ihre Stimme nicht laut genug klang. «Marie», brüllte sie und musste sich vor Schmerz auf die Unterlippe beißen. Sie hörte das kleine Mädchen die Treppe hinuntertrappeln.

«Mama, was ist?»

«Das Fass ist mir auf den Fuß gerollt, ich kann mich nicht bewegen. Du musst Hilfe holen.»

«Fria?»

«Nein, nicht Fria. Fria ist auf Veiholmen. Einen starken Mann musst du holen. Am besten versuchst du es in der Handelsstation. Kannst du das, Liebes? Kannst du hinlaufen und sagen, dass ich Hilfe brauche?»

«Das kann ich», bestätigte Marie.

«Bleib unterwegs nicht stehen. Renn einfach, so schnell du kannst.»

Das Mädchen trappelte die Treppe wieder nach oben. Für einen Augenblick schien es, als würde Lucia das Bewusstsein verlieren. Ihr Fuß tat so höllisch weh, dass ihr die Tränen in die Augen stiegen. Jede Minute wurde zur Qual, zog sich unendlich in die Länge.

Nach einer ganzen Weile hörte sie, wie oben die Tür geöffnet wurde, wie ein Mann herunterkam und dann noch einer. Sie hielt die Lider geschlossen, weil der Schmerz Blitze vor ihren Augen erscheinen ließ. Zwei Männer waren es, Lucia hörte verschiedene Stimmen. Dann ließ endlich der qualvolle Druck nach, das Fass wurde wieder an seinen Platz gerollt. Jemand packte sie unter den Armen und zog an ihr, dann spürte sie, wie derselbe oder ein anderer sie auf die Arme hob und vorsichtig die Kellertreppe hinaufstieg. Kurz darauf hielt ihr jemand ein Glas mit Wasser an die Lippen, und sie trank gierig einige Schlucke. Sie lag auf dem grünen Samtsofa, das seit Neuestem im Schankraum stand. Jemand hatte ihr ein Kissen unter den Kopf geschoben und auch ihren Fuß auf ein Kissen gebettet. Langsam schlug sie die Augen auf – und blickte direkt in Jehans Gesicht.

«Was machst du nur für Sachen?», fragte er, und sie hörte Besorgnis in seiner Stimme.

«Was ist mit meinem Fuß?», fragte sie.

«Es kann sein, dass er gebrochen ist. Arni holt den Arzt. Kannst du den Fuß bewegen?»

Lucia probierte es, doch das tat so weh, dass sie aufstöhnte.

«Kühlen», fiel Jehan ein, «wir müssen deinen Fuß kühlen, er ist stark geschwollen.»

Lucia versuchte, sich aufzurichten, um ihren Fuß zu betrachten, und was sie sah, erschreckte sie. Der Knöchel war so dick geschwollen wie ein Laib Braunkäse und schimmerte in roten und blauen Tönen.

«Siehst du Blut?», wollte sie wissen.

«Nein. Nur diese monströse Schwellung. Mein Gott, Lucia, wie ist das denn passiert?»

«Genau weiß ich es nicht. Plötzlich bewegte sich das Fass, und ich lag auf dem Boden.»

Marie setzte sich auf die Kante des Sofas, und Lucia nahm ihre Hand. «Das hast du sehr gut gemacht», lobte sie das Kind. «Ich bin stolz auf dich.»

Sie musste wieder für einen Augenblick die Augen schließen, dann ging die Tür auf, und Runi kam herein. Sie schlug die Hände über dem Kopf zusammen. «O Gott, o Gott», jammerte sie und strich zart über Lucias Wange. «Hast du große Schmerzen?»

«Es geht», gab Lucia zu. «Könntest du Marie vielleicht mit zu dir nehmen? Ich kann mich nicht bewegen. Morgen wird alles wieder besser sein.»

«Natürlich nehme ich Marie. Sie kann so lange bei uns bleiben, wie sie möchte. Sie ist schließlich unsere Enkelin.»

Lucia versuchte zu lächeln, doch es wurde nur eine schmerzhafte Grimasse. «Runi, ich danke dir.»

«Kann ich sonst noch etwas tun? Soll ich warten, bis der Doktor kommt?»

«Nein, Runi, das erledige ich», erklärte Jehan bestimmt, nahm ihren Arm und dirigierte sie in Richtung Tür. Mit Marie an der Hand ging sie davon.

«Hast du große Schmerzen?», fragte Jehan. Er sah sie so besorgt an, wie es Runi getan hatte, als sie noch ein Kind und krank gewesen war. Dann fiel ihm die Kühlung wieder ein, und er rannte in die Küche, brachte eiskaltes Wasser und einen in Essig getränkten Lappen. Lucia hätte gern über seine Bemühungen gelächelt, doch der Schmerz war zu groß.

«Danke», brachte sie hervor. «Danke, dass du dich um mich kümmerst.»

Da blickte Jehan ihr tief in die Augen und erwiderte: «Danke, dass ich mich um dich kümmern darf.»

Unter diesem Blick wurde es Lucia warm, und sie fühlte eine Welle der Liebe in sich, die Jehan galt. Sie hatte ihn weggestoßen, hatte ihn nicht anhören wollen. Sie hatte ihn und ihre gemeinsame Liebe einfach aufgegeben. Das wurde ihr in diesem Augenblick bewusst. Sie musste sich bei ihm entschuldigen. Er hatte sie überrumpelt, aber sie hatte übertrieben reagiert. Wenn sie jetzt daran dachte, schoss ihr die Röte ins Gesicht. Ja, sie hatte ihn vor der ganzen Insel bloßgestellt, und es war ein Wunder, dass er überhaupt noch etwas von ihr wissen wollte. Sie hätte ihn beim Arm nehmen sollen damals und hinausführen. Dann hätte sie ihm sagen sollen, was sie empfand. Gemeinsam hätten sie eine Lösung gefunden.

Jehan strich ihr eine Haarsträhne aus der Stirn, und

seine Berührung war so zärtlich, dass Lucia erschauerte und ihren Schmerz für einen Augenblick vergaß. Sie brauchten keine Worte, sie erzählten sich mit Blicken, was sie empfanden, und Lucia konnte sich an kein schöneres Gespräch in ihrem Leben erinnern.

Und schon flog die Tür wieder auf, und Arni kam mit dem Doktor herein. Der betrachtete den Fuß, umfasste sanft den Knöchel und bewegte den Fuß langsam hin und her. Er prüfte jeden einzelnen Zeh und strich über den Fuß bis hinauf zur Wade. Dabei blickte er konzentriert und nickte zweimal. Lucia schrie auf vor Schmerz, und Jehan griff nach ihrer Hand.

«Du hast eine mörderische Quetschung erlitten», sagte der Arzt, «aber zum Glück ist nichts gebrochen. Du musst dich jetzt schonen. Leg den Fuß hoch und kühle ihn weiter, dann bist du in vier Wochen wieder gesund.» Er nickte ihr zu, wünschte gute Besserung und verschwand zusammen mit Arni.

Erst jetzt drangen die Worte in Lucias Bewusstsein. «In vier Wochen?», rief sie aus. «Vier Wochen? Das geht nicht! Ich muss mich um Marie kümmern, ich muss das Guesthuset führen. Fria ist bei ihrer Schwester auf Veiholmen, ich weiß gar nicht, wie lange. Ich bin ganz allein hier.»

Lucia weinte selten. Doch jetzt stiegen Tränen in ihre Augen, rollten über ihre Wangen. «Was soll ich nur machen? Ich habe Fria doch in die Hand versprochen, mich um alles zu kümmern.»

Jehan räusperte sich. «Wenn du mich helfen lässt, wird alles gut. Ich war schon immer der Meinung, dass wir zusammen alles schaffen können, was wir wollen.»

KAPITEL 26

Die Landschaft ringsum sah wie verzaubert aus. Eine fahle Sonne ließ die Schneeflocken glitzern. Die Äste der Bäume bogen sich unter der weißen Last, und über allem lag Stille. Eine solche Stille hatte Liv noch nie zuvor erlebt. Es war so ruhig, dass sie ihr eigenes Blut in den Adern rauschen hörte. Die schlaflose Nacht lag schwer auf ihren Schultern, doch sie drängte zum Aufbruch.

«Du hast gestern hier rasten wollen, und heute könnte ich gut einen Tag Ruhe gebrauchen», sagte Sverre, doch Liv schüttelte energisch den Kopf. «Ich will weiter. Bis Alta ist es nur noch ein kleines Stück.» Sie faltete die Karte des Schamanen auf und studierte sie. «Wenn wir stramm marschieren, könnten wir gegen Abend dort sein. Wir nehmen uns ein Zimmer in einem Guesthuset, können uns mit warmem Wasser waschen und in einem richtigen Bett schlafen.»

«Das klingt verlockend!» Sverre nahm den Kaffee entgegen, den Liv gekocht hatte, und aß ein Stück Brot mit Rentierkäse dazu. Als sich beide gestärkt hatten, packten sie die Kote zusammen und setzten ihren Weg fort.

«Es wird ein wunderschöner Wintertag. Klar und kalt», stellte Liv fest und freute sich über den Schnee, der wie tausend Diamanten glitzerte. Sie entdeckte sogar ein Rabenpaar, das auf einem Ast hockte und die beiden Wanderer beäugte.

Zwei Stunden später änderte sich alles. Die Sonne verschwand, dunkle Wolken breiteten sich über den Himmel aus. Wind kam auf, ließ die wenigen Blätter an den Ästen rascheln, wirbelte Schnee hoch.

«Wir müssen uns beeilen», drängte Sverre. «Du weißt noch, was Turi uns über Schneestürme gesagt hat? Ich glaube, so fängt es an. Wir müssen eng beieinanderbleiben. Gib mir deine Hand.»

«Ich kann besser allein laufen», erklärte Liv und setzte ihre Füße, die in Schneeschuhen steckten, in Sverres Fußstapfen. Der Schnee reichte ihr bis zum Knie, jeder einzelne Schritt erforderte Kraft. Und dann brach die Hölle los. Die Wolken öffneten sich, ein heftiges Schneetreiben setzte ein. Die Flocken trieben waagerecht an ihnen vorüber. Der Wind heulte wie ein ganzes Wolfsrudel. Innerhalb von Minuten konnte man keinen Schritt weit mehr sehen. Gerade eben war Sverre noch da gewesen, jetzt sah Liv nichts als Schnee. Sie rief seinen Namen, doch der Wind riss ihr die Worte von den Lippen, verschluckte sie. Liv stemmte sich gebückt gegen den Sturm, brach im Schnee ein, rief immer wieder Sverres Namen, blieb ohne Antwort.

«Wenn man allein im Schneesturm ist, kann man sterben. Bleibt deshalb unbedingt zusammen», hatte Turi ihnen ans Herz gelegt.

Die Angst ließ ihr Herz schneller schlagen. «Sverre! SVERRE! Wo bist du?»

Sie kämpfte sich Schritt für Schritt vorwärts, stürzte,

Schnee kam in ihren Kragen, in ihre Schuhe. Sie rappelte sich hoch, stürzte erneut, stand wieder auf. Der Schnee reichte ihr inzwischen bis an die Oberschenkel. Nie zuvor hatte sie einen solchen Sturm erlebt. Stürmte es über Smøla hinweg, war sie nach Hause geeilt, hatte sich ihre Nase an der Scheibe des Guesthuset platt gedrückt und beobachtet, wie die Eisblumen wuchsen. Verzweiflung kroch in Liv hoch. Sie wusste nicht, wie spät es war, hatte keine Ahnung, wo sie war. Sie wusste nur eines: Die Nacht im Sturm würde sie nicht überleben. WO WAR SVERRE?

Der Wind war noch stärker geworden, warf sie einfach um. Sie versuchte, sich aufzurappeln, fiel erneut, kam einfach nicht hoch. Ihre Kräfte verließen sie, und sie kroch auf allen vieren weiter. Zwischen zwei Sturmböen kam sie wieder auf die Beine, warf sich dem Wind entgegen, schaffte einen Schritt, schaffte zwei. Ihr Herz raste, sie rang nach Luft und spürte, wie ihre Kräfte immer weiter schwanden. Wieder warf eine Böe sie um, und Liv wäre am liebsten liegen geblieben. Ihre Zähne schlugen aufeinander. Noch einmal nahm sie alle Kraft zusammen, rappelte sich hoch, rieb ihre eiskalten Wangen mit den Fäusten. Ihre Finger spürte sie nicht mehr, auch die Zehen waren taub. Da war keine Kraft mehr, nur noch ein heftiges Zittern und eine Kälte, die sie in jeder Pore ihrer Haut spürte.

Doch sie musste weiter, durfte nicht aufgeben! Sie wollte nicht sterben. Nicht hier. Nicht jetzt.

Sie schloss ihre Augen. Nur für einen Augenblick. Die Bilder des Lebens zogen an ihr vorbei. Sie sah sich als

Kind auf der Insel, wie sie den Raben am Himmel nachschaute. Sie sah sich an der Hand des Samen, der mit ihr Steine sammelte. Und da war Fria, die sie in den Arm nahm und tröstete. Sie sah ihre alte Schule vor sich und den Lehrer Arni, und dann war sie plötzlich in Christiania an der Universität, und Fridtjof Nansen erklärte den Aufbau eines Mikroskops. Sie wusste, sie musste die Augen öffnen, sich weiter durch den Schnee kämpfen, es ging nicht. Der Schnee war wie eine weiche Decke, die zum Ausruhen einlud …

Als Liv erwachte, lag sie in einem Bett, eingehüllt in ein schneeweißes Federbett. Vorsichtig regte sie sich, strich mit den Fingern über die Decke, machte erst ein Auge auf, dann beide. Eine fremde Frau saß neben ihr und lächelte sie an.

«Da bist du ja.»

«Wo ist Sverre?», wollte sie fragen, doch die Worte verklumpten in ihrem Mund.

«Was hast du gesagt?» Die junge Frau rüttelte sanft an ihrer Schulter.

«S…verr…e», stammelte Liv mit großer Anstrengung.

«Ist da noch jemand im Sturm?»

«Sver…re.»

Liv hätte nicht sagen können, was da plötzlich mit ihr geschah. Sverres Gesicht tauchte vor ihr auf. Ihre Glieder waren schwer wie Blei, trotzdem richtete sie sich auf. «Mein Mann!» Sie schrie, konnte nicht aufhören zu schreien, Panik erfasste sie. «Sverre!»

«Dein Mann ist da draußen?» Die Frau sprang auf. «Wir müssen ihn suchen. Aus welcher Richtung seid ihr gekommen? Schnell, Mädchen, mach den Mund auf. Wir haben keine Zeit zu verlieren.»

Liv richtete sich noch ein wenig mehr auf. Die Zimmerwände begannen zu schwanken, doch sie riss sich zusammen. «Wir kamen von der Weide der Turi-Sidda und wollten nach Alta.»

«Das hilft uns!»

Die Frau verließ den Raum, der aussah wie eine Schlafkammer in einem Haus.

«Warte!», rief Liv. Sie rappelte sich hoch. Als sie die Füße auf den Boden setzte, schrie sie auf. Ihre Zehen taten unbeschreiblich weh. Auch ihr Gesicht brannte wie tausend Feuer. Doch sie hatte keine Zeit. Sverre war da draußen. Sverre, der Mann, den sie liebte. Sie öffnete die Tür, stolperte eine Stiege hinab, kam in einen Flur. Männer in samischer Kleidung standen dort. «Mein Mann», rief sie. «Er ist da draußen!»

Die Männer nickten. «Wir suchen ihn.»

Die Männer hatten eine lange Leine aus dicken Stricken. Der erste Mann band sie sich um den Bauch, der zweite fünf Meter weiter, dann der dritte und der vierte, bis jeder fest mit dem Seil verbunden war. So konnten sie sich nicht verlieren.

«Wünsch uns Glück, Mädchen», sagte einer. Dann brachen sie auf.

«Hast du Hunger?» Die junge Frau berührte sie sanft am Arm. Liv schüttelte den Kopf, sah die Frau klagend an.

«Mein Mann. Mein Mann ist da draußen.» Dann brach sie in Tränen aus.

Die Frau führte sie zurück in ihr Zimmer, half ihr, sich wieder ins Bett zu legen. Dann verschwand sie und kam mit einem Glas heißem Wasser zurück. «Trink das in langsamen Schlucken. Du musst dich aufwärmen.»

«Sverre!» Liv versuchte erneut aufzustehen, doch die Frau ließ das nicht zu.

«Du musst dich ausruhen. Du kannst nichts tun. Die Männer erledigen das für dich.»

Da begann Liv zu weinen. Sie war so erschöpft, und ihre Sorge um Sverre war so groß. «Werden sie ihn rechtzeitig finden?»

Die junge Frau schluckte. «Es wäre ein Wunder, wenn er dieses Unwetter überlebt.»

Ungläubig sah Liv die Fremde an. NEIN. Das konnte nicht sein. Hatte sie gerade gesagt, dass Sverre stirbt? Dass es nur noch eine winzige Chance gibt? Sie schlug die Hände vors Gesicht, schluchzte aus tiefstem Herzen. «Sverre. Das kann nicht sein. Was soll ich ohne dich anfangen? Ich brauche dich!»

Sie weinte, bis sie die Augen nicht mehr offen halten konnte. Aber sie würde nicht schlafen, sie würde wach bleiben, bis die Männer zurückkamen.

Als die junge Frau sah, wie Liv kämpfte, half sie ihr hoch, wickelte sie in eine dicke Decke und half ihr die Treppe hinunter. Im Erdgeschoss gab es ein kleines Lebensmittelgeschäft, dem eine winzige Wirtschaft angeschlossen war. Lärm empfing sie. An der Theke standen mehrere Männer in samischer Tracht. Sie tranken Aquavit und brüllten, als wären sie taub. Die Tische waren leer bis auf einen ganz hinten, an dem andere Samen Karten spielten. In der Mitte des Tisches lag ein Häufchen Kronen.

Die Frau geleitete Liv zu einem freien Tisch.

«Was möchtest du trinken?»

«Am liebsten einen Kaffee.»

Die Fremde schüttelte den Kopf. «Kaffee haben wir hier nicht. Du kannst Bier haben. Oder Wasser.»

«Ein Wasser bitte.»

«Warte, ich wärme es dir auf.»

Einige Minuten später stand ein dampfender Becher vor ihr. Sie trank in langsamen Schlucken, da öffnete sich die Tür, und eine ältere Samin betrat den Raum. Sie blickte sich suchend um, erspähte Liv, baute sich vor deren Tisch auf und begann, auf Samisch zu schimpfen. Sie war wütend, ihre Augen blitzten. Dann packte sie Liv am Arm und schüttelte sie.

«Was ist los?», fragte Liv verstört. «Was habe ich getan?»

«Die Frau ist wütend, weil ihr bei diesem Wetter nicht zu Hause geblieben seid. Sie hat Angst um ihren Mann wie alle anderen Frauen auch, deren Männer jetzt da draußen den deinen suchen. Auch sie könnten erfrieren», erklärte die junge Frau, die ihr geholfen hatte, und setzte sich zu Liv.

Diese senkte beschämt den Blick. «Es ist alles meine Schuld», stammelte sie. «Ich wollte diese Reise, wollte sie so unbedingt.»

«Was habt ihr überhaupt hier zu suchen? Kein Norweger verirrt sich hierher zu uns, es sei denn, die Behörden haben ihn geschickt.»

«Ich komme von keiner Behörde», schluchzte Liv. «Ich will doch nur meine Familie finden.» Sie legte die Arme auf den Tisch, den Kopf auf die Arme und weinte, wie sie in ihrem Leben noch nie geweint hatte. Die Angst um Sverre schnürte ihr die Brust ab. «Ich habe sie alle auf dem Gewissen. Es ist alles meine Schuld. Sverre wollte nicht weiter. Ich habe ihn überredet.»

«Es war dumm von euch, überhaupt zu dieser Jahreszeit allein durch das Hochland zu streifen. Es gibt hier Wölfe, die hungrig sind.»

«Wir haben sie gehört.»

«Und Bären auch. Ein Schlag mit der Tatze reicht, um einen Mann zu töten. Schwarzbären fressen ihre Opfer auf der Stelle, während Braunbären die Reste unter dem Schnee vergraben», sagte die Ältere, die Liv wütend angepackt hatte.

«Es tut mir so leid», rief sie. «Es tut mir alles so leid.»

Die beiden Frauen schüttelten den Kopf, standen auf und stellten sich an eines der Fenster. Hinter jeder Scheibe brannte eine Öllampe, in deren Licht die Schneeflocken wie kleine Geschosse vorüberflogen.

Nach einer Weile wagte Liv, sich dazuzustellen. Sie presste ihre Stirn gegen die Scheibe, starrte hinaus, faltete ihre Hände und betete leise zu einem Gott, an den sie schon seit einiger Zeit nicht mehr glaubte. «Bitte, lass Sverre und die Männer zurückkommen. Lass nicht zu, dass sie wegen mir den Tod finden.»

Wie lange stand sie schon dort? Reglos, voller Anspannung? Der Sturm tobte unvermindert weiter, ließ die Fensterscheiben klirren. Durch die Ritzen drang er ein, ließ die Flammen in den Öllampen flackern. Liv starrte so angestrengt nach draußen, dass ihr Blick verschwamm. Sverre, immer wieder durchzuckte sie sein Name. Sie hatte schon bei ihrer ersten Begegnung gewusst, dass zwischen ihr und Sverre etwas ganz Besonderes war. Ja, sie liebte ihn. Es konnte nicht sein, dass die Natur da draußen alles beenden würde. Wieder presste Liv ihre Stirn an die kalte Scheibe, wieder sah sie nichts als Schnee. Und dann, plötzlich, löste sich eine Gestalt aus dem Schneetreiben, hielt auf das Haus zu. Und dann noch eine und noch eine und eine weitere.

Vier Männer erkannte sie. Vier, nicht fünf. Wo um Gottes willen war der fünfte?

KAPITEL 27

Lucia saß in der Küche auf einem Stuhl, den verletzten Fuß bequem auf einen mit einem Kissen belegten Schemel gebetet. Fria war noch immer auf Veiholmen. Am Herd stand Jehan und rührte in einem Topf.

«Jetzt habe ich Öl hineingegeben. Was nun?»

«Du musst drei Zwiebeln in Würfel schneiden.»

«Wo sind die Zwiebeln?»

«Im Tontopf in der Vorratskammer.»

Jehan kam mit den Zwiebeln zurück. «Und nun?» Er hielt die Zwiebeln, als wären es rohe Eier.

«Du musst die äußere Schale lösen und dann jede Zwiebel halbieren. Leg sie auf die glatte Seite und schneide sie zuerst in Halbmonde und die Halbmonde in Würfel.»

Jehan, der sich Frias Schürze umgebunden hatte, wirkte ratlos.

«Schneid einfach. Es macht nichts, wenn die Würfel anders aussehen als meine», ergänzte Lucia. Ihr Gesicht strahlte, obschon ihr Fuß schmerzte. Die Augen blinzelten, die Wangen waren leicht gerötet.

Jehan gab sein Bestes, doch er konnte nicht verhindern, dass seine Augen tränten. «Die Zwiebel brennt!»

«Das ist normal. Das hört wieder auf, wenn sie erst einmal im Topf ist.»

Jehan wandte sich zu ihr, in der rechten Hand das Messer, in der linken die Zwiebel. «Manchmal habe ich den Eindruck, dass dir meine Arbeit hier ein großes Vergnügen bereitet», sagte er und wischte sich mit der Faust die Tränen von der Wange.

«Na ja, einen Mann am Kochtopf sieht man nicht alle Tage. Und schon gar nicht einen, der noch nie gekocht hat.»

«Mach dich nur über mich lustig. Aber wenn sich am Abend alle die Lippen lecken, kann es sein, dass du leer ausgehst.»

Wieder lachte Lucia, und Jehan betrachtete sie hingerissen.

«Was ist? Was schaust du so?»

«Du bist die schönste Frau, die ich je gesehen habe», sagte er und trat auf sie zu, als wollte er sie küssen. Da drehte Lucia schnell das Gesicht weg. «Ich bin noch nicht so weit», sagte sie.

«Wann wirst du endlich so weit sein?», fragte er, und Lucia hörte die Kränkung in seiner Stimme.

«Lass mir Zeit, nur noch ein bisschen.»

Verärgert nahm Jehan den Kochlöffel und ließ ihn in den Topf fallen. «Ich habe mich entschuldigt. Bestimmt schon hundertmal. Ich stehe in deiner Küche, obwohl ich nicht kochen kann. Was verlangst du noch von mir?»

Lucia senkte den Blick. Jede einzelne Faser ihres Körpers strebte zu Jehan. Ihre Haut sehnte sich nach seinen Berührungen, ihre Lippen nach seinen Küssen. Doch sie konnte ihm nicht entgegenkommen, es ging einfach nicht. Sie hatte zu sehr an der Liebe gelitten. Lasse hatte sie verraten, Jehan überrumpelt. Sie wusste, wie zerbrechlich die Liebe war, wie gläsern das Glück. Sie holte tief Luft.

«Bitte, Jehan. Mein Leben ändert sich gerade von Grund auf.»

«Das weiß ich. Und ich bin hier, um dir zu helfen. Zählt das gar nicht?»

«Doch. Und wie. Das ist das Netteste, das je jemand für mich getan hat.» Außer Liv, setzte sie in Gedanken hinzu. Sie machte sich Sorgen um ihre Schwester. Seit ihrer Abreise hatte sie nur einen einzigen Brief von ihr bekommen, und zwar aus Tromsø. Seit Monaten war sie ohne Nachricht. Der Norden war rau, das wusste sie nicht nur vom Samen.

«Liv sucht gerade nach unseren Eltern», sagte sie leise. «Auch davor habe ich Angst.»

Jehan setzte sich auf den Küchenschemel, legte ihren kranken Fuß auf seine Beine, strich sanft darüber. Diese Geste kam Lucia so intim vor, dass ihr die Tränen in die Augen traten. Niemals hätte Lasse so etwas getan.

«Wovor hast du Angst?»

«Davor, dass sie uns nicht wollten. Dass wir sie gestört haben. Bisher habe ich mir immer eingeredet, dass sie in einer Notlage waren und nicht anders konnten. Aber was, wenn ich mir da nur etwas vorgemacht habe?»

«Das kannst du nicht wissen. Ihr hattet warme Kleidung an, schön bestickte Kittel. Wenn man für jemanden nichts empfindet, dann kleidet man ihn nicht so sorgfältig.»

«Vielleicht hatten sie ein schlechtes Gewissen?»

«Das ist möglich, aber du wirst erst nach Livs Rückkehr Gewissheit haben.» Jehan strich ihr sanft mit dem Finger über die Wange. Plötzlich begann Lucia zu weinen. Erschrocken zog Jehan seinen Finger zurück. «Was ist? Was ist mit dir?»

«Ich … ich habe von Liv geträumt», stammelte Lucia. «Ich habe sie in einem Sarg gesehen.»

«Es war nur ein Traum, Lucia.»

«Man sagt, dass Zwillinge für immer miteinander verbunden sind, auch wenn sie sich an unterschiedlichen Orten aufhalten. Sie können sich fühlen, sie sind gleich. Es hat bestimmt etwas zu bedeuten, dass ich sie so gesehen habe.»

«Es sind deine Ängste, die dich im Traum verfolgen. Liv lebt, und es geht ihr gut, da bin ich mir ganz sicher.»

Lucia war davon nicht überzeugt, doch sie beharrte nicht länger auf ihrer Meinung. «Wir müssen uns beeilen», sagte sie stattdessen. «Der Braten muss in den Ofen.»

Sie führte Jehan weiter durch das Rezept, hieß ihn Möhren schneiden und Sellerie, ließ ihn das Fleisch in Stücke trennen und im Schmortopf anbraten. Dann schickte sie ihn in den Keller, um etwas Bier zu holen, um den Braten damit abzulöschen. Sie musste sparsam mit dem Gerstensaft umgehen, denn sie war im Moment nicht in der Lage, neuen zu brauen. Und Jehan tat schon so viel für sie. Ja, er hatte sich sogar von seinem Vater in der Fabrik freigeben lassen, um sich um sie zu kümmern. Es wäre das Mindeste gewesen, sich seinen Annäherungen nicht länger zu widersetzen. Lucia wusste das und litt darunter. Sie vermisste Jehan schon, wenn er nur den Raum verließ. Sie sehnte sich nach ihm. Und doch konnte sie ihm ihre Gefühle nicht zeigen.

Am Abend kam Runi und servierte den Gästen das Essen und die Getränke. Gleich nach der Verletzung hatte sie Lucia vorgeschlagen, das Guesthuset für die Zeit ihrer Krankheit zu schließen, aber Lucia wollte Fria auf gar keinen Fall enttäuschen, die in einem Brief geschrieben hatte, dass sich ihr Besuch auf Veiholmen noch etwas hinzog, da ihre Schwester mittlerweile verstorben war. Seit einer Woche schonte Lucia sich, aber das würde jetzt ein Ende haben. Sie musste wieder arbeiten. Sie hüpfte auf einem Bein durch die Küche und blickte in jede Schublade. Der Same hatte aus einem alten Tischtuch Streifen geschnitten, denn wie jeder andere Koch auch verbrannte er sich hin und wieder. Dann strich er eine selbst gemachte Paste aus Honig und Kräutern auf die Wunde und verband sie. Der Doktor hatte gesagt, sie müsse den Knöchel ruhig und stabil halten. Wenn sie die Binden fest genug um ihren Fuß schlang, müsste es gehen. Endlich hatte sie die Stoffstreifen gefunden. Und dazu noch etwas von der Kräuter-Honig-Paste. Sie war eigentlich für Verbrennungen bestimmt, aber sicher würde es nicht schaden, wenn sie ihren Knöchel damit sparsam bestrich. Als sie sich fertig verarztet hatte, trat sie vorsichtig mit dem kranken Fuß auf den Boden. Es schmerzte so heftig, dass sie den Mund verzog, doch mit jedem kleinen Schritt ging es besser. Sie würde Runi nicht mehr brauchen. Sie würde auch Jehan nicht mehr brauchen.

«Ich komme alleine klar», erklärte sie Jehan am nächsten Tag. Er war direkt von seiner Arbeit in der Fabrik zum Guesthuset gehetzt. «Du musst mich nicht mehr bemuttern.» Sie hatte es mit einem Lächeln gesagt, doch Jehans Gesichtszüge gefroren zu Eis.

«Du brauchst nichts und niemanden, Lucia, stimmt's?» Seine Stimme klang verärgert. «Du kannst alles alleine, nicht wahr? Gut. Wenn das so ist, dann brauche ich wirklich nicht mehr zu kommen.» Er öffnete den Mund, wollte noch etwas anfügen, winkte dann ab. «Vielleicht kannst du ja gar nicht lieben», fiel ihm noch ein. «Vielleicht weißt du einfach nicht, wie das geht.»

«Was willst du damit sagen?» Lucia wurde hellhörig.

«Du konntest Lasse nicht halten, und du stößt mich vor den Kopf. Ich habe den Eindruck, du willst gar nicht geliebt werden. Was stimmt nicht mit dir?» Mit diesen Worten rauschte er hinaus und warf die Tür knallend ins Schloss.

Worte, die Lucia hart wie ein Faustschlag in den Magen trafen. Was stimmt nicht mit dir? Ja, das fragte sie sich in diesem Augenblick auch. Sie hatte Jehan nicht zu sehr beanspruchen wollen. Er war für sie da gewesen, aber er hatte gewiss noch andere Dinge zu tun. Woran in aller Welt lag es nur, dass sie sich immer wieder falsch verstanden? Ein paar Tage später konnte sie schon mit einer Krücke an ihrer Seite laufen. Wenn sie falsch auftrat, schmerzte der Fuß noch, aber sie überstand den Tag. Am Abend schwoll der Knöchel oft an. Dann legte sie den Fuß hoch und kühlte ihn mit einem kalten Essiglappen.

Sie sehnte sich nach Jehan, aber er hatte sich nicht

mehr blicken lassen. Lucia wusste, dass sie nun an der Reihe war. Sie sollte zu ihm gehen, sollte ihm sagen, was sie für ihn empfand, aber sie konnte es nicht.

KAPITEL 28

Liv rannte zur Tür, stürzte hinaus, prallte gegen eine Sturmwand, die sie zurückwarf. Die Männer kamen näher. Und jetzt sah sie, dass sie eine Trage in ihrer Mitte hatten. Auf dieser Trage lag ein Mensch, aber er rührte sich nicht.

«SVERRE!»

«Mach Platz, Mädchen», rief einer der Männer. «Geh in die Küche und mach Wasser heiß.»

Liv rannte zurück. «Wir brauchen heißes Wasser», rief sie, rannte wieder zur Tür, hielt sie mit aller Kraft auf, obschon der heulende Wind sie ihr aus den Händen reißen wollte. Einer der Männer taumelte, fast wäre die Trage ins Rutschen gekommen …

Liv hörte die Männer nach Luft ringen, doch sie sah nur Sverre. Er lag mit geschlossenen Augen da. Das Gesicht grau, die Lippen und die Augenlider bleich. Er sah aus wie ein Toter. Liv gefror zu Eis, starrte immer nur ihren Mann an, unfähig, sich zu bewegen. Er war tot. So tot, wie man nur sein konnte. Sie hatte schon einige Tote gesehen. Und alle waren so blutleer gewesen wie Sverre.

«Beweg dich!» Die Wirtin gab Liv einen Schubs. Zwei der Männer hoben Sverre von der Trage, schleppten ihn die Treppe hinauf. «Geh mit!» Ein weiterer Stoß traf Liv im Rücken.

«Lebt er?» Ihre Stimme klang klein und blass.

«Nicht mehr lange, wenn du dich nicht bald bewegst.»

Liv eilte hinter den Männern her, riss ihre Zimmertür auf. Die Wirtin folgte ihr.

«Flöße ihm heißes Wasser ein», erklärte sie. «Das wärmt ihn von innen. Und dann zieh ihn aus. Zieh ihm alles aus. Und auch du musst alles ausziehen. Dann legst du dich auf ihn, wärmst ihn mit deiner nackten Haut. So geht es am schnellsten.»

«Nackt?», fragte Liv.

«Ja, nackt. So macht man das, wenn einer fast erfroren ist. Herrgott, jetzt zieh dich endlich aus.» Sie stellte den Becher mit dem heißen Wasser auf den Nachttisch, dann scheuchte sie die Männer hinaus.

Liv berührte vorsichtig Sverres Gesicht. Es war eiskalt, wie ein Toter lag er auf dem Bett. Sie schlüpfte aus ihren Sachen, zog Sverre die dicke Jacke aus, schälte ihn aus den mit Rentierfell gefütterten Hosen, aus den Schuhen, bis er nichts mehr am Leib trug. Er hatte sich noch immer nicht bewegt, nicht mit einem Augenlid gezuckt, doch die Wirtin hatte vorhin seinen Puls gesucht und gefunden.

Sie legte sich auf ihn, umschlang ihn mit ihren Armen. Er war so kalt, dass sie selbst zu zittern begann. Sie schmiegte ihre Wange an seine eisige, strich mit der Hand über die andere.

«Du wirst wieder zu dir kommen», sprach sie leise auf ihn ein. «Ich lasse dich nicht sterben. Du darfst mich nicht alleine lassen.»

Sie wusste nicht, wie viele Stunden sie auf ihm lag.

Es dauerte so lange, bis sich seine Haut erwärmte. Am schlimmsten waren die Füße. Liv rieb sie zwischen ihren warmen Händen, bedeckte sie mit ihren, doch sie fühlten sich an wie Eisblöcke. Und die ganze Zeit über sprach sie mit Sverre. Sie erinnerte ihn an ihre gemeinsame Zeit auf Fridtjof Nansens Fahrt. Beschrieb ihm die Insel Smøla, auf der sie so glücklich gewesen waren. Sprach von seiner Mutter Inghild und seiner Schwester Tonje, versprach, sie sofort zu besuchen, wenn sie wieder zurück waren. Und dann, endlich, nach Stunden, flatterten Sverres Lider zum ersten Mal. Und nach einer weiteren Stunde verzog sich sein Mund.

Liv presste die Hand auf sein Herz, spürte den gleichmäßigen Schlag. Vor Erleichterung begann sie zu weinen. Tränen tropften auf Sverres Gesicht. Er schlug die Augen auf, wollte etwas sagen, doch seine Stimme brach. Sie reichte ihm den Becher, den die Wirtin noch einmal mit heißem Wasser gefüllt hatte, und er trank einige Schlucke. Dann grinste er: «So möchte ich immer aufwachen», sagte er. «Wir beide nackt und du auf mir.» Er schlang seine Arme um sie, und kurz darauf waren sie beide eingeschlafen.

Am nächsten Morgen hatte der Sturm sich gelegt. Der Schnee lag meterhoch, manche Häuser waren bis zur Hälfte eingeschneit. Die Sonne war noch nicht aufgegangen, denn um diese Jahreszeit schien sie nur ein paar Stunden am Tag, aber die Temperaturen waren ein wenig gestiegen.

Liv wollte sich bei der Wirtin bedanken, doch die

winkte ab. «Wir helfen einander. Das ist bei uns so. Kein Grund, eine große Sache daraus zu machen. Wohin wollt ihr nun? Das Wetter wird wohl den ganzen Tag schön bleiben.»

«Um ehrlich zu sein, ich suche meine Familie, die Märak-Sidda.»

«Du bist eine von uns?»

«Ja, aber ich bin als Norwegerin aufgewachsen.»

«Ach, die Sache von damals. Meine Mutter hat mir davon erzählt.»

Liv runzelte die Stirn. «Welche Sache?» Wusste die Wirtin mehr als sie?

«Das frag lieber deine Sidda. Sie lebt gar nicht weit von hier, ihr seid beinahe an ihr vorbeigekommen. Ungefähr zwei Kilometer nördlich. Der Weg ist verschneit, aber unsere Leute haben an ihm entlang Stangen in den Boden gerammt, sodass ihr ihn nicht verfehlen könnt. Wenn ihr nach dem Frühstück aufbrecht, könnt ihr heute Nachmittag dort sein.»

Liv hatte den Eindruck, dass man sie loswerden wollte. Sie holte ihre Geldbörse aus der Tasche. «Was sind wir Ihnen schuldig?»

Die Frau winkte ab. «Wie schon gesagt, wir helfen einander.»

«Ich möchte zumindest das Frühstück begleichen.»

«Es ist alles gut. Geht einfach. Und habt Glück auf dem Weg.»

Sverre packte die Sachen zusammen. Liv beobachtete ihn, während sie noch einen Riss in seiner gefütterten Hose flickte. Dann schweifte ihr Blick durch das Zimmer. Ihr Herz quoll über vor Dankbarkeit. Ihr war, als hätte ihnen der kleine Raum Leben geschenkt.

Ruhiges Winterwetter empfing sie draußen. Sie fanden den Weg mit dem Stangenspalier und liefen gestärkt nebeneinanderher. Liv hörte, wie Sverre tief einatmete, beobachtete, wie er seine Füße vorsichtig auf den Boden setzte. Sie vermutete, dass er Schmerzen hatte, aber er konnte laufen. Er war wirklich zurück!

Alta lag bereits hinter ihnen, als Liv sagte: «Die Wirtin hat uns nicht gemocht. Aber ich habe es erst gespürt, als ich ihr erzählte, aus welcher Sidda ich wahrscheinlich stamme.»

Sverre zuckte mit den Schultern. «Sie haben uns geholfen, das allein zählt. Die Männer haben für mich ihr Leben riskiert. Ich weiß nicht, ob Norweger so gehandelt hätten. Und ich habe mich nicht einmal richtig bei ihnen bedankt.»

«Wir können das vielleicht nachholen.»

Gegen Mittag erkannten sie am Horizont eine Rentierherde. «Schau, das müssen sie sein.» Liv schritt ein wenig schneller aus, doch Sverre, an dessen Füßen sich Frostbeulen gebildet hatten, kam nicht so schnell hinterher. «Warte, Liv! Ich kann nicht so schnell. Vor zwölf Stunden war ich dem Tod noch näher als dem Leben.»

«Du hast recht, ich habe nicht nachgedacht. Ich … ich weiß, dass wir großes Glück gehabt haben.» Sie beugte sich vor und strich ihm über die Wange. «Lass uns hier rasten.» Sie befreite einen Baumstamm vom Schnee, und sie ließen sich darauf nieder, aßen ein wenig Brot und tranken ein paar Schlucke Wasser.

«Du warst plötzlich weg», sagte Liv leise. «Ich dachte, ich sehe dich nie wieder.»

«Das ging mir genauso. Ich bin stundenlang durch das Schneetreiben geirrt. Wusste nicht, wo ich bin. Wo du bist. Ich konnte dich doch nicht allein lassen.»

«Und dann?»

«Ich habe mich hingesetzt, wollte mich nur kurz ausruhen. Von da an weiß ich nichts mehr. Erst im Bett bin ich wieder aufgewacht. Und da warst du!»

«Du warst kurz vor dem Erfrieren. Eine halbe Stunde später, und du wärst tot gewesen, haben die Männer gesagt.» Sie griff nach seiner Hand. «Ich hatte solche Angst um dich.»

«Sieh mich an, Liv.» Sein Ton war ernst. Sie wandte sich ihm zu. Er nahm ihr Gesicht in beide Hände. «Diese Reise bringt mich an meine Grenzen. Und das nicht nur, weil ich dem Tod schon zwei Mal von der Schippe gesprungen bin. Wir hätten uns nie auf ein solches Risiko einlassen dürfen.»

«Das weiß ich jetzt auch», bekannte Liv.

«Dann versprich mir, dass wir so etwas nie wieder tun werden. Und auch keine Fahrten mit Nansen ins ewige Eis.»

«Davon habe ich nie gesprochen.»

«Ich weiß, aber ich weiß ebenso gut, dass du davon träumst. Ich kann das nicht, Liv. Ich wünsche mir ein Haus und eine Familie. Du bist mir das Wichtigste. Niemals wieder möchte ich um dich bangen müssen.» Tränen schimmerten in seinen Augen.

Liv schluckte. Er kannte sie einfach zu gut. Sie hatte

vor ihrem Aufbruch im letzten Sommer an Nansen einen Brief geschrieben und angefragt, ob sie ihn auf der nächsten Exkursion begleiten könnte. Sie hatte Sverre nichts davon erzählt, wollte erst Nansens Antwort abwarten. Jetzt kam sie sich so egoistisch vor. Nur wegen ihr wäre Sverre fast gestorben. Sie stand auf.

«Lass uns umkehren und in Alta auf das nächste Schiff Richtung Süden warten. Wenn wir Glück haben, sind wir Weihnachten wieder zu Hause. Wir könnten deine Mutter und deine Schwester zu uns einladen. Von Alta aus könnten wir ihnen einen Brief schicken.»

«Ein sehr verlockendes Angebot.» Sverre lächelte zum ersten Mal an diesem Tag. «Bei nächster Gelegenheit komme ich darauf zurück. Aber nicht jetzt. Nun hast du die Chance, endlich deine Sidda zu finden.»

Liv nickte. «Du … du hast recht. Aber … aber ich habe dir schon viel zu viel zugemutet.»

«Meine Liebste, wenn wir jetzt aufgeben, wäre alles umsonst gewesen. Nein, jetzt besuchen wir noch die Märak-Sidda und lüften vielleicht endlich das Geheimnis um deine und Lucias Herkunft!»

Am Nachmittag kamen sie an. Liv lief der Schweiß über den Rücken. Der Weg durch den hüfthohen Schnee war anstrengend gewesen. Nur langsam, Schritt für Schritt, waren sie vorwärtsgekommen, trotz der Schneeschuhe. Doch nun waren sie da, und Liv blickte sich um. Mehrere Koten waren im Kreis aufgestellt, die Feuerstelle lag jedoch verlassen da. Etwas weiter entfernt weideten die Rentiere.

«Hallo?», rief sie laut, und dann noch einmal auf Samisch: *«Bures?»*

Niemand hörte sie.

«Lass uns zu den Rentieren gehen», sagte Sverre. «Dort werden wir auf jeden Fall jemanden treffen. Die Tiere werden immer bewacht.»

Sie ließen die schweren Rucksäcke bei der Feuerstelle zurück und waren noch nicht lange gegangen, als ihnen ein bärtiger Mann entgegenkam. Er war größer als die meisten Samen, die sie bisher getroffen hatten, und trug einen Mantel aus Rentierhaut, der innen sicher mit dickem Fell gefüttert war.

«Wer seid ihr? Was wollt ihr hier?», fragte er auf Norwegisch. Seine Stimme klang barsch, sein Gesicht war finster.

«Ich suche meine Familie, und ich suche Bavval Märak», erklärte Liv. «Es kann sein, dass ich zur Märak-Sidda gehöre. Hier lebt doch die Märak-Sidda, richtig?»

Für einen Augenblick kam es Liv so vor, als wollte der Mann den Kopf schütteln, dann fragte er: «Du gehörst zur Märak-Sidda?» Er musterte sie. «Du siehst aus wie eine Norwegerin.»

«Ich bin als Norwegerin aufgewachsen. Bavval Märak hat an mir die Vaterstelle versehen.»

«Bavval? Er hat nie von dir gesprochen.»

«Ist er hier? Ist er in der Nähe?»

Der große Mann nickte. Sein Gesicht wirkte etwas freundlicher. «Er ist bei der Herde.» Mit der Hand wies er zu den Rentieren.

Liv bedankte sich, ließ ihn und Sverre stehen, lief die letzten Meter durch den hohen Schnee. Und dann sah sie ihn. Bavval! Sie rief seinen Namen, so laut sie konnte. Tränen der Freude rannen über ihre Wangen. Und Bavval kam, rannte zu ihr, nahm sie in seine Arme und drückte sie fest an sich.

«Liv, kleine Liv.»

Sie schmiegte sich an ihn, genoss seine Wärme, dann stemmte sie die Hände gegen seine Brust und stieß hervor: «Warum hast du uns allein gelassen? Warum bist du ohne uns fortgegangen?» Neue Tränen stiegen in ihr hoch, Tränen von Schmerz und Trauer, und sie fing an zu zittern.

Bavval ließ sie los. Sah ihre Erregung, schluckte. «Ich … ich musste das tun.»

«Aber warum? Wolltest du nicht, dass ich herkomme?»

«Das wirst du bald verstehen, Liv.»

KAPITEL 29

Erst zur Adventszeit kehrte Fria von Veiholmen zurück. Sie hatte ihre Schwester begraben müssen, hatte ihren Hausstand aufgelöst und alle behördlichen Angelegenheiten erledigt. Lucia empfing sie mit einer Umarmung. «Es tut mir so leid, dass deine Schwester tot ist.»

«Ist schon gut, wir standen uns nicht besonders nahe, aber ich war die einzige Verwandte, die sie noch hatte.» Fria löste sich aus Lucias Umarmung und setzte sich an einen Tisch der Schankstube. «Jetzt hole mal den Aquavit, und dann erzähle mir alles, was hier geschehen ist.»

Lucia tat, wie ihr geheißen.

«Humpelst du etwa?», wollte Fria wissen.

«Das Bierfass ist mir auf den Fuß gefallen. Aber jetzt geht es schon ganz gut. Runi und Jehan haben mir geholfen, die Wirtschaft zu führen. Wir hatten nicht einen einzigen Tag geschlossen.» Stolz klang in Lucias Stimme.

«Ach, Mädchen, warum hast du dich so gequält? Hättest du das Guesthuset zugemacht, hätten die anderen endlich mal gemerkt, was für eine Rolle wir hier auf der Insel spielen.»

«Ja, aber ich hätte kein Geld verdient.»

«Das wäre nicht schlimm gewesen. Ich habe Geld mitgebracht.»

Lucia zog erstaunt die Augenbrauen hoch.

«Meine Schwester hat mir alles hinterlassen, was ihr gehörte. Ihr Mann war ein richtiger Kapitän zur See, ist im Winter immer zum Fischfang auf die Lofoten gefahren. Nun, er starb kurz vor ihr. Ihre Tochter ist schon als Kind gestorben.»

Sie öffnete ihre kleine Reisetruhe, und Lucia erblickte mehr Geld, als sie je auf einem Haufen gesehen hatte.

«Was hast du damit vor?»

«Ich werde die alte Schule kaufen, habe ich mir überlegt. Bjarni will ein neues Gebäude bauen lassen. Eines, das etwas größer ist. Die alte Schule platzt schon lange aus allen Nähten. Im Frühjahr soll der neue Bau beginnen.»

«Und was willst du mit der alten Schule?»

Fria lächelte. «Ich werde sie Liv und Sverre überlassen. Die beiden fühlen sich in einer Schule bestimmt sehr wohl.» Sie lachte. «Und jetzt brauche ich endlich einen Aquavit.»

Lucia goss zwei Gläser voll. Fria warf den Kopf in den Nacken und trank in einem Zug. «Ahhh! Das tut gut. Gieß mir noch einen ein.» Das zweite Glas leerte sie etwas langsamer. «Das ist aber noch nicht alles», erklärte Fria. «Dir und Marie werde ich nämlich das Guesthuset schenken. Aber nur, wenn du dir ein Leben als Wirtin vorstellen kannst.»

«Du willst mir … nein, das kann nicht sein, du willst mir …»

«… das Guesthuset schenken. Ja.»

«Aber warum?» Lucia konnte die Neuigkeit kaum fassen.

«Ganz einfach: Weil ich es kann. Du hast das viele Geld selbst gesehen. Was soll ich sonst damit anfangen?»

Lucia goss sich noch einen Schnaps ein und versuchte, die Tränen wegzuschlucken, es gelang ihr nicht. «Aber … aber wir sind nicht mal miteinander verwandt. Ich …»

Fria strich ihr über den Arm. «Das bin ich mit Liv auch nicht, und trotzdem ist sie meine Tochter. Ich habe mehr Geld, als ich in meinem Leben ausgeben kann. Ich möchte mich zur Ruhe setzen, möchte meine letzten Jahre genießen. Mit Arni.»

Jeder auf Smøla wusste, dass Arni Fria seit Jahrzehnten verehrte. Und fast jeder wusste, dass sich Fria nach Schankschluss in die alte Schule schlich, um mit Arni zusammen zu sein, oder er ins Guesthuset kam. «Wir werden heiraten», fuhr Fria fort. «Und dann werden wir uns in Trondheim ein kleines Häuschen kaufen. Und zwar mit allen Annehmlichkeiten. Ich möchte fließendes Wasser haben und einen Kachelofen in jedem Zimmer.»

«Das hast du dir verdient, Fria. Das hast du dir wirklich und wahrhaftig verdient. Aber wirst du die Insel nicht vermissen?»

«Du meinst die Stürme? Das aufgewühlte Meer? Den Wind, der niemals ruht?»

«Nein, ich meinte deine Freunde. Bjarni, Chrisander, Fenris und Runi.»

«Fenris wird nicht mehr lange Pfarrer sein. Schau, Lucia, in wenigen Jahren erreichen wir alle die siebzig. Wir wollen uns zur Ruhe setzen. Fenris und Runi haben auch vor, nach Trondheim zu ziehen. Dort gibt es Ärzte, Geschäfte, Lokale. Wir werden uns prächtig amüsieren.»

«Ich werde dich vermissen!» Lucia stand auf, umarmte Fria.

«Liv war mein ganzes Glück», meinte Fria. «Sie war das Wunder, das mich mit vierzig Jahren Mutter werden ließ. Sie hat mich stolz gemacht, aber sie braucht mich schon lange nicht mehr. Du hast es schwer gehabt, musstest erleben, wie eine falsche Entscheidung beinahe dein Leben ruinieren kann. Ich habe euch immer als Schwestern gesehen und hatte schon seit Jahren vor, für euch beide zu sorgen.»

«Ich kann dir gar nicht genug dafür danken. Du sicherst unsere Lebensgrundlage, meine und die von Marie.»

«Hör jetzt auf damit. Erzähle mir lieber, was während meiner Abwesenheit passiert ist. Jehan hat dir geholfen? Höre ich da etwa doch die Hochzeitsglocken läuten?»

Da brach Lucia in Tränen aus. «Ich habe ihn weggestoßen. Zum zweiten Mal. Er hat genug von mir. Die Hochzeitsglocken werden niemals für uns läuten.» Dann berichtete sie, was geschehen war.

«Und jetzt weißt du nicht, was du tun sollst?»

«Ich glaube, ich habe alles falsch gemacht. Ich habe ihn für immer vertrieben.»

«Das weißt du nicht. Trotzdem denke ich, es ist nun an der Zeit, ihm zu beweisen, dass er dir nicht gleichgültig ist.»

«Aber wie soll ich das anstellen?»

Fria zuckte mit den Schultern. «Das weiß ich auch nicht. Du kennst ihn besser als ich.»

«Es ist zu spät. Er hat mir vorgeworfen, ich könnte gar nicht lieben.»

«Und? Ist das so?»

Lucia zuckte mit den Schultern. «Ich weiß es nicht. Ich liebe Marie und Liv und dich. Ich liebe Runi und Fenris.»

«Die Familie zählt nicht. Ich meinte Männer. Ich weiß, wie sehr Lasse dich gedemütigt hat. Ich glaube, du hast seitdem Angst vor der Liebe. Das ist nicht ungewöhnlich nach dem, was dir passiert ist. Aber zur Liebe gehört auch ein wenig Mut.» Fria legte eine Hand auf die von Lucia, strahlte Ruhe aus und Wärme. «Du kennst Jehan, seit du denken kannst. Was hast du von ihm zu befürchten?»

«Er könnte mich verlassen. Er könnte mir das Herz brechen.» Lucia sprach diese beiden Sätze leise aus, doch Fria hatte sie gut verstanden.

«Das Risiko wirst du eingehen müssen. Wie gesagt, zur Liebe gehört auch der Mut.»

«Ich … ich weiß nicht, ob ich das kann. Ob ich es noch einmal wagen kann. Was, wenn es schiefgeht? Wenn Jehan endgültig die Nase voll hat von mir?»

«Und was, wenn Jehan die Liebe deines Lebens ist?» Fria erhob sich. «Denk nicht so viel nach, Lucia. Diesmal nicht. Hör lieber auf dein Herz.»

Doch den ganzen Tag lang tat Lucia nichts anderes. Nichts anderes, als zu denken. Und dann hatte sie eine Idee. Jehan liebte Kuchen. Rasch holte sie eine Schüssel, gab Mehl, Butter, Eier und Zucker hinein, rührte einen Teig an, belegte ihn mit eingekochten Heidelbeeren und schob ihn in den Backofen. Ein Kuchen. Ein Kuchen sagte mehr, als Lucia es vermochte. Ein Kuchen hieß: «Ich habe dich gern, ich möchte dir etwas Gutes tun, ich entschuldige mich bei dir.» Ein Kuchen hieß auch: «Gib mir eine zweite Chance.» Sie verzierte den Kuchen, als er abgekühlt war, dann blickte sie auf die Uhr. Es war mittlerweile früher Nachmittag. Wenn sie sich beeilte, würde sie Jehan an der Fischwaage treffen. Sie strich glättend über ihr Haar, strich auch ihr Kleid glatt, zu mehr reichte die Zeit nicht. Ihre Wangen waren von der Hitze des Backofens gerötet, eine Haarsträhne hing aus ihrem Zopf, und auf dem Kleid prangte in Brusthöhe ein Fettfleck von der Butter. Die Form war noch warm, und sie stellte sie in einen Weidenkorb. Sie schlüpfte in die dicke Jacke, zog die Mütze über die Ohren und stürmte hinaus, eilte mit langen Schritten zur Fabrik.

An der Waage stand niemand mehr. Die Fischer hatten ihren Fang bereits abgeliefert, die Fische waren alle gewogen und in der Fabrik, wo sie ausgenommen und eingesalzen wurden. Sie stand mitten im Hof und blickte sich suchend um. Bjarni trat aus der Halle, die Ärmel seines Hemdes aufgekrempelt.

«Lucia, was machst du hier? Willst du deine alte Tätigkeit bei uns wieder aufnehmen?» Er rieb sich die Hände.

«Nein, Bjarni, ich bin glücklich im Guesthuset. Ich …»

Bjarni unterbrach sie, kam näher, schnupperte. «Was hast du da in deinem Korb?» Er hob das Tuch, mit dem der Kuchen bedeckt war, bevor Lucia ihn daran hindern konnte.

«Heidelbeere?», fragte er und leckte sich die Lippen.

Lucia nickte.

«Für mich?», wollte Bjarni wissen.

Lucia fühlte sich überrumpelt. Das war wieder typisch für Bjarni. Er hätte ja auch an Jehan denken können, sie fragen können, ob sie seinen Sohn suchte. Plötzlich verließ sie der Mut.

«Heidelbeerkuchen ist mein Lieblingskuchen», erklärte der Bürgermeister fröhlich. «Du hast ihn bestimmt gebacken, um dich dafür zu entschuldigen, dass du das Guesthuset meinem Vorzimmer vorgezogen hast.» Er zwinkerte ihr zu, doch Lucia erkannte nicht den Scherz, sondern hörte nur den Vorwurf.

Sie drückte Bjarni den Korb in die Hand und rannte davon. Sie lief bis zum Meer, setzte sich auf den Felsen, auf dem Liv immer gesessen hatte, und blickte hinaus. Wie die Wellen wogten, so wogten die Gefühle in ihr auf und ab. Und ein Gedanke drängte nach vorne: Wie stand sie wirklich zu Jehan? Sie horchte in sich hinein. Wollte sie ein Leben mit ihm? Oder konnte sie sich vorstellen, für den Rest ihres Lebens allein zu bleiben? Ein wenig Angst stieg in ihr auf. Dann fiel ihr Fria ein, die stets gut gelaunt war und nichts zu vermissen schien. Aber sie hatte ja Arni gehabt. Wenn auch heimlich und des Nachts. Viele auf der Insel hatten von dieser Liaison gewusst und doch so getan, als wüssten sie nichts. Von Jehan und ihr wussten alle Insulaner, spätestens seit der verpatzten Verlobung. Am liebsten wäre sie aufgestanden, zurück zur Fischfabrik gerannt, hätte Bjarni den Kuchen aus der Hand gerissen und Jehan gesucht. Jetzt musste sie sich etwas Neues einfallen lassen. Oder sollte sie sich einfach mit ihrem Schicksal abfinden?

Sie stand auf, sie musste Marie von Runi abholen und danach noch in der Handelsstation einkaufen, außerdem ihre Liste für das Guesthuset abgeben, damit Gunhild die Bestellung fertig machen konnte und sie am nächsten Tag nicht warten musste.

«Du gefällst mir heute gar nicht», stellte Runi fest und hielt Marie an der Hand.

«Ich mir auch nicht», entgegnete Lucia.

Runi wollte zu einem Vortrag ansetzen, doch Lucia nahm ihr das Kind ab. «Ich habe es eilig, muss zu Gunhild.» Dann eilte sie mit Marie davon.

In der Handelsstation herrschte Hochbetrieb. Lucia stellte sich an, grüßte nach allen Seiten.

«Ich habe gehört, du übernimmst das Guesthuset», sagte ein alter Mann zu ihr, dem ein Tropfen an der Nase hing. Früher war er Fischer gewesen, Lucia kannte ihn seit ihrer Kindheit.

«Wo hast du das denn gehört?», gab sie zurück.

Der Alte grinste. «Das pfeifen die Möwen im Chor. Stimmt's denn?»

«Wer weiß? Auf jeden Fall wirst du mich dort häufiger antreffen als an einem anderen Ort.»

Der Alte hieb ihr auf die Schulter, als wäre sie ein junger Mann. «Du machst das schon, Mädchen.»

Endlich war sie dran, stand vor der Theke. Sie reichte Gunhild ihren Einkaufszettel, kaufte Milch, Mehl, Zwiebeln, Kartoffeln und Kernseife für die Wäsche, sah sich nach Marie um, die mit den anderen Kindern draußen einen Schneemann baute. Sie kaufte für die Kleine ein Tütchen Lakritze, bestellte einen Kaffee für sich und eine heiße Honigmilch für Marie. Als sie die Scheine und Münzen aus ihrer Geldbörse nahm, beugte sich Gunhild zu ihr vor.

«Hast du schon gehört? Die Solveig aus Trondheim, deren Vater dort Hotels und so weiter gehören, die kommt auf die Insel. Es heißt, sie will sich mit Jehan aussprechen.» Gunhild nickte wichtig. «Ich bin sicher, aus den beiden wird am Ende doch noch ein Paar, nachdem du ihn ja nicht wolltest.» Sie verzog den Mund, machte deutlich, was sie von Lucias Verhalten Jehan gegenüber hielt. «Er ist eine gute Partie, der Jehan. Du weißt nicht, was dir da entgangen ist.»

Ja, das weiß ich tatsächlich nicht, dachte Lucia. Sie hielt ihren Kaffeebecher in der Hand, brachte aber keinen einzigen Schluck mehr herunter. Sie stellte den Becher und auch die Honigmilch zurück, schnappte sich ihre Einkäufe und rief nach Marie. Das Kind war ganz vertieft in ihr Spiel, wollte nicht gehen, doch Lucia packte sie und zerrte sie hinter sich her.

Solveig wollte kommen. Hatte Jehan sie eingeladen? Zeigte er damit, dass er mit ihr für alle Zeiten abgeschlossen hatte?

KAPITEL 30

Bavval schindete Zeit. Liv spürte das, konnte im Augenblick aber nichts dagegen tun. Der Same begrüßte auch Sverre, dann führte er beide zu seinem Rundzelt und erklärte: «Ihr werdet in meiner Kote schlafen.»

«Und du?»

«Ich finde anderswo einen Schlafplatz.»

«Ich möchte meine Mutter kennenlernen», drängte ihn Liv.

«Sie ist nicht hier.»

«Wo ist sie dann?»

«Du wirst sie bald treffen.»

«Versprich es mir.»

Bavval nickte.

«Sag es.»

«Ich verspreche es dir.»

Draußen vor der Kote regte sich etwas. Liv hörte, dass ein Feuer entzündet wurde. Frauen redeten, tuschelten, wisperten. Eine lachte, eine fluchte. Sie sprachen Samisch miteinander, und Liv verstand kein Wort. Sverre war nach draußen gegangen, sie hatte keine Ahnung, was er dort tat. Sie hätte auch hinausgehen können, sehnte sich danach, Teil dieser Gemeinschaft zu sein, mitreden und mitlachen zu können. Sie schaffte es nicht. Zweifel setzten ihr zu. Würde sie ihre Mutter überhaupt verstehen? Wo war sie? Warum hielt Bavval sie versteckt? Was war nur mit ihm los? Er hatte sich wirklich gefreut, sie zu sehen, das wusste sie. Und doch wirkte er gerade wie ein Fremder. Was wollte er? Weiterhin seine Geheimnisse vor ihr bewahren? Oder ihr vertrauen, wie auf Smøla, sie beschützen, ihr Gutes tun? Sein Verhalten schürte ihre Trauer. Sie seufzte, packte die Rucksäcke aus, legte die Schlafsäcke auf die Rentierfelle auf den Boden. Ein köstlicher Duft zog in die Kote. Die Frauen hatten begonnen zu kochen. Jetzt erst spürte sie, wie hungrig sie war.

Sie ging hinaus, blieb neben der Kote stehen. Eine Frau schnitt Sellerie klein und gab ihn in die Suppe. Eine andere teilte Brot, eine dritte schnitt Käse auf. Ein Mann brachte zwei Eimer Wasser. Dann, als die Köchin die Suppe kostete und nickte, begannen die Frauen zu singen. Es war ein Joik, mit dem sie die Männer zum Essen riefen. Und wieder tauchte Liv ein in diesen Gesang aus hohen und tiefen Tönen, der ihr Herz im selben Rhythmus schwingen ließ. Der Gesang war nicht laut, und doch erfüllte er die gesamte Hochebene. Auch die Männer bei der Herde hörten ihn. Sie winkten und näherten sich langsam der Feuerstelle. Das An- und Abschwellen der Töne spürte Liv bis tief in ihren Bauch hinein. Dann brach der Joik ab.

Anders als bei der Turi-Sidda schienen die Frauen sie gar nicht wahrzunehmen. Sie liefen um sie herum, als wäre sie ein Felsbrocken. Keine sprach sie an, keine lächelte sie an, keine schenkte ihr einen Blick. Sie suchte nach Sverre und sah, dass er bei Bavval stand. Sie winkte ihnen, und endlich kamen auch sie.

Jeder hier schien seinen Platz am Feuer zu haben. Für Liv und Sverre war kein Platz übrig, die anderen hatten den Ring geschlossen. Sverre und Liv blieben abseits. Bavval gesellte sich zu ihnen, obschon er auch am Feuer hätte sitzen können.

«Niemand will uns hier haben», stellte Liv fest. «Warum sind alle so abweisend?»

«Sie mögen keine Fremden.»

«Warum nicht?»

«Es ist ihnen viel Schlimmes widerfahren. Sie wurden bestohlen, ihre Rentiere geschlachtet, die Koten zerstört. Wir gehören zu den kleinen Siddas, bei denen jedes einzelne Rentier zählt.»

«Aber habt ihr nicht auch Rentiere gestohlen?», fragte Liv vorsichtig.

Bavval betrachtete sie mit verärgertem Blick. «Das verstehst du nicht.»

«Dann erkläre es mir.»

Bavval seufzte, als wäre ihm das eine Last. «Die großen Siddas besetzen im Sommer alle Weideplätze. Die Märaks müssen mit dem Land der Norweger vorliebnehmen. Doch es kostet Geld, die Rentiere dort weiden zu lassen. Dieses Geld haben sie nicht, also bezahlen sie mit ihren Tieren. Im Winter haben sie deshalb weniger zu essen und müssen stehlen. Stehlen, um zu überleben.»

«Gibt es denn keinen Ausweg aus diesem Teufelskreis?», schaltete sich jetzt Sverre ein.

«Ein gutes Jahr mit vielen Kälbern würde etwas bringen, aber lange nicht die Not beenden.»

«Fühlst du dich schuldig daran?» Liv hatte ganz leise

gesprochen, aber Bavval hatte sie gehört. Er blickte zu den anderen, und Liv wollte ihn nicht drängen. Schließlich räusperte er sich. «Man muss die Samen kennenlernen, um sie zu verstehen. Man muss mit ihnen gelebt, einen Winter durchgestanden haben. Wir sind anders als die Norweger. Doch die meisten Norweger urteilen über uns, ohne etwas von uns zu wissen.»

Als sie abends in ihrer Kote lagen, war Liv noch lange wach. Man wollte sie hier nicht, das war offensichtlich. So, wie ihre Eltern sie und Lucia nicht gewollt hatten. Sie hatte alles versucht, aber es hatte nicht geklappt. Sie hatte keine andere Familie als Sverre, Lucia und Fria. Sie war so enttäuscht, dass ihr die Tränen kamen. Warum war sie nicht liebenswert? Warum wurde sie so abgelehnt? Sie fühlte sich eingeschüchtert, weggeschoben, als gebe es sie gar nicht. Aber konnte sie die Samen zwingen, sie zu mögen? War sie am Ende doch keine von ihnen? War das das Geheimnis, über welches Bavval nicht sprach? Wo war ihre Mutter?

Liv fühlte sich so allein wie nie zuvor in ihrem Leben. Sie hatte immer für ihre Ziele kämpfen müssen. Auf der Insel, beim Studium in Christiania, bei der Suche nach Arbeit für eine Frau in der Wissenschaft. Und die Liebe? Bis zu welchem Punkt konnte man um die Liebe kämpfen?

Am nächsten Morgen fühlte Liv sich erschöpft und müde, aber Bavvals Worte waren ihr nicht aus dem Kopf gegangen. Sie wollte die Samen kennenlernen, wollte ihre Wurzeln ergründen, hatte damit doch schon in der

Turi-Sidda begonnen und war am Schluss so freundlich von allen verabschiedet worden. Und Sverre hatte angefangen, die Mythen und Sagen der Samen aufzuschreiben.

Wie konnte sie es schaffen, dass die Märak-Sidda ihr vertraute?

Sverre hatte die Kote bereits verlassen, es war, als ob er jeden Tag das Leben, das ihm neu geschenkt war, feierte. Liv stand auf, kleidete sich an, trat nach draußen, atmete tief ein und aus. Sie wollte versuchen, sich zu integrieren, für eine Zeit mit dieser Sidda zu leben.

Sie nahm sich zwei leere Eimer, füllte sie mit Schnee und stellte die Eimer neben das Feuer. Eine ältere Frau kam zur Feuerstelle, in der Hand trug sie einen Sack mit Hafer.

«Kann ich helfen?», fragte Liv.

Die Frau, die ungefähr in Frias Alter war, blickte sie von der Seite her an.

«Bitte, ich möchte etwas beitragen.»

«Sammele Holz für das Feuer», sagte die Samin und sprach dabei ein klares, beinahe akzentfreies Norwegisch.

Liv suchte Sverre, gab ihm einen Kuss und lud ihn ein mitzukommen. «Los, wir dürfen Holz sammeln.»

«Wir *dürfen*? Was ist denn das für ein Wort?»

«Wir müssen diese Sidda kennenlernen, müssen mit ihr leben, um sie zu verstehen. Ich habe nachgedacht. Ich will nicht akzeptieren, wie kühl man uns hier empfangen hat.»

Sverre lächelte. «Die alte Kämpferin ist zurück, ja?»

Den ganzen Vormittag über waren sie beschäftigt, und auch am nächsten Tag suchten sie nach Brennmaterial. Sie schaufelten Schnee zur Seite, bargen kleinere und größere Äste. Die Arbeit war anstrengend, aber sie ließen sich nicht entmutigen. Nach drei Tagen machten die Samen ihnen am Feuer Platz. Nach einer Woche lächelten sie ihnen zu. Dann forderten sie Sverre auf, gemeinsam mit Bavval eine Nachtwache bei der Herde zu übernehmen.

«Bitte, darf ich dabei sein?», fragte Liv.

Bavval schüttelte den Kopf, dann überlegte er es sich anders. «Gut. Aber es wird keine leichte Nacht. Die Kälte, die Herde. Du musst gut aufpassen.»

Nur wenig später brach die Nacht herein, die Polarnacht, die schon am frühen Nachmittag begann. Liv zog sich ihre wärmsten Sachen an und noch ein zusätzliches Paar Socken über die Füße.

«Was ist zu tun?», fragte Liv. Sie waren zu viert: Bavval, Sverre, noch ein anderer Mann, dessen Namen sie nicht kannte, und sie selbst.

«Jeder von euch ist für einen bestimmten Abschnitt verantwortlich. Lauft ihn ab, hin und her. Setzt euch nicht hin, lauft nicht zu langsam und nicht zu schnell. Passt auf, dass sich kein Rentier von der Herde entfernt. Wenn eine Gefahr droht, ruft ihr laut nach den anderen und entzündet eine Fackel, die ihr schwenkt.»

«Was für Gefahren?», wollte Sverre wissen.

«Es gibt Wölfe in dieser Gegend. Sie sind hungrig, aber wir müssen sie davon abhalten, unsere Tiere zu reißen. Kommt ein ganzes Wolfsrudel, kann es sein, dass sie in einen Blutrausch verfallen und sich nicht nur mit einem Tier begnügen.»

Liv musste schlucken. «Sind sie auch für uns Menschen gefährlich?»

«Ja. Deshalb darfst du dich niemals hinsetzen. Bleib in Bewegung, damit sie gar nicht erst angreifen. Wenn sie da sind, mach so viel Lärm, wie du nur kannst, aber weiche ihnen aus. Wölfe sind scheu.»

Liv wurde unbehaglich. Sie hatte Angst vor Wölfen. Wer nicht? Aber Bavval hatte noch von anderen Gefahren gesprochen. «Was kann noch passieren?»

Bavval blickte ihr einen Augenblick lang ins Gesicht, als wollte er noch einmal abschätzen, ob sie ihrer Aufgabe auch gewachsen war. «Es könnten Diebe kommen, die unsere Rentiere stehlen wollen.»

«Und was soll ich dann tun?»

«Dasselbe wie bei einem Wolf.» Er wandte sich zu Sverre und dem anderen Mann. «Seid ihr so weit?»

Die beiden nickten, Bavval teilte jedem von ihnen sein Gebiet zu, und dann war Liv allein. Sie spähte in die Dunkelheit auf der Suche nach Wölfen, aber die Dunkelheit war so umfassend, wie sie sie noch nie erlebt hatte. Der Himmel war von einer dichten Wolkendecke überzogen, kein Mond, keine Sterne funkelten. Sie lief ihren Pfad ab, hörte das Schnaufen der Tiere, das Scharren ihrer Hufe. Die Herde war nicht eingezäunt, kein Ren durfte sich von der Herde entfernen. Die Tiere hatten keine Angst vor den Menschen, kamen dicht an sie heran. Eines schnupperte an ihrer Mütze, ein anderes drückte sich an ihr vorbei. Sie streckte die Hand aus, streichelte eines, schob ein anderes ein Stück weg. Sie lief und lief. Ihr war kalt, und ihr war langweilig. Sie spürte die Müdigkeit in jeder Faser ihres Leibes und hätte sich für ihr Leben gern irgendwo hingesetzt und ausgeruht. Bavval hatte ihr ein Proviantpäckchen mitgegeben. Es bestand aus zwei Scheiben Brot, einem Stück Rentierkäse und Trockenfleisch. Sie aß ein bisschen Brot, knabberte an dem Käse, probierte das würzige Fleisch.

Und dann hörte Liv sie. Wölfe. Ihr Geheul schallte in Livs Ohren. Sie atmete tief ein und aus, wollte die Ruhe bewahren, es gelang ihr nicht. Sie starrte in die Dunkelheit. Wo waren sie? Angst kroch in ihr hoch, ließ ihr Herz trommeln. Sie sollte die Fackel entzünden, hatte Bavval gesagt, sie sollte so laut schreien, wie sie nur konnte, sich so groß machen, wie sie nur konnte. Aber die Angst lähmte sie. Ihre Füße waren schwer wie Blei, sie konnte sie nicht heben. Sie öffnete den Mund zum Schrei, aber ihre Kehle blieb stumm. Mit zitternden Händen suchte sie nach der Fackel, schaffte es aber nicht, sie zu entzünden.

Reiß dich zusammen, Liv!, befahl sie sich. Schrei, so laut du kannst!

Wieder öffnete sie den Mund, wieder kam kein Wort und schon gar kein Schrei über ihre Lippen. Die Wölfe näherten sich. Sie sah sie nicht, doch sie spürte ihre Gegenwart. Die Rentiere waren unruhig geworden. Einige galoppierten herum, drauf und dran, den Schutz der Herde zu verlassen. Die Rentierkühe drängten zu ihren Kälbern. Ehe sie es sich versah, fand sich Liv in der Mitte der Herde. Mehr als ein Dutzend Tiere waren dabei auszubrechen. Sie würden davonrennen, wenn Liv nicht etwas unternahm. Und zwar schnell. Sie würden den Wölfen direkt vors Maul laufen.

Liv schluckte, schloss kurz die Augen, um Mut zu fassen. Als sie sie wieder öffnete, stand ihr ein Wolf genau gegenüber.

KAPITEL 31

Lucia versuchte, nicht an Jehan zu denken. Doch das gelang ihr nicht. In jeder Minute des Tages war sie in Gedanken bei ihm. Jetzt nahm er den Fang der Fischer entgegen. Jetzt war er an der Fischwaage. Jetzt hatte er Mittagspause.

Fria fragte sie, wann sie mit dem weihnachtlichen Schmücken beginnen wollte, wann die Weihnachtskekse backen.

«Jetzt!», antwortete Lucia und besorgte Kiefernzweige und Zapfen. Im Haus wand sie grünen Stoff um die Stange an der Theke, band in regelmäßigen Abständen rote Schleifen darum. Sie legte Tischdecken mit Weihnachtsstickereien auf, arrangierte die Zweige in Gläsern. Sie stellte Leuchter in die Fenster, bestückte sie mit Bienenwachskerzen. Sie stöberte auf dem Dachboden des Guesthuset nach der Weihnachtskrippe, baute sie auf einem Tisch auf, füllte die winzige Krippe mit Stroh, nähte Maries Mantel, der noch einen Riss vom letzten Jahr hatte. Sie wischte den Staub von den drei Heiligen Königen, dann eilte sie hinunter in den Keller, um das Weihnachtsbier anzusetzen. Und die ganze Zeit über dachte sie dabei an Jehan. Welche Plätzchen mochte er am liebsten? Wie feierte er den Advent? Mochte er die Kerzen in den Fenstern? Dachte er daran, Geschenke zu besorgen? Wie würde ihm ihr Weihnachtsbier schmecken? Würde er bemerken, dass sie die Gaststube geschmückt hatte? Lasse hatte so etwas nie gemerkt. Oder war es ihm gleichgültig gewesen, so wie seine Frau und seine Tochter? Apropos Tochter. Wo war eigentlich Marie? Lucia sah sich um. Gerade noch hatte die Kleine hier gespielt, jetzt war sie weg.

«Marie?», rief Lucia. «Marie, wo bist du?»

Keine Antwort. Sie öffnete die Tür, trat vor das Guesthuset. Die Dämmerung hatte sich über die Insel gelegt. Nicht mehr lange, dann würde es ganz dunkel sein.

«Marie!» Wo war sie nur? Lucia stürzte zurück ins Haus, suchte in der Küche, suchte den ersten Stock ab.

«Was ist los?», wollte Fria wissen.

«Marie ist weg!», stieß Lucia hervor. «Hast du sie gesehen?»

«Ja, vorhin aus dem Fenster. Sie war unten am Meer. Ich dachte, du hättest sie zum Steinesammeln geschickt.»

Lucia warf sich ihre Jacke über, rannte ans Wasser. Die Wellen krachten so laut ans Ufer, dass Lucias Rufe von ihren Lippen gerissen wurden. Sie rannte nach links, sie rannte nach rechts, aber sie fand ihr Kind nicht. Ihr Herz schlug rasend schnell, zugleich brach ihr der Schweiß aus. Bald würde es dunkel sein. Wenn Marie bis dahin nicht gefunden war … Weiter wollte sie gar nicht denken.

Fria war hinter ihr hergekommen. «Ich verständige die anderen. Sie werden einen Suchtrupp zusammenstellen. Mach dir keine Sorgen, wir finden sie. Weit kann sie nicht sein.»

Eine halbe Stunde später erschien der Suchtrupp. Er

bestand aus Bjarni, Arni, Fenris, Chrisander, ein paar Fischern und Jehan.

Jehan trat zu ihr, legte ihr eine Hand auf die Schulter. «Wir finden sie, Lucia. Das verspreche ich dir.»

Lucia nickte, hatte trotz aller Furcht und Verzweiflung seine Hand gespürt. «Ich habe Angst», flüsterte sie.

«Das musst du nicht. Sie wird bald wieder bei dir sein.»

Der Suchtrupp unter Bjarnis Kommando schwärmte aus, durchstreifte die Umgebung. Lucia wollte auch mit, doch Jehan hielt sie zurück. «Du musst hierbleiben. Wenn sie zurückkommt, musst du uns Bescheid sagen.»

Lucia nickte, ging ins Haus zurück, stellte sich neben Fria ans Fenster. «Sie ist noch nie weggelaufen.»

«Habt ihr gestritten?»

«Nein, alles war wie immer.»

Sie starrten hinaus, sahen, wie die Landschaft im Dunkel verschwand. Der Vollmond stand am Himmel, nur hin und wieder von einer kleinen Wolke verdeckt, und ließ den Schnee funkeln.

«Es wird kalt werden in dieser Nacht», sagte Lucia leise. «Sie wird erfrieren.»

«Nein, das wird sie nicht. Marie ist ein kluges Mädchen. Sie kommt wieder. Wahrscheinlich ist sie so in ihr Spiel versunken, dass sie die Zeit vergessen hat.»

Lucia zündete Kerzen in allen Fenstern an, und Fria schaute ihr dabei zu.

«Was machst du da?»

«Marie liebt Kerzen im Fenster. Und das Guesthuset ist so besser zu sehen.»

Lucia stellte sich wieder neben Fria. «Wenn ihr etwas passiert, dann bringe ich mich um.»

«Sag so etwas nicht.»

«Ich habe nichts in meinem Leben hinbekommen. Ich habe alles verdorben. Ich kann ja nicht mal auf meine Tochter aufpassen.»

«Du redest Unsinn, Lucia.» Fria legte ihr eine Hand auf die Schulter. «Jedes Kind reißt einmal von zu Hause aus. Auch du hast das getan.»

«Ja, weil ich in der Handelsstation Lakritze kaufen wollte.» Sie hielt inne. «Die Handelsstation. Marie ist so gern dort, weil sie oft einen Kakao bekommt. Ich laufe hin.»

Fria nickte. «Ich bleibe hier und warte.»

Lucia warf sich erneut ihre Jacke über, vergaß die Mütze, den Schal, die Handschuhe. Sie stürzte durch den Schnee, als hetzten tausend Teufel hinter ihr her. «MARIE!» Der Himmel hatte sich vollständig zugezogen. Und jetzt begann es auch noch zu schneien! Lucia rannte, so schnell sie konnte. In der Handelsstation war noch Licht. Sie hämmerte gegen die Tür. Gunhild öffnete.

«Was willst du, in Herrgotts Namen? Wir haben geschlossen. Schon seit einer halben Stunde.»

«Ist Marie bei dir?»

Gunhild schüttelte den Kopf. «Sie kommt immer nur mit dir.»

«Bitte, Gunhild. Schließ die Tür zum Lager auf. Vielleicht hat sie sich dort versteckt.»

«Wie lange ist sie schon weg?»

«Ich weiß es nicht genau. Eine Stunde, vielleicht etwas länger.»

Gunhild steckte den Schlüssel ins Schloss, öffnete die Tür. «Marie?», rief sie nun auch, während Lucia hinter jeden Sack, hinter jede Kiste, hinter jeden Kasten schaute. «MARIE!»

«Hier ist sie nicht.» Gunhild schob Lucia zur Tür hinaus.

«Frag deinen Mann, ob er sie gesehen hat.»

Gunhild rannte in ihre Wohnung. «Er sagt, sie sei Richtung Fischfabrik gegangen. Aber das ist eine ganze Weile her.»

Lucia packte das Grauen. In der Fischfabrik war es gefährlich. Überall lagen scharfe Messer herum. Die eingesalzenen Fische waren wie Brennholz zu einem runden Turm aufgeschichtet. Wenn Marie auf die Idee kam, dort hinaufzuklettern, könnte der Turm zusammenstürzen und Marie unter kiloweise Klippfisch begraben.

Sie stieß ein kurzes Danke hervor, hörte, wie Gunhild ihr nachrief, sie wolle den Hafen absuchen, an dem das Postschiff anlegte, und stürzte erneut davon.

«MARIE!»

Lucia rannte, die Lungen schmerzten, sie bekam kaum Luft, doch sie rannte weiter, kämpfte sich durch den Schnee. Der Schweiß rann ihr den Rücken hinab, und zugleich schmerzten ihre Ohren von der Kälte, doch das spürte sie nicht. Endlich war sie an der Fabrik angelangt. Sie blickte sich um, aber sie war nur von Dunkelheit umgeben.

«Marie!», rief sie. «Marie, wo bist du nur?»

«Lucia, bist du das?» Chrisander, der Fischer, kam auf sie zu.

«Hast du sie gefunden?»

«Nein, ich habe in der Produktionshalle und am Fischereihafen gesucht, aber da war sie nicht.»

Lucia starrte ihn an, dann verschwamm alles vor ihren Augen, und sie stürzte zu Boden. Chrisander kniete sich neben sie, rieb ihr mit Schnee das Gesicht ein, hob sie auf.

«Ich bringe dich nach Hause, Lucia. Du bist völlig entkräftet.»

«NEIN! Ich muss Marie finden!»

Lucia riss sich los, eilte an der Fischfabrik vorbei zur Siedlung der Fischer. Sie klopfte an jede Haustür, fragte nach ihrem Kind, doch niemand hatte Marie gesehen. Die mitleidigen Blicke brannten sich in ihre Haut. Jemand drückte ihr eine Öllampe in die Hand, dann rannte sie weiter. Ihr Herz tat weh, und sie hatte solche Angst, dass sie kaum atmen konnte. Wo war ihre Tochter?

Sie wusste nicht, wie lange sie schon gesucht hatte, aber als sie erneut an der Fabrik vorbeikam, setzte sie sich auf eine Bank und rang nach Luft. Was sollte sie noch tun? Wo konnte sie noch suchen?

Sie hörte, wie sich die Wellen donnernd brachen, und ihr Herz wurde so kalt wie Eis. Und wenn sie doch unvorsichtig gewesen und ins Wasser gefallen war? Marie konnte schwimmen. Wie alle Kinder, die im nächsten Jahr zur Schule kamen. Bjarni hatte dafür gesorgt, damit kein Kind der Insel mehr ertrank. Doch die Brecher würden Marie einfach umwerfen, sie mitreißen, unter sich begraben.

«MARIE!»

Dieser Schrei kam aus tiefster Seele, verriet ihre ganze Angst, den schon vorweggenommenen Schmerz des Verlustes. Tränen strömten über ihr Gesicht. Sie faltete die Hände zum Gebet. «Lieber Gott, lass meine Tochter am Leben. Beschütze sie, wo immer sie gerade ist.»

Dann erhob sie sich von der Bank. Sie musste zurück zum Guesthuset. Vielleicht hatte der Suchtrupp Marie schon gefunden. Sie stolperte, fing sich, rannte erneut los. In der Ferne hörte sie Männerstimmen, die nach dem Kind riefen.

Die Kirchenglocken verkündeten die achte Abendstunde. Noch nie war Marie so lange weg gewesen. Sie war immer ein artiges Kind, das selten Ärger machte, selten etwas für sich forderte.

Lucia dachte an den gestrigen Abend. Sie hatte Marie ins Bett gebracht und sich noch eine kleine Weile neben sie auf die Bettkante gesetzt.

«Warum habe ich keinen Vater?», hatte Marie gefragt.

«Du hast einen Vater. Aber er hat uns verlassen.»

«Hat er mich nicht lieb?»

«Doch, das hat er sicher, aber er lebt in Christiania. Das weißt du doch.»

«Warum kommt er mich nie besuchen?»

«Der Weg auf die Insel ist weit. Erinnerst du dich noch, wie lange wir unterwegs waren?»

Marie nickte, ihr kleines Gesicht vor Trauer ganz blass. Die Unterlippe zitterte ein wenig. «Alle Kinder auf der Insel haben einen Vater. Nur ich nicht.»

«Ich weiß, mein Schatz, und es tut mir sehr leid.»

«Ich dachte, Jehan würde mein neuer Vater werden. Er hat mir immer etwas mitgebracht und hat mit mir gespielt. Aber dann hast du ihn vertrieben.»

«Wer sagt das?» Lucia zog die Augenbrauen hoch.

«Runi. Sie hat zu Gunhild gesagt, dass er uns beide gewollt hat. Es hat ihm nichts ausgemacht, dass wir geschieden sind. Aber du hast ihn weggeschickt. Obwohl er dir beim Kochen geholfen hat.»

Kurz dachte Lucia an diese Tage, die ihr im Rückblick golden erschienen. Marie hätte Jehan gern zum Vater gehabt, das wusste sie. O Gott, was hatte sie nur getan! Sie hatte bei Jehan immer nur an sich gedacht und nicht daran, was für Marie das Beste wäre. Sie hatte ihr zum zweiten Mal einen Mann genommen, den sie gemocht hatte. Deshalb war Marie weggelaufen. Lucia hielt inne, schöpfte Luft, dachte nach. Wo konnte Marie sein?

Jehan. Sie musste Jehan finden. Ihre Füße waren inzwischen wie gefroren, sie zitterte vor Kälte, aber sie suchte weiter.

«Jehan!», rief sie. «Marie!»

Das Guesthuset kam immer näher. Sie stürzte hinein, blickte Fria an, die den Kopf schüttelte.

«Weißt du, wo Jehan ist?», rief Lucia.

«Er war vor zehn Minuten hier, wollte hinten bei den Klippen nach ihr suchen.»

Die Klippen waren gefährlich, insbesondere bei Dunkelheit und bei diesem Wetter. Wieder rannte sie zum Meer, achtete nicht darauf, dass die Wellen ihre Füße überspülten. Die Klippen schälten sich aus der Dunkelheit, lagen vor ihr. Sie rief immer wieder Jehans Namen und nach Marie. Wenn Marie doch auf die Klippen geklettert war! Sie war noch so klein. Lucia kletterte auf den nächsten Steinbrocken. Marie kannte den Platz, Liv hatte hier immer gesessen …

KAPITEL 32

Der Wolf stand vor ihr mit aufgerissenem Maul. Liv starrte auf seine Reißzähne. Sie hielt den dicken Stiel der Fackel in der Hand. Und dann richtete sie sich auf, machte sich so groß sie konnte und begann zu schreien: «Hau ab, hau einfach ab. Ich habe es hier schon schwer genug. Ich darf kein Rentier wegen dir verlieren. Hast du das verstanden?»

Der Wolf knurrte gefährlich, seine Zähne blinkten im Mondlicht, seine Augen leuchteten. Und rechts und links hinter ihm standen weitere Wölfe. Liv fürchtete sich vor Wölfen. Eigentlich. Sie wusste viel über diese Tiere, sie war Zoologin. Und sie wusste auch, dass sie gegen ein Rudel nicht die geringste Chance hatte. Aber alle Angst war in diesem Augenblick von ihr abgefallen. Dafür kam die Wut. Sie wollten ihr etwas wegnehmen, auf das sie achten sollte. Die würden sich wundern. Sie legte allen Schmerz, alle Wut in ihre Stimme und schrie so laut, dass sie glaubte, auch im Lager gehört zu werden.

«Ich habe keine Angst vor euch», brüllte sie. «Holt euch woanders ein Tier.»

Sie bückte sich, hob einen Stein auf und warf. Sie traf den Wolf oberhalb der Schnauze. Er heulte auf, dann knurrte er wieder, riss sein Maul noch weiter auf. Da trat Liv auf ihn zu, machte einfach einen Schritt nach vorn, hörte hinter sich die Angst der Rentiere, ihr Schnauben, ihre Hufe, die im Schnee scharrten. Der Wolf knurrte tiefer, seine Augen blitzten gefährlich, dann schnappte er nach ihr, schnappte nach ihren Waden.

«Du willst mich beißen, dir werde ich es zeigen!»

Sie hob einen weiteren Stein auf, schleuderte ihn Richtung Tier, traf es erneut, schlug mit der Fackel auf seinen Kopf und auf seinen Rücken. Der Wolf heulte auf, und die anderen Wölfe kamen noch näher.

«Haut ab!», schrie Liv aus Leibeskräften. «Haut ab, hier kommt ihr nicht an die Herde.»

Der Wolf duckte sich zum Sprung, doch Liv schrie einfach weiter, während sie mit der Fackel um sich schlug.

«Hau ab, du Bestie. Auf dich habe ich grad noch gewartet!»

Keinen Schritt wich sie vor den Tieren zurück. Sie hatte keine Zeit, an ihre Gefühle zu denken, an die Gefahr, nur an ihre Entschlossenheit, die Wölfe zu verjagen … Und es gelang! Sie drehten sich tatsächlich um, suchten das Weite.

Atemlos hielt Liv inne.

Bavval, Sverre und der andere Mann kamen angerannt.

«Was war los?», fragte Bavval.

«Wölfe. Da waren Wölfe. Drei Stück, aber ich habe sie verjagt.»

Der fremde Mann lachte laut auf. «Du hast Mumm in den Knochen, Mädchen», sagte er und haute ihr auf die Schulter.

Der Rest der Nacht verlief ruhig, auch wenn Liv die Füße wehtaten, ihre Wangen sich wie erfroren anfühlten und sie das Eis auf ihren Wimpern spüren konnte. Sie hielt weiter Ausschau, aber sie spürte keine Angst mehr. Ganz im Gegenteil. In dieser Nacht fühlte sie sich stark.

Als sie am nächsten Morgen noch vor Sonnenaufgang abgelöst wurde, war die Kunde von ihrer Wolfsvertreibung schon bis ins Lager gedrungen. Der andere Mann, dessen Namen Liv nicht kannte, saß am Feuer und berichtete den anderen, was sich zugetragen hatte. Jetzt lächelten alle Männer sie an. Einer reichte Liv einen Becher mit dampfendem Kaffee, ein anderer gab ihr ein Stück Käse zum Brot. Und alle nickten ihr zufrieden zu.

Trotz aller Erschöpfung, trotz ihrer großen Müdigkeit, spürte Liv, wie ein warmes Gefühl in ihr aufstieg. Sie grüßte in die Runde, ging an Sverres Seite zu ihrer Kote, legte sich hin und schlief sofort ein.

Ein paar Tage später begann Sverre, sich mit den älteren Samen der Märak-Sidda zu unterhalten. Er ließ sich Geschichten erzählen und notierte sie in seinem Notizbuch.

«Was willst du damit?», hörte Liv eine alte Frau fragen.

«Ich schreibe sie auf, damit sie nicht verloren gehen. Ein Buch wird daraus entstehen.»

Die ältere Frau verzog den Mund. «Ein Buch?»

«Ja.»

«Es gibt bisher keine Bücher über uns.»

«Ich weiß, und das möchte ich gern ändern.»

«Dann setz dich näher zu mir, und ich erzähle dir, was ich über die Entstehung der Nordlichter weiß.»

Sverre tat wie geheißen, Liv setzte sich neben ihn, und beide lauschten der Stimme der alten Samin.

«Vor langer Zeit lebten die Samen in Harmonie mit der Natur. Sie waren stark mit den Elementen verbunden und hatten ein tiefes Verständnis für die Geheimnisse des Universums. Eines Nachts versammelten sich die Ältesten der Samen am Ufer eines stillen Sees, um eine wichtige Entscheidung zu treffen. Sie hatten bemerkt, dass die Nordlichter immer seltener am Himmel erschienen. Die Samen glaubten, dass die Nordlichter ein Geschenk der Götter seien und dass ihr Verschwinden ein Zeichen für Unruhe und Missfallen sei. Sie beschlossen, eine Reise zu unternehmen, um die Götter zu finden und zu erfahren, warum die Nordlichter verschwanden.

Die Ältesten wählten drei weise und mutige Krieger aus, die die Reise antreten sollten. Sie waren bereit, sich den Gefahren und Herausforderungen zu stellen, um die Nordlichter zurückzubringen. Die Krieger machten sich auf den Weg in die Tiefen des Nordens, wo sie die Götter vermuteten. Nach vielen Tagen und Nächten des Wanderns erreichten die Krieger einen heiligen Berg, der von den Göttern bewohnt wurde. Sie kletterten den steilen Pfad hinauf und trafen auf die Götter, die in strahlendem Licht und majestätischer Schönheit erschienen. Die Krieger baten die Götter um Gnade und erklärten ihre Mission, die Nordlichter zu den Samen zurückzubringen. Die Götter hörten aufmerksam zu und erkannten ihre aufrichtige Absicht. Sie erklärten, dass die Nordlichter durch den Tanz der Geister entstanden, die zwischen den Welten wanderten. Die Götter erklärten weiter, dass die Geister der Nordlichter von den Menschen respektiert und geehrt werden müssten. Wenn die Menschen im Einklang mit der Natur lebten und die Schönheit der Welt schätzten, würden die Nordlichter in ihrer ganzen Pracht erscheinen.

Die Krieger kehrten mit dieser Botschaft zu ihrem Volk zurück und berichteten von ihrer Begegnung mit den Göttern. Die Samen verstanden die Lehre und begannen, im Einklang mit der Natur zu leben und die Geister der Nordlichter zu ehren. Sie achteten die Welt um sie herum und pflegten eine tiefe Verbindung zur Natur.»

Die alte Frau brach ab und sah zu, wie Sverre ihre Worte notierte. Liv betrachtete ihren Mann. Er sah glücklich aus, und das freute sie. Und noch einmal lauschten beide der Samin.

«Seitdem erscheinen die Nordlichter regelmäßig am Himmel über den Samenländern. Sie sind ein Symbol für die Harmonie zwischen Mensch und Natur und erinnern die Samen daran, dass sie Teil eines größeren Ganzen sind. Die Nordlichter erzählen die Geschichte der Samen und ihre tiefe Verbundenheit mit der Welt um sie herum.»

Die alte Frau, deren Gesicht runzlig war wie altes Leder, erhob sich. «Es wäre schön, wenn alle Menschen sich so mit der Natur verbinden würden, wie wir es tun», sagte sie, legte Sverre kurz eine Hand auf die Schulter und ging zu ihrer Kote.

Am nächsten Tag sammelte Liv Birkenrinde, mit der die Koten abgedichtet wurden, eine Samenfamilie hatte sie um Hilfe gebeten. Die Zeit verging wie im Flug, und langsam gewöhnte sich Liv an das Leben im Lager. Sie half nicht nur beim Kochen, sie passte auf die kleinen Kinder auf. Der Advent hatte begonnen, und Liv wusste, dass das Weihnachtsfest für die Samen ein hoher Feiertag war. Doch noch immer wusste sie nicht, wer ihre Mutter war. Sie hatte sich mit allen Frauen unterhalten, die in einem Alter waren, dass sie ihre Mutter sein könnten, doch keine hatte sich zu erkennen gegeben.

«Warum sagst du mir nicht, wer sie ist?», fragte Liv Bavval wieder einmal, als sie abends am Feuer saßen.

«Es dauert nicht mehr lange. Du wirst sie bald kennenlernen.»

«Sie ist hier, ich kenne sie schon, oder?»

«Nein. Sie ist nicht hier. Doch bald kommt sie.»

«Wo ist sie?»

«Sie ist in der Stadt. Sie arbeitet. Aber sie wird Weihnachten bei uns verbringen.»

«Was macht sie in der Stadt?»

Bavval lächelte. «Sie arbeitet an der Schule. Unsere Kinder lernen nur im Winter und wohnen in dieser Zeit in Alta. Sie begleitet sie.»

«Sie arbeitet mit Kindern. Also muss sie kinderlieb sein. Warum hat sie Lucia und mich dann ausgesetzt?»

«Du wirst alles früh genug erfahren.»

In der Woche darauf begann das Rentierschlachten. Aufregung lag in der Luft. Die Männer kontrollierten ihre Lassos, besserten schadhafte Stellen aus. Die Frauen schrubbten riesige Holztröge. Liv schmolz Eimer um Eimer Schnee, brachte das Wasser zu den Trögen, spülte sie aus. Andere richteten die Koten, besserten die

Grassoden aus. Joiks flogen hin und her, und Liv bekam Lust, sich auch an diesen seltsam eindringlichen Gesang zu wagen. Sie kannte inzwischen all die Namen, wusste, welcher Mann zu welcher Frau gehörte, wer in welcher Kote schlief.

Sverre hatte fast sein ganzes Notizbuch vollgeschrieben. Er war so begeistert, wie sie ihn lange nicht gesehen hatte, und sie war froh, dass sich diese strapaziöse Reise doch noch für ihn lohnte.

Liv versank in ihrer eigenen Geschichte. Wenn sie nicht weggegeben worden wäre, wäre sie so aufgewachsen wie die anderen Kinder der Sidda. Niemals hätte sie das Examen artium machen können, niemals hätte sie studiert. Sie hätte sicher schon eigene Kinder, die nur im Winter zur Schule gingen. Wenn sie ehrlich war, so war sie froh, dass ihr das anstrengende Leben der Rentiersamen erspart geblieben war. Und doch konnte sie sich der Faszination nicht entziehen. Nie war sie so dicht an der Natur gewesen, obschon sie sich immer für eine Frau gehalten hatte, die gern draußen war.

Das Schönste aber war, dass im Leben der Samen manches einfacher schien. Es war gleichgültig, welche Sachen man trug, Hauptsache, sie waren praktisch und hielten warm. Es war auch gleichgültig, ob man gebildet war oder nicht, denn es zählte nur, wie jeder seine Aufgaben erfüllte. Das Leben war nicht kompliziert, wenn man sich an die Regeln hielt. Aber waren die Samen glücklicher als die Menschen auf Smøla? Was man nicht kannte, konnte man nicht vermissen.

Plötzlich stiegen Liv Tränen in die Augen. Sie dachte

an Lucia und Marie, an Fria und Bjarni und an all die anderen. Sehnsucht erfasste sie, eine solche Sehnsucht, dass sie ihr beinahe die Luft nahm. Fria war ihre Mutter. Ganz gleich, was geschah. Mit Fria hatte sie eine Vergangenheit, die ein Vierteljahrhundert umfasste. Was verband sie mit ihrer leiblichen Mutter? Plötzlich wollte sie weg, nach Hause, so gewaltig war ihr Heimweh. Jetzt. Auf der Stelle.

Sie suchte nach Sverre, fand ihn bei den Männern, die mit Lassos Rentiere einfingen, um sie zu schlachten. Sie sah Bavval, der eines der Tiere mit seinem ganzen Gewicht nach unten drückte und ihm ein Messer in den Nacken rammte. Das Tier zuckte mit den Hufen, dann war es tot.

Jetzt rief Bavval Sverre zu: «Hast du gesehen, wie ich es gemacht habe? Nun bist du dran.»

Der Geruch des Blutes stieg Liv in die Nase und verursachte eine leichte Übelkeit. Sie hatte kein Problem damit, dass Tiere getötet wurden, damit die Menschen etwas zu essen hatten. Sie hatte ihr Leben lang Fleisch gegessen, manchmal fragte sie sich jedoch, wer ihnen, den Menschen, das Recht gab, Tiere zu domestizieren, zu fangen, zu schlachten, zu essen. Hatte nicht jedes Rentier das Recht, so zu leben, wie es ihm die Natur vorschrieb? Nicht hier. Hier wurde es vor Schlitten gespannt, geschlachtet, gegessen. Die Milch für die Kälber wurde gesammelt, um daraus Käse zu machen.

Sverre verzog das Gesicht. «Lieber nicht, Bavval.»

«Jeder Mann sollte einmal im Leben ein Tier geschlachtet haben», widersprach Bavval. «Du isst Fleisch, also töte. Du musst wissen, woher das, was du auf dem Teller hast, kommt.»

Sverre seufzte, nahm das Lasso, schwang es über den Kopf, und das Seil verfing sich tatsächlich im Geweih eines Rentiers.

«Pack es an den Stangen, wirf dein ganzes Gewicht drauf und drück es zu Boden!», rief Bavval.

Sverre rang mit dem Tier, das Geweih schlitzte den Ärmel seines Mantels auf. Im Eifer war ihm die Mütze vom Kopf geflogen, die Handschuhe hatte er zuvor schon ausgezogen. Sein Gesicht war rot, und Liv sah ihm an, wie sehr ihm widerstrebte, was er tat. Endlich hatte er das Tier am Boden. Bavval reichte ihm ein Messer.

«Du musst in die Mitte des Nackens stechen.»

Sverre hob das Messer und hielt inne. Dann schüttelte er den Kopf, gab Bavval das Messer zurück. «Ich kann das nicht. Und ich will es auch nicht tun. Ich bin ein Mann des Wortes, nicht des Messers.» Damit erhob er sich und verließ den Platz.

Liv sah, wie Bavval ihm nachschaute. Erstaunt, so schien es, oder war er verärgert?

Sverre stellte sich neben seine Frau. «Ich kann das nicht mehr. Ich habe alles so satt hier. Das Schlafen in den Koten, die immer feuchten Sachen, das Umherziehen. Ich möchte mich täglich waschen können, ich möchte eine Toilette haben und mir nicht im Schnee den Hintern abfrieren. Ich möchte meine Sachen nicht nur einmal im Jahr wechseln, ich brauche meine Bücher. Ich möchte nach Hause, Liv.»

«Hast du deine Arbeit beendet?»

«Ja. Ich habe alles gesammelt und aufgeschrieben. Vielleicht reicht es nicht für ein eigenes Buch, aber doch für einige Extrakapitel in meinem Buch über die nordischen Mythen und Sagen. Ich möchte dafür sorgen, dass die Geschichten der Samen ihren eigenen Platz haben.»

Liv ergriff seine Hand, hob sie an ihre Wange und schmiegte das Gesicht hinein. «Ich verstehe dich. Auch ich will hier weg. Und zwar so schnell es geht.» Sie ließ seine Hand sinken, blickte ihm in die Augen. «Egal, wie lange wir hier gewesen sind, ich werde immer eine Norwegerin bleiben.» Sie sagte diesen Satz leise, weil ihm ein Hauch von Verrat anhaftete.

Am Nachmittag rührte sie mit den anderen Frauen Blutpudding. Die Rentiere wurden ausgeblutet, das Blut in einer Wanne aufgefangen. Nun musste es gerührt werden, bis der Pudding fertig war. Liv war Zoologin, und doch wusste sie, dass sie keinen Happen davon herunterbringen würde. Sie selbst hatte erst einmal ein Tier getötet, einen jungen Raben, und das war im Rahmen ihres Studiums gewesen. Als Kind war sie oft dabei gewesen, wenn Bavval einem Huhn den Kopf umgedreht hatte, sie hatte gesehen, wie Schafe geschlachtet wurden, sie wusste, wie wichtig das Protein im Fleisch der Tiere für die Menschen war. Doch hier war alles so viel direkter, unmittelbarer, ungefilterter. Das rote Blut auf dem weißen Schnee, der süßliche Geruch, das Schnauben und Grollen der Tiere, während sie mit dem Lasso gejagt wurden. Das Niederstürzen, das Einbrechen der Beine, das Überwältigen, das Töten. Oh, sie wusste so gut, dass es notwendig war. Aber ihr wurde davon schlecht. Sie ließ den Löffel in den Blutpudding rutschen, erhob sich, ging ein Stück beiseite und erbrach sich. Sie würgte so lange, bis ihr Magen vollkommen leer war.

«Ist alles in Ordnung?», rief eine der Frauen.

«Ja», rief Liv und kehrte zu den Frauen zurück.

Eine der Älteren blickte sie aufmerksam an. «Du bist schwanger, du bekommst ein Kind.»

Liv erschrak. «Wo... woher willst du das wissen?»

«Deine Brüste sind größer geworden, dir ist manchmal übel, und du weinst schnell.»

Liv legte die Hand auf ihren Bauch. War sie wirklich schwanger? Ihre letzte Regel war ausgeblieben, aber diesem Umstand hatte sie keine weitere Beachtung geschenkt, denn hier war alles anders. Sie hatte gedacht, dass es an den Strapazen der Reise läge. Sie hatte auch merklich an Gewicht verloren. Ihre Kleidung schlackerte an ihrem Körper, aber sie hatte auch bemerkt, dass Sverre dünner geworden war. Dafür waren die Muskeln an seinen Armen gewachsen.

Schwanger.

Sie sprach das Wort in Gedanken immer wieder aus. Schwanger. Sie würde Mutter werden. Jetzt bekam sie Angst. Konnte sie das? Würde sie eine gute Mutter sein? Sie wollte sein, wie Fria für sie gewesen war, und hoffte, dass Sverre so sein konnte, wie Bavval gewesen war. Und doch hatte sie Zweifel, ihre eigene Mutter hatte sie und Lucia weggegeben. Würde das ihre Gefühle für ihr Kind beeinflussen? Wieder legte sie die Hand auf ihren Bauch, der sich durch die Kleidung hindurch wie immer anfühlte. Sie konzentrierte sich, hörte nicht mehr auf die Gespräche der Frauen. Alles in ihr war still. Und plötzlich verspürte sie eine Verbindung mit dem winzigen Wesen, das in ihr wuchs. Glück durchströmte sie. Reines Glück.

Sie stand auf, suchte nach Sverre. Sie fand ihn unweit des Schlachtplatzes, er saß mit hängendem Kopf auf einem Stein. Die anderen Männer waren dabei, die Tiere zu verarbeiten. Einige zogen ihnen die Häute ab, einer entfernte die Geweihe, der letzte zerlegte das Fleisch. Dann wurde es an einem Gerüst abgehängt.

«Bavval hält mich für einen Schwächling», sagte Sverre, als Liv sich neben ihn setzte. «Ich konnte das Rentier nicht töten. In den Augen der Samen bin ich wohl kein richtiger Mann.»

«Für mich bist du ein richtiger Mann. Der beste, den ich kenne.» Sie nahm seine Hand, drückte sie leicht. «Ich … ich glaube, wir bekommen ein Kind.»

Sverre fuhr herum, starrte sie an. «Was sagst du da?»

«Nun, die samischen Frauen sind recht sicher.»

«Wann? Wann kommt das Kind?»

Liv zuckte mit den Schultern. «Das weiß ich nicht genau. Vielleicht im nächsten Mai oder Juni. Ich muss einen Arzt fragen, wenn wir wieder zu Hause sind.»

Sie lächelte Sverre an, und sein Gesicht begann zu strahlen. Behutsam legte er eine Hand auf ihren Bauch.

«Man kann noch nichts fühlen», erklärte sie. «Aber schon bald. Freust du dich auf das Kind?»

«Aber ja. Und wie! Ich werde Vater!» Er drehte sich um, rief Bavval zu: «Ich werde Vater!»

Dann wandte er sich wieder an Liv: «Wir fahren nach Hause. Jetzt gleich. Auf der Stelle. Wir müssen an das Kind denken. Wir packen unsere Sachen und laufen hinunter nach Alta. Dort finden wir bestimmt bald ein Schiff, das uns mitnimmt. Vielleicht sogar eines von Edvard.»

Liv schüttelte den Kopf. «Ich werde Mutter, Sverre. Und um eine wirklich gute Mutter sein zu können, muss ich meine leibliche Mutter kennenlernen. Sie kommt bald, wird das Weihnachtsfest hier bei ihrer Sidda verbringen. Ich *muss* wissen, warum sie Lucia und mich ausgesetzt hat!»

KAPITEL 33

Wie lange Lucia hier bei den Klippen gesessen hatte, wusste sie nicht. Alle ihre Gedanken waren auf Marie gerichtet. Plötzlich tauchte eine Gestalt vor ihr auf. Jehan.

«Lucia, bleib, wo du bist. Komm nicht näher. Hier oben hat sich Eis gebildet.»

«Aber Marie!»

«Marie ist nicht hier. Ich habe alles abgesucht.»

Sie vertraute Jehan. Wenn er sie nicht gefunden hatte, dann war sie da nicht. Vorsichtig setzte sie Schritt für Schritt über die nassen Felsen, bemüht, einen festen Halt für ihre Füße zu finden. Und dann stand sie neben Jehan und blickte auf das tobende Meer. Sie spürte nicht, dass sie zitterte und ihre Zähne klappernd aufeinanderschlugen. Jehan zog seine Jacke aus und legte sie ihr um die Schultern.

«Komm, du brauchst etwas Heißes zu trinken.»

Als sie im Guesthuset saßen, einen Becher mit dampfendem Kaffee vor sich, fing Lucia an zu sprechen.

«Es ist meine Schuld. Es ist meine Schuld, dass Marie weggelaufen ist. Wir haben gestritten.»

«Worum ging es?»

«Sie wollte dich so gern als Vater haben.» Mehr brauchte sie nicht zu sagen, denn Jehan verstand auch das, was unausgesprochen geblieben war. Er trank einen Schluck aus seinem Becher.

«Ich weiß vielleicht, wo sie sein könnte», sagte er nachdenklich.

«Was meinst du? Woran denkst du?» Eben noch hatte Lucia mit eingesunkenen Schultern und krummem Rücken gesessen, jetzt straffte sich ihr Körper. «Wo, Jehan?»

«Sie könnte bei mir sein. Ich schließe die Tür niemals ab.»

Mit großen Augen sah Lucia ihn an. Konnte es so einfach sein? Dann sprang sie auf, riss ihn mit sich, rannte zu seinem kleinen Häuschen, das gleich hinter der Fischfabrik lag und Bjarni gehörte. Sie hatte Mütze, Schal und Handschuhe vergessen, die Jackenschöße flogen ihr hinterher. Neben ihr rannte Jehan, und endlich hatten sie die Hütte erreicht. Lucia riss die Tür auf – und da lag sie. Marie. In Jehans Bett. Sie richtete sich auf, wischte sich die schlaftrunkenen Augen, doch sofort zog Lucia das kleine Mädchen an sich, bedeckte es mit Küssen und weinte dabei.

«Marie, meine Marie! Ich habe solche Angst um dich gehabt! Wie konntest du nur weglaufen!»

«Ich wollte Jehan besuchen», erklärte sie. «Er ist nicht mehr zu uns gekommen, also wollte ich zu ihm. Ich habe einen Weihnachtsstern für ihn gebastelt.» Sie sprang aus dem Bett und reichte Jehan den Strohstern, der mit rotem Band umwickelt war. «Ich habe ihn mit Runi gebastelt», erklärte sie. «Und du sollst am Weihnachtsabend zu uns kommen und den Stern an unseren Weihnachtsbaum hängen.»

Jehan hockte sich hin und war auf gleicher Augenhöhe mit Marie. «Das geht nicht, meine Kleine. Weihnachten feiert man mit der Familie. Und ich gehöre zu meinem Vater Bjarni und meiner Mutter Inken. Ole, mein Bruder, wird auch kommen. Wir sind eine Familie.»

«Warum kannst du nicht mit uns eine Familie sein?», fragte Marie, und dabei schimmerten Tränen in ihren Augen.

«Das ist nicht so einfach, Marie. Wenn sich ein Mann und eine Frau lieben, dann heiraten sie und gründen eine eigene Familie.»

«Dann heirate uns, damit wir eine Familie sein können.»

Darauf wusste Jehan offensichtlich keine Antwort. Er strich Marie eine Haarsträhne aus dem Gesicht. «Es ist schon spät. Du musst ins Bett.»

Lucia hatte danebengestanden und jedes einzelne Wort gehört. Ihr tat das Herz weh. Am liebsten hätte sie Jehan und Marie zusammen in ihre Arme geschlossen und geschworen, dass sie sich niemals wieder trennen würden. Doch das konnte sie nicht. Sie hatte Jehan verloren, und bald würde Solveig auf die Insel kommen.

Sie hüllte Marie in ihre Jacke, band ihr den Schal um.

«Du kannst mich besuchen, Marie», sagte Jehan beim Abschied. «Du kannst immer kommen, wenn du Lust dazu hast. Aber du musst vorher deiner Mutter Bescheid sagen, damit sie sich keine Sorgen macht.»

Lucia reichte ihm die Hand. «Ich danke dir. Ich danke dir von ganzem Herzen!»

«Keine Ursache. Wenn ein Kind verschwindet, helfen alle mit. Geht nur nach Hause, ich informiere die anderen, dass die Suche beendet und Marie gefunden ist.»

In Lucia brodelte es. Gefühle, die sie lange unterdrückt hatte, kamen an die Oberfläche. Ihr Herz war voll, schickte Worte hinauf zu ihrem Mund, doch sie konnte sie nicht aussprechen. Jehan, wollte sie sagen und konnte es doch nicht. Jehan, ich liebe dich. Lass uns heiraten, lass uns eine Familie sein. Stattdessen nahm sie Marie bei der Hand und ging.

Sie sah Solveig aus dem Postschiff steigen, als sie ihre Bestellungen bei Gunhild abholen wollte. Kurz blieb sie stehen und betrachtete die junge Frau aus Trondheim. Sie trug einen warmen Wollmantel, in der Taille eng und dann wie eine Glocke bis zu den Knöcheln fallend. Solveig bewegte sich langsam, gab einem Matrosen ihren kleinen Koffer aus Leder und stieg die Stufenleiter vom Schiff auf den Kai hinab. Dann streifte sie ihre feinen Lederhandschuhe ab, kramte in einem bestickten Beutel und drückte dem Matrosen ein Geldstück in die Hand. Sie sah sich suchend um. Und jetzt entdeckte Lucia auch Jehan, der ein Stück entfernt gewartet hatte. Er nahm Solveig den Koffer ab, geleitete sie zu Bjarnis Schlitten, mit dem die Familie im Winter sonntags in die Kirche fuhr. Er sagte etwas zu ihr, und Solveig warf den Kopf zurück, lachte und legte dabei eine Hand auf Jehans Ärmel.

Lucia konnte den Anblick nicht länger ertragen. Sie drehte sich weg und betrat die Handelsstation.

«Hast du gesehen, wer gerade gekommen ist?», fragte Gunhild scheinheilig. «Die beiden scheinen sich ja blendend zu verstehen.»

«Ich habe nicht weiter darauf geachtet», erwiderte Lucia. «Sind meine Bestellungen fertig?»

Gunhild deutete in eine Ecke, in der sich mehrere Kisten stapelten.

Sie war ein Tratschweib, das wussten alle auf der Insel, trotzdem konnte es sich Lucia nicht verkneifen zu fragen: «Weißt du, was Solveig auf Smøla will?»

«Was soll sie schon wollen?» Gunhild zuckte mit den Schultern. «Sie will Jehan, denke ich. Offiziell heißt es aber, dass sie die eingelegten Heringe, die die Fischfabrik neuerdings herstellt, für das Hotel in Trondheim probieren will.»

Lucia war, als schnürte ihr jemand das Herz ein. Sie zahlte, packte die Kisten auf ihren Schlitten und zog diesen zurück zum Guesthuset. Die Dämmerung hatte einer fahlen Wintersonne Platz gemacht. Der Schnee glitzerte wie die Auslage eines Juweliergeschäftes, doch Lucia war blind für die Schönheit der Insel an diesem Tag. Im Guesthuset lud sie die Einkäufe aus, machte sich dann daran, Bier zu brauen. Sie hatte sich eine passende Malzmischung aus Trondheim kommen lassen, fügte ihr noch ein wenig Zimt, Honig, Nelken und Pfeffer hinzu, mahlte die Mischung in ihrer Malzmühle und erhitzte sie unter Zugabe von Wasser, dem sie ein paar winzige Krümel Salz beimengte. Lucia musste sich konzentrieren, denn das Bier bildete Schaum und kochte schnell über. Sie rührte mit dem Holzlöffel darin. Als die Flüssigkeit schäumend hochkochte, zog sie den riesigen Topf von der Feuerstelle und ließ das Bier abkühlen. Während der zwei Stunden, die es ziehen musste, dachte sie an Jehan. Sie konnte Marie verstehen, doch das verstärkte ihr Leid zusätzlich.

Fria kam in die Küche, schnupperte an dem Kessel. «Das Bier riecht gut», sagte sie.

«Ich habe noch nicht davon probiert», erklärte Lucia.

«Aber das ist doch das Wichtigste.» Fria hielt ihr einen gefüllten Löffel hin.

Vorsichtig probierte Lucia, dann verzog sie das Gesicht und spuckte es aus. «Ekelhaft. Viel zu viel Salz. Ich habe es verdorben.» Sie ließ sich auf den Küchenschemel fallen und brach in Tränen aus. Fria legte ihr eine Hand auf die Schulter.

«Na, so schlimm ist es auch wieder nicht. Wir können zwar so schnell keine neue Malzmischung aus Trondheim kommen lassen, aber wir kriegen das schon irgendwie hin. Ich gehe mal in den Keller. Womöglich ist vom letzten Jahr etwas übrig geblieben. Und jetzt wisch dir die Tränen ab.»

Doch Lucia weinte weiter. Ihr ganzer Körper bebte, und sie konnte sich überhaupt nicht beruhigen. «Es geht nicht um das blöde Bier», brachte sie mühsam hervor.

Da setzte sich Fria neben sie, nahm ihre Hand. «Es geht um Jehan, nicht wahr?»

Lucia nickte.

«Du warst bei der Handelsstation. Also hast du gesehen, wie Solveig das Postschiff verließ.»

«Sie … sie hat eine Hand auf Jehans Arm gelegt», schluchzte Lucia. «Sie haben zusammen gelacht.»

«Das tut weh.»

«So sehr, dass es mir das Herz abdrückt.»

Eine kleine Weile schwieg Fria, dann fragte sie behutsam: «Weinst du, weil du ihn Solveig nicht gönnst oder weil du Jehan liebst?»

Überrascht blickte Lucia auf, wischte sich mit der Hand die Tränen aus dem Gesicht. «Weil ich ihn liebe.»

«Dann kämpfe um ihn. Hole ihn dir zurück. Aber nur, wenn du es wirklich ernst meinst.»

«Marie ist weggelaufen, weil sie sich Jehan zum Vater wünscht.» Ein neuer Tränenstrom ergoss sich über Lucias Wangen.

«Dann frage dich auch, ob du jetzt so traurig bist, weil du erkannt hast, was für ein guter Vater Jehan sein würde, und du deshalb ein Schuldgefühl Marie gegenüber hast. Erst wenn du dir ganz sicher bist, dass *du* ihn liebst, von ganzem Herzen liebst, geh zu ihm.»

«Das traue ich mich nicht. Ich habe ihn verletzt.»

«Das ist wahr, aber aus Fehlern lernt man. Wenn du überhaupt noch eine Chance haben willst, musst du zu ihm gehen und ihn davon überzeugen, dass es dir mit der Liebe ernst ist.»

«Solveig wird da sein.»

«Nein, Lucia, sie schläft bei uns. Sie hat ein Zimmer hier gebucht.»

Mit diesen Worten und einem freundlichen Schulterklopfen ging Fria in den Keller, um nach einer Malzmischung zu suchen.

Lucia arbeitete den Rest des Tages konzentriert. Sie braute erneut Bier, goss es durch ein Leinentuch, seihte es ab, und am frühen Abend war es fertig. Die Männer vom Stammtisch waren eingetroffen, um das Bier zu verkosten. So wie jedes Jahr. Nur war in den letzten Jahren auch Jehan dabei gewesen, heute war er es nicht.

Bjarni trank den ersten Schluck und nickte anerkennend. «Vielleicht ein bisschen zu wenig Honig», meinte er. «Etwas süßer, und es wäre perfekt.»

Chrisander fand, dass das Bier zu sehr nach Nelken schmeckte, Arni nickte anerkennend, und Fenris, der Pfarrer und Lucias Ziehvater, sinnierte, ob es nicht an der Zeit sei, das Bier mit einem Aquavit hinunterzuspülen. Lucia füllte die Bierkrüge, brachte den Schnaps und die Gläser dazu, dann eilte sie zurück in die Küche, wusch das Geschirr ab und bereitete alles vor, um morgen die Weihnachtsplätzchen – sieben Sorten, wie es die Tradition verlangte – zu backen. Sie schrubbte den Bierkessel, bis er glänzte wie die Sonne in der Abenddämmerung, wischte den Küchenboden, eilte dazwischen immer wieder zurück in die Wirtschaft und tat alles, um nicht eine einzige Minute zur Ruhe zu kommen und nachzudenken.

Die Gäste waren gerade dabei, ihre Rechnung zu bezahlen, als Solveig mit ihrem kleinen Koffer das Guesthuset betrat.

Sie wandte sich direkt an Lucia.

«Sie müssen die Wirtin sein», erklärte sie das Offensichtliche. «Hätten Sie wohl noch ein zweites Kissen für mich? Ich schlafe immer mit zwei Kissen.»

«Natürlich.»

Lucia eilte nach oben, bezog rasch ein zweites Kissen

mit der guten, mit Lochstickereien versehenen Leinenwäsche und eilte zurück in die Gaststube.

«Wie war Ihr Tag auf Smøla?», fragte sie und spürte, wie sich ihr Herzschlag beschleunigte.

«Oh, er war angenehm. Ich war schon immer gern auf der Insel.» Solveig lächelte Lucia mit schiefen Zähnen an.

«Nun, Jehan ist sicher ein guter Geschäftsführer.»

«Ich kann mich nicht beklagen», erwiderte Solveig.

«Wie fanden Sie die eingelegten Heringe?»

«Ich denke, am Rezept müssen wir noch ein bisschen feilen.» Sie lachte, wünschte Lucia eine gute Nacht und stieg mit dem Kissen unter dem Arm die Treppe hinauf.

Plötzlich hielt es Lucia nicht mehr im Guesthuset. Sie riss sich schier die Schürze vom Leib, schlüpfte in ihre Jacke und eilte davon. Zu Jehan. Sie eilte mit langen Schritten durch den Ort, rutschte aus, fing sich wieder, rannte weiter.

KAPITEL 34

Am Weihnachtsmorgen drängten sich die Mitglieder der Märak-Sidda um die Feuerstelle. Jeder schmolz Schnee in einem Eimer, denn zum Fest wollten alle sauber sein. Liv wusch sich ihr langes Haar, wickelte sich dann ein warmes Tuch um den Kopf, damit die Haare nicht gefroren. Es war kälter geworden in den letzten Tagen, etliche Grad unter null. Die Rentiere scharrten mit den Hufen und suchten unter dem Schnee nach Gras und Flechten. Die Sidda würde nach Weihnachten an einen anderen Ort ziehen, der näher an der Küste lag, in der Hoffnung, dort Weidegrund zu finden. Es war nicht ungewöhnlich, dass die Rentiere über den Winter dünner wurden, doch in diesem Jahr hatten die Züchter sogar darüber gesprochen, Heu von den Bauern zu kaufen und an die Rentiere zu verfüttern. Das Heu ließen sich die Bauern jedoch teuer bezahlen, und so suchte die Sidda erst einmal nach einem besseren Lager.

Am Abend würde es für alle Rentierbraten geben, dazu Bier und Schnaps. Liv fragte sich gerade, woher die Getränke kommen sollten, als sie plötzlich einen großen Schlitten sah, der von vier Tieren gezogen wurde. Vorn saß eine Frau um die vierzig, die sich die Fellmütze so tief in die Stirn gezogen hatte, dass man ihr Gesicht kaum erkennen konnte. Auf dem Schlitten saßen außerdem vier Kinder im Schulalter, und zwischen ihnen klemmte ein Bierfass.

Liv legte die Hand über die Augen, denn obschon die Sonne gar nicht aufging und beinahe den ganzen Tag Dunkelheit herrschte, war sie vom Schnee geblendet. Die Frau auf dem Schlitten. Liv wusste, dass das ihre Mutter war. Und plötzlich hatte sie Zweifel, ob sie sie überhaupt kennenlernen wollte. Sie war schwanger. Was geschah mit ihr, wenn ihre leibliche Mutter egoistisch und kaltherzig war? Und wenn es damals gar keinen Notfall gegeben hatte? Wie sollte sie damit umgehen, nicht geliebt worden zu sein?

Sverre stellte sich neben sie, nahm ihre Hand. «Das ist sie also», sagte er und zog Liv an sich. «Hab keine Angst, Liebste. Was immer auch geschieht, morgen sind wir weg von hier. Es bleibt doch dabei, oder?»

Liv nickte, dann drehte sie sich um und verschwand in ihrer Kote. Sie hatte keine Weihnachtsgeschenke. Nicht für Sverre, nicht für Bavval. Außer in winzigen Lebensmittelläden, die gerade mal das Nötigste vorrätig hatten, war sie seit Monaten in keinem Geschäft gewesen, weil es keine anderen gab. Sie hätte Sverre gern ein Buch geschenkt, doch hier oben im Norden gab es keine Buchhandlungen. Also setzte sie sich hin, trennte eine Seite aus ihrem fast noch leeren Notizbuch. Sie hatte die Raben beobachten wollen, hatte erforschen wollen, wie sie sich in der Kälte zurechtfanden. Doch sie hatte kaum welche gesehen. Wovon sollten sie sich auch ernähren bei all dem Schnee ringsum? Natürlich gab es hin und wieder ein paar Tierkadaver – einen Fuchs, der an der

Fuchsräude gestorben war, einen Schneehasen, den ein Schuss verletzt hatte –, aber in der Summe war das viel zu wenig. In Alta, da hatte sie Raben gesehen. Die hatten einzeln oder zu zweit auf den Hausdächern gehockt und den Abfall durchstöbert. Die Hochebene war jedenfalls frei von Raben. Deshalb war ihr Notizbuch fast leer. War sie erst zurück auf Smøla, würde sie ordentlich und bequem am Schreibtisch neue Artikel verfassen. Ideen hatte sie bereits eine Menge. Sie würde über Rentiere schreiben, über die Hochebene, über die Samen. Kamen die Artikel gut an, so konnte sie gewiss weitere liefern. Jetzt aber schrieb sie einen Brief. Einen Brief an Sverre. Ihre Gefühle für ihn waren alles, was sie hier hatte. Und derer sollte er sich sicher sein.

Mein geliebter Sverre,
jetzt sind wir beinahe am Ende unseres Abenteuers angelangt. Mit niemand anderem hätte ich diese Wochen und Monate in der Wildnis verbringen wollen. Du bist nicht nur der Mann, den ich über alles liebe. Du bist auch mein bester Freund und Vertrauter. Wir haben bewiesen, dass wir uns aufeinander verlassen können, dass einer für den anderen da ist. Wir beide sind ein gutes Gespann, nicht wahr? Und schon bald werden wir zu dritt sein. Ich freue mich darauf und verspreche Dir, unser Kind so sehr zu lieben, wie ich nur kann.
Ich wünsche Dir frohe Weihnachten!
Deine Liv

Sie las noch einmal, was sie geschrieben hatte. Der Brief erschien ihr ein wenig kurz, aber er enthielt alles, was sie Sverre sagen wollte. Sie überlegte, ob sie noch etwas einfügen könnte, doch dann faltete sie das Papier und steckte den Brief in die Tasche ihres dicken Wollkleides. Da hörte sie auf einmal, wie jemand ihren Namen rief. War es Bavval? Sie erhob sich und trat vor die Kote.

Und dann sah sie ihn. Bavval. Und neben ihm die Frau, die heute mit dem Schlitten angekommen war. Ihre Mutter. Auf der Stelle begann ihr Herz, einen schnelleren Takt zu schlagen. Die Frau war nicht groß, reichte Bavval gerade bis zu den Schultern. Ihre schmale Gestalt steckte in der typisch samischen Tracht, einem roten Wollkleid mit blauen und gelben Stickereien. Sie trug keine Kopfbedeckung, und das lange, zu einem Zopf geflochtene dunkle Haar hing ihr fast bis zur Hüfte.

Liv schluckte und trat einen Schritt nach vorn. Doch plötzlich ging nichts mehr. Sie begann zu zittern, stand da in ihrem Kleid ohne Felljacke oder Schal. Ihr ganzes Leben lang hatte sie auf diesen Augenblick gewartet, und jetzt versagten ihr die Füße den Dienst. Sie blinzelte, doch schon kam die Frau auf sie zu, blieb zwei Schritte vor ihr stehen. Sie breitete nicht die Arme aus, sodass Liv hineinstürzen konnte. Sie blieb einfach nur stehen, den Blick auf Livs Gesicht geheftet.

«Das ist Sulin», sagte Bavval. «Deine Mutter. Und meine Schwester.»

Ihre Mutter war Bavvals Schwester? Aber dann war ja Bavval ihr Onkel. In Livs Kopf schwirrten die Gedanken so schnell, dass sie sie kaum erfassen konnte.

Die Frau lächelte ein wenig. «Es ist schön, dich kennenzulernen, Liv», sagte sie. «Bavval hat mir einiges von dir erzählt.»

Liv suchte in Sulins Gesicht nach Ähnlichkeiten mit sich oder Lucia, entdeckte aber keine. «Warum hast du uns weggegeben?»

Liv hatte mit der Frage noch warten wollen, doch nun platzte sie damit heraus, weil es das Einzige war, was sie interessierte. Eine Frage, die all die Jahre so sehr in ihr gedrängt hatte, dass sie die weite Reise auf sich genommen hatte.

Das Lächeln auf Sulins Gesicht erstarb. «Komm mit in meine Kote», bat sie. «Dort erzähle ich dir alles.»

Sie ging voran, und Liv folgte ihr. In der Kote setzte sie sich auf ein Rentierfell. Sulin saß ihr gegenüber und bot ihr gesüßten Tee aus getrockneten Wildkräutern an. Sie tranken, dann stellte Liv die Tasse neben sich und schaute Sulin auffordernd an.

«Es ist schon so lange her, und doch bringe ich es kaum über mich, darüber zu sprechen», begann Sulin, und Liv sah, dass sich ihre Augen mit Tränen füllten.

«Ich war nachts bei der Rentierherde, als die Männer kamen, um die Tiere zu stehlen. Gerade fünfzehn Jahre war ich alt. Er war so viel größer als ich, so viel stärker. Ich konnte mich nicht wehren, als er mich in den Schnee warf. Geschrien habe ich, aber ich hatte mich so weit vom Lager entfernt, dass niemand mich hören konnte. Es tat weh, aber es ging schnell. Dann lief ich weinend und blutend zurück zum Lager. Die Männer der Sidda machten sich sofort auf den Weg, um den Mann zu suchen.

Und irgendwann fanden sie ihn auch. Was dann geschah, wurde mir erzählt. Der Mann verhöhnte mich, verhöhnte die Männer und erklärte, dass alle Saminnen Huren seien und alle Samen Schwächlinge. Da holte Bavval aus, stieß den Mann zu Boden und durchtrennte mit einem Messer seine Kehle. Unsere Männer kamen zurück. Sie wuschen sich die Hände, niemand sprach ein Wort.

Bavval packte seine Sachen. Er wusste, dass ein Mörder nicht in der Sidda bleiben konnte. Der Schamane segnete ihn und verstieß ihn für fünfundzwanzig Jahre. Kaum war Bavval fort, da merkte ich, dass ich schwanger war. Aber ich war doch noch ein Mädchen. Wie sollte ich ohne Mann mein Kind ernähren? Ich war verzweifelt. Und dann kam die Geburt. Alle waren überrascht, dass ihr Zwillinge wart, aber Zwillinge, die sich im Aussehen unterschieden. Meine Eltern hatten mich nicht verstoßen, aber sie sprachen nicht mehr mit mir, hatten mich aus ihrer Kote geworfen. Liv, du musst mir glauben, hätte ich eine Wahl gehabt, hätte ich euch niemals fortgegeben. So ging ich mit euch nach Alta. Doch ich fand nirgends eine Arbeit. Ich bestieg ein Schiff, reiste bis Trondheim. Dort im Hafen erfuhr ich von einem Samen, der auf einer nahen Insel lebte. Ich hatte sofort das Gefühl, dass es Bavval war. Also fuhr ich auf die Insel, versteckte mich und sah Bavval. Er sah gut aus. Kräftig und wie einer, der sich zurechtgefunden hatte. Ich legte ein Kind auf die Schwelle des Hauses, in dem er wohnte. Das andere brachte ich zur Kirche.»

Sie brach ab, schwieg und sah ins Feuer. In ihren Augen glitzerten Tränen. Auch Liv weinte. Leise, ohne ein

Geräusch. Die Tränen rannen über ihr Gesicht. Sie verspürte tiefes Mitleid mit dieser Frau, die als Mädchen vergewaltigt und schwanger geworden war. Jetzt griff Sulin nach Livs Hand.

«Ich habe jeden Tag an euch gedacht. Und jedes Jahr habe ich euch ein Rentier geopfert. Geheiratet habe ich nie. Denkst du, dass du mir eines Tages verzeihen kannst?»

Da nickte Liv und umarmte die Frau, die ihre Mutter und ihr doch so fremd war. Jetzt wusste sie, dass diese Frau, die sie und Lucia geboren hatte, sie nicht aus Lieblosigkeit oder Gleichgültigkeit weggegeben hatte, sondern aus Not.

KAPITEL 35

Lucia hatte nur noch ein Ziel. Jehan. Sie wollte zu ihm, nichts anderes hatte Platz in ihrem Kopf und in ihrem Herzen. Und obwohl der Weg vom Guesthuset bis zu seinem Häuschen nicht weit war, erschien er ihr heute endlos. Sie glaubte, Stunden unterwegs zu sein. Sie hatte Angst, ihn nicht anzutreffen. Sie lief noch schneller, dann stand sie davor, sah den Türklopfer in Form eines Fisches. Drinnen im Haus war es dunkel. War er nicht zu Hause? Sie klopfte, doch niemand öffnete ihr. Sie klopfte noch einmal, wartete nicht ab, lief um das Haus herum und sah durch das hintere Fenster in die Stube, sah, wie Jehan gerade zur Haustür ging. Sie lief zurück, stieß beinahe mit ihm zusammen.

«Lucia, was machst du hier? Ist etwas mit Marie?», fragte er besorgt.

«Nein, nicht mit Marie. Marie schläft heute bei Runi. Mit mir ist etwas.»

Jehan runzelte die Stirn. «Was ist mit dir?»

«Ich liebe dich, und ich will nicht mehr ohne dich leben.» Sie hatte den Satz herausgestoßen, hatte ohne Punkt und Komma gesprochen, hatte das, was in ihrem Inneren brodelte, endlich in Worte fassen können. Ihre Wangen brannten, ihr Herz stolperte, das Blut pulsierte in ihren Adern.

Jehan blickte sie an, ohne eine Miene zu verziehen. Sie sah, wie sich sein Adamsapfel bewegte.

«Ich liebe dich», wiederholte sie. «Ich liebe dich von ganzem Herzen. Und das schon lange.»

Endlich räusperte sich Jehan. «Ich liebe dich auch. Schon immer. Aber du hast mir das Herz gebrochen.»

«Ich weiß. Ich ... ich hatte Angst vor der Liebe. Angst, sie wieder zu verlieren. Dabei ... dabei habe ich dich verloren. Wenn ich könnte, würde ich alles ganz anders machen.»

«Was würdest du tun?», fragte Jehan leise, und Lucia war sich nicht sicher, ob da nicht ein schmales Lächeln um seine Lippen spielte.

«Ich ... ich würde ...» Die Worte verknoteten sich in ihrem Mund.

Da nahm Jehan ihr Gesicht in beide Hände und küsste sie, zog sie mit in sein Häuschen und ließ sie erst am nächsten Morgen wieder gehen.

KAPITEL 36

Sie brachen früh am nächsten Morgen auf. Der Abschied fiel schwer, und doch freute sich Liv unbändig auf zu Hause. Sie reichte Sulin die Hand. «Ich wünsche dir alles Gute», sagte sie und meinte es auch so. Sulin war nicht ihre Mutter. Sulin war die Frau, die sie zur Welt gebracht hatte. Nichts verband sie mit ihr. Bavval nahm sie in die Arme, als wollte er sie niemals wieder loslassen. «Ich liebe dich», flüsterte er ihr ins Ohr. «Die Götter sollen dich segnen; jedes Jahr werde ich ihnen ein Opfer für dich bringen.»

Liv schmiegte sich an seine Brust, hatte Tränen in den Augen. Den Samen, den sie von Smøla kannte, gab es nicht mehr. Bavval war ihr nah und fremd zugleich. Sie wusste, dass dies ein Abschied für immer von ihm war, und ihr Herz war schwer. «Ich werde immer mit einem Lächeln an dich denken», sagte sie und sog noch einmal seinen vertrauten Geruch ein. Dann ließ sie ihn los, seufzte und ging davon, ohne sich noch einmal umzusehen. Sverre griff nach ihrer Hand, hielt sie ganz fest.

«Fällt es dir schwer, deine Mutter zu verlassen?», fragte Sverre.

Liv dachte einen Augenblick darüber nach, dann schüttelte sie den Kopf. «Fria ist meine Mutter. Es tut mir leid, was mit Sulin geschehen ist, und ich kann ihr

Handeln verstehen. Aber meine Mutter wird sie niemals sein. Doch ich bin froh, sie endlich getroffen zu haben. Und ich bin froh, dass Bavval mein Onkel ist.» Sie sah ihm in die Augen. «Ich gehöre auf die Insel Smøla. Und zu dir.»

Sverre strich ihr eine Haarsträhne aus dem Gesicht. «Ich danke dir für deinen Weihnachtsbrief», sagte er leise. «Das war das schönste Geschenk, das ich je bekommen habe.»

Sie küssten sich, dann sprach Liv weiter. «Es war das ungewöhnlichste Weihnachtsfest, das ich je erlebt habe.»

Sie dachte zurück an die kurze Ansprache des Ältesten, dachte an die Joiks, die sie gesungen hatten, an den Blutpudding, bei dem die anderen kräftig zulangten, Liv sich aber zurückhielt. Sie dachte an die Rentierfelle, die sie von Bavval bekommen hatte, und tastete nach den bestickten und mit Silber beschlagenen Lederarmbändern, die ihr Sulin geschenkt hatte. Eines davon war für Lucia bestimmt. Sie blieben zwei Nächte in Alta, und am übernächsten Morgen bestiegen sie ein Schiff, das Felle aus Sibirien nach Trondheim brachte und in Alta seine Vorräte auffüllte.

Und als sie endlich, endlich mit dem Postschiff von Trondheim auf die Insel fuhren, lachte Liv über das ganze Gesicht. «Zu Hause. Endlich wieder auf Smøla.»

EPILOG

Ein Jahr später trug Liv ihre kleine Tochter Jule durch die Welt. Sie saß mit ihr am Strand, zeigte ihr die Vögel, zeigte ihr vor allem die Raben. Ihre Artikel für die Zeitschrift der Königlich Naturwissenschaftlichen Gesellschaft waren ein Erfolg gewesen. Fridtjof Nansen hatte ihr sogar angeboten, bei seiner nächsten Expedition mit an Bord zu sein, doch Liv hatte abgelehnt. Sie hatte jetzt eine Familie. Und so gern sie auch reiste, sie wurde zu Hause gebraucht. Zu Hause, im Schulhaus, das Fria für sie gekauft hatte. Sverre hatte es mithilfe von Jehan, Chrisander und den anderen umgebaut, und Lucia hatte Liv beim Nähen geholfen. Die Wände waren geweißt worden, auf den Holzdielen lagen bunte Webteppiche, vor den Fenstern bauschten sich blaue Vorhänge. Sverre hatte einen Kleiderschrank gebaut und Regale für ihre vielen Bücher aufgestellt. Sein Buch über die nordischen Mythen und Sagen würde im nächsten Sommer erscheinen, und sie alle freuten sich darauf. Sverre würde ein Exemplar über das Lebensmittelgeschäft in Alta an die Märak-Sippe schicken.

Jede zweite Woche fuhren sie gemeinsam nach Trondheim, um Fria und Arni zu besuchen, die tatsächlich im Sommer geheiratet hatten, genau vier Wochen nach der Hochzeit von Lucia und Jehan. Die Wochenenden verbrachten Liv und Sverre mit Lucia, Jehan, Marie und dem gerade geborenen winzigen Jonte, der die größte Weihnachtsüberraschung gewesen war und es Lucia schwer machte, das Wirtshaus weiterzuführen. Aber Liv und Jehan und Sverre halfen ihr dabei.

Liv dachte noch oft an ihre Reise zurück. Sie fragte sich, wie es Bavval, Sulin, Turi und Rauni wohl erging. Sie hatte so viel gelernt, hatte sich verändert. Bei den Samen hatte sie gelernt, wie wichtig die Familie war. Und sie hatte eine Familie. Die, die sie sich immer gewünscht hatte, die sie um nichts auf der Welt wieder verlassen wollte. Und sie wusste, dass Lucia ebenfalls glücklich war mit Jehan und Marie und Jonte.

Weitere Titel

Das Glück am Ende des Ozeans

Das Mädchen mit den Teufelsaugen

Die Pelzhändlerin

Die Silberschmiedin

Die Wunderheilerin

Teufelsmond

Wolgatöchter

Die Kaufmannsfamilie Geisenheimer

Die Kaufmannstochter

Die Kaufherrin (3)

Die Nordmeer-Saga

Töchter des Nordmeeres – Livs Weg

Die Verbrechen von Frankfurt

Galgentochter

Höllenknecht

Totenreich

Frevlerhand

Satanskind

Historischer Frankfurt-Roman

Die Buchhändlerin

Die Buchhändlerin: Die Macht der Worte